방황 이야기

Yoimonogatari

ⓒ NISIOISIN 2018

All rights reserved.

Original Japanese edition published by KODANSHA LTD.

Korean translation rights arranged with KODANSHA LTD.

는 (주)학산문화사가 일본 와 제휴하여 발행하는 소설 브랜드입니다.

방황 이야기 宵物語

니시오 이신
西尾維新

제2화　마요이 스네일

제3화 마요이 스네이크

제2화　마요이 스네일

001

하치쿠지 마요이와 만나려면 험한 산을 오를 각오가 필요하다. 표고는 그리 큰 숫자가 아니지만, 불이 붙은 뱀이 몸부림친 듯이 구불구불한 산길은, 산을 오르는 사람의 마음을 1분마다 꺾으려 든다.

뱀이 나아간 듯 구불구불한 짐승의 길, 아니.

소용돌이를 그리는 달팽이 같은 나선의 길이라고 말해야 할까.

안내판도 휴게소도 없는 그런 끔찍한 험로를 다 올라가면, 어느샌가 갑자기, 엉뚱하다고 느껴질 정도로 새로 세운 듯한 토리이가 보이기 시작할 것이고, 그 너머에 있는 키타시라헤비 신사가 바로 그녀의 집이다.

다만, 간신히 도착한 그 집에서 반드시 하치쿠지 마요이가 맞이해 주리라고 장담할 수는 없다.

그녀는 외출을 좋아하는 초등학교 5학년이라 신사를 비우는 경우도 적지 않다. 그럴 때는 끈기 있게 기다리는 수밖에 없다. 물론 산을 내려가서 정처 없이 동네 안을 찾아다녀 보는 것도 한 가지 방법이지만, 그런다고 해도 아마 지칠 대로 지쳐 녹초가 되는 결말을 맞이할 것이다.

어떤 길을 택하든, 만날 수 있었다고 해도 열 살짜리 소녀의 형상을 한 그 모습을 눈으로 볼 수 있다고만은 할 수 없다. 어쨌든 하치쿠지 마요이는 황공하게도, 황송하게도, 이 신사에 모셔진 신이니까.

괴이인 마요이우시이자.

소녀의 유령이자.

새로운 신이다.

즉, 만날 수 없었더라도 그곳에 있다고 믿고, 그저 간절히 기도를 올리는 것이 현명하다고도 말할 수 있다. 그러나 어리석게도, 어리석은 나처럼 무슨 수를 써서라도 만나고 싶다, 얼굴을 마주하고 싶다고 말한다면 아주, 아주 심플한 방법이 있다.

어떤 길을 택한다는 이야기가 아니라.

모든 길에, 길을 잃으면 된다.

왜냐하면 그녀는 미아의 신이니까.

002

"여기서만 하는 이야기인데요."

유사 이래, 그런 전제로 시작되는 이야기가 정말로 '여기서만 하는 이야기'였던 사례는 있을 리 없다. 하물며 현대는 누군가가 잠깐 했던 말이, 그것이 혼잣말이었다고 해도 눈 깜짝할 사이에 전 세계의 사람들에게 회자되고 마는 세상이다. 회자膾炙라는 말의 의미는 모르지만(회와 구운 고기? 라고?) 그 의미도 분명 눈 깜짝할 사이에 전 세계 사람들에게 회자된다. 분명 말하는 사이에.

내기해도 좋은데, '여기서만 하는 이야기'라는 말을 들은 시점에서, 그 이야기를 들은 것은 자신이 100번째라고 생각하면 일단 틀림없다. 나 정도 되면, 자신을 아마도 인류에서 가장 마지막으로 이 이야기를 알게 된 75억 명째의 남자라고 생각할 것이다.

여기서만 하는 이야기.

그래서 나의 모교인 사립 나오에츠 고등학교의 3학년, 꽃다운 여자 고등학생인 히가사 호시아메日傘星雨가 그런 말을 했을 때도, 나는 그런 줄로만 알았다. 어라, 이제야 나에게도 누구나 알고 있는 소문이 흘러 들어오게 되었구나, 라고.

소문 이야기… 그게 아니면 괴담일까.

도시전설.

가담항설.

도청도설.

아니면 HOT한 예능 관련 가십일지도 모른다. 어쨌든, 그녀가 바로 얼마 전까지 소속되어 있던 나오에츠 고등학교의 영광스러운 여자 농구부와 관련하여 복잡하게 얽힌 화제가 막다른 골목에 이르렀을 무렵이었으므로, 브레이크 타임에 들어가는 것에는 찬성이다.

브레이크 타임의 브레이킹 뉴스.

참고로 '여기서만 하는 이야기'의 '여기'가 '어디'인가 하면,

바로 나, 마나세 대학 수학과 1학년인 아라라기 코요미 자택의
자기 방이다.

과연 그 칸바루 스루가의 베스트 프렌드라고 해야 할까,

"이것이 그 이름 높은 아라라기 선배의, 매혹의 침대인가요~!
소문으로는 익히 들었습니다만!"

이라고 말하며, 준비한 쿠션을 무시하고 히가사는 나의, 매혹
적이라는 듯한 침대로 뛰어들었다. 스프링이 부서지는 게 아닐
까 싶을 정도의, 너는 농구부원이 아니라 수영부원 아니냐고 의
심하고 싶어질 만한 화려한 다이빙이었다.

"고등학교 시절 이 침대에서, 수많은 여자를 농락하셨군요!
들었다고요, 그 염문들을!"

나에 관한 어떤 '여기서만 하는 이야기'를, 슈퍼스타 친구분께
들으셨던 걸까…. '교복이 구겨지니까'라는 것 이외의 이유로,
내 침대에서 뒹굴뒹굴하는 것은 그만뒀으면 좋겠다.

지금 당장.

"이야~ 이거 실례했네요. 충동을 억누를 수가 없어서. 저는
다른 사람의 침대에서 잘 때 자기 집보다 푹 잘 수 있는 타입이
거든요."

"위험한 녀석이잖아. '타입'이라니, 그런 카테고리로 분류되는
것은 너뿐이야. 지금 당장 돌아가. 아니, 지금 당장 병원에 가.
같이 가 줄 테니까."

"같이 가 준다니, 자상하시네요~ 그렇게 고등학교 시절 수많
은 여자들을 손아귀에 떨어뜨린 것이군요! 여자를, 여자 고등학

생을!"

"뭔가 외설스러운 일이라는 듯 말하지 마. 남자 고등학생이었을 시절에 여자 고등학생을 손아귀에 떨어뜨린 것을… 그리고 떨어뜨린 적은 없어. 언제나 나는, 떨어뜨려지는 쪽이었어."

"말 좀 하시네요!"

놀림을 받았지만, 그러나 전부 말하지는 않는다. 떨어뜨려지기는 했지만, 지옥에 떨어뜨려졌다고는.

그것 말고는 계단에서 발이 미끄러져서, 하늘에서 떨어져 내린 여자 고등학생도 있었지만… 뭐, 나는 그런 회고록으로 회고전을 열기 위해서 히가사를 자택으로 초대한 것은 아니다.

초대하지도 않았다. 멋대로 찾아왔다.

독자적인 판단으로, 자신의 타이밍으로 내방했다.

…어쩌면 이 녀석은, 서로 알게 된 이후로 가장 빠르게 내 퍼스널리티 스페이스로 밀고 들어온 여자일지도 모른다.

'속공'이라는 건가.

고등학교 시절부터 지금까지 계속 사귀고 있는 연인인 센조가하라 히타기도, 그리 간단히 아라라기 가의 문지방을 넘지 않았다. 그 녀석이 이 방에 들어올 때까지, 실질적으로 반년 가까이는 걸리지 않았던가?

이것이 세대 차이… 아니, 여자에게 조신함을 요구할 정도로 나도 옛날 사람은 아니라고 생각하지만.

게다가 칸바루와 같은 학년 같은 반이니까, 히가사는 나하고 한 살 차이밖에 나지 않는다. 뭐가 어떻게 된들 600살 넘게 차이 나는 것은 아니다.

덧붙이자면, 후배의 명예를 지키기 위해 말해 두겠는데 히가사도 특별히 아무런 용무도 없이 선배의 집에 들어온 것은 아니다. 그야 침대에 다이빙한 것은 '용무도 없이'라고 해도(여자 고등학생이 지금은 남자 고등학생이 아닌 나의 침대에 용무가 있다면 큰 문제), 히가사가 우리 집에 찾아온 이유는, 앞서 말한 대로 모교의 여자 농구부에 관련된 심각한 안건을, 지금도 여전히 안고 있기 때문이다.

복잡하게 얽힌 화제.

선배와 후배라고는 해도, 내가 재학생이었을 무렵에는 히가사처럼 밝고 기운 넘치고 깔끔한 느낌의, 무엇보다 어둠을 품지 않은 여자와는 전혀 인연이 없었고, 알게 된 것은 바로 얼마 전이다. 즉, 이것도 앞서 말한 것처럼 바로 얼마 전에 전화번호를 교환한 녀석이 내 침대에서 뒹굴뒹굴하고 있는 것이다.

"말해 두겠는데, 히가사. 그 침대에서는 기껏해야 여자 중학생이 알몸에 블루머를 입고 손브라를 하고 있었던 정도라니까?"

"1천억분하고도 남지 않나요⋯?"

자릿수가 너무 커서, 원래 하려던 말이 '충분'이라는 걸 알 수 없을 정도로 충격적인 사실이었는지, 밝은 캐릭터인 히가사의 표정이 한순간 어두워졌다. 응, 나도 말해 놓고도 좀 아니다 싶었다.

결사이자 필사이자 만사의 흡혈귀, 데스토피아 비르투오소 수어사이드마스터가 이 마을에 일으킨 '미라 사건' 그 자체는 전문가 가엔 이즈코 씨의 암약에 의해(그야말로 '암약'이다) 어떻게든 해결을 보았지만, 그러나 남아 있는 화근과 원래부터 뿌리내리고 있던 원인까지 전부 깔끔하게 해결된 것은 아니다.

칸바루 스루가와 히가사 호시아메, 이 투톱의 카리스마에 의해 유지되고 있던 나오에츠 고등학교 여자 농구부의 균형이 붕괴하고, 자멸하고, 해체되고, 해부되어 부조화가 생겨났다는 현실과 마주하는 것은, 어떤 의미에서는 전설의 흡혈귀와 마주하는 것보다도 마음이 무거워지는 일이다.

하지만 알아 버린 이상 모르는 체할 수는 없다. 나는 '뭐든지는 몰라, 알고 있는 것만'이라고 말하는 듯한, 고양이처럼 내숭 떠는 캐릭터는 아니지만, 관여했던 한 명의 인간으로서 문제 해결에 진력하기로 마음먹었던 것이다.

한 명의 인간으로서.

한 명의 전 흡혈귀로서.

…뭐, 가엔 씨의 요청을 받고 '미라 사건' 쪽을 수사하다가 히가사에게 아리따운 여자 고등학생의 아리따운 개인정보가 마구마구 적힌 금단의 명부를 유출시켜 달라고 했다는, 경우에 따라서는 인생을 뒤흔들지도 모를 빚이 있기도 하다.

나도 딱히 알고 싶지는 않았다고, 여자 농구부 부원 여러분의 속사정 따위… 그렇게 되어서 오늘은 그 세세한 미팅을 위해, 히가사는 아라라기 가까지 먼 걸음을 하게 되었던 것이다.

자기 멋대로.

사실은 칸바루도 왔어야 했다는 모양인데 갑자기 취소되었다고 한다. 나로서는 그 녀석이 입시 공부에 전념해 주기를 바라지만, 여전히 바쁘게 지내는 모양이었다.

오기하고 놀고 있는 것이 아니라면 좋겠는데… 아니, 하지만 실제로는 어떤 걸까?

지금의 나도, 입학한 대학 생활에 익숙해지지 못해서 모교의 후배들하고만 놀고 있다는 상황이 아닐까… 노는 것이 아니라, 진짜로 사망자가 나올 수도 있었을 정도로 진지한 이야기이지만.

그러나 최상급생에서 1학년이 되어 버린 갭에 아직 완전히 적응하지 못한 것도 사실이다. 칸바루의 교우관계나 여자 농구부의 앞날보다도, 나는 우선 자신의 인생을 돌아보는 편이 좋을지도 모른다.

우선 아라라기 코요미는 대학 생활도 구가하고 있음을 스스로에게 들려주기 위해, 대학에서 생긴 새로운 친구, 하무카이 메니코에게 메일을 보내 두었다.

운이 좋으면, 이번 달 중에 봐 주겠지… 그건 그렇고.

"그래서 히가사. '여기서만 하는 이야기'란 게 뭐야?"

"네. 여기서만 하는 이야기인데요… 괜찮은가요? 이 방의 보안 상태. 벽에 도청기 같은 게 설치되어 있지는 않나요?"

"나는 국가로부터 감시당하는 스파이 같은 게 아니야."

그렇다고 단언할 수만은 없을까.

벽에 도청기 같은 것이 설치되어 있지는 않더라도, 나의 그림자에는 금발금안의 유녀가 숨어 있고 벽 한 장 너머의 옆방에는 봉제인형을 가장한 시체 인형이 진좌하고 계시다. 양쪽 모두 나의 일거일동에 시시콜콜 트집을 잡는 것에 목숨을 걸고 있는 듯한 감시자다.

일거일동, 경거망동.

하지만 뭐, 상관없겠지.

아마도 이 시간이라면(휴일 낮) 금발금안의 유녀 쪽은 새근새근 자고 있을 테고, 시체 인형 쪽은 악착같이 외출했을 것이며, 또한 어차피 전 인류가 알고 있을 것이 틀림없는 이야기이니 그렇게 기밀에 신경 쓸 필요는 없다.

여자 고등학생의 사소한 수다를 듣고, 나도 세상 보는 눈을 넓혀 둬야겠다. 그래서 요즘에는 어떤 과자가 유행하고 있지?

"여기서만 하는 이야기인데요. 제 친구의 초등학교 5학년 여동생이 유괴되었다는 이야기예요."

003

여기서만 할 만한 이야기가 아니잖아!

보도협정이 깔려 있을 만한 이야기잖아!

절대 여기서 해서는 안 되는 이야기잖아!

그렇게, 나는 마치 3단 찌르기처럼 딴죽을 날렸지만 히가사는 위축되는 모습도 없이 아주 태연했다. 3단 찌르기로는 어중간했나, 딴죽의 산탄총을 날렸어야 했나.

아니 솔직히, 수렵면허를 가지고 있었다면 주위를 상관하지 않고 진짜 산탄총을 마구 갈기고 싶은 참이다. 유괴라니.

초등학교 5학년이라니.

그건 정말 초등학교 5학년을 말한 건가?

부탁이니 소액연체를 잘못 말한 것이라고 해 줘.

강도사건이라면(그것도 금액이 소액이라면) 그나마 나도 대응할 수 있다.

아니, 무슨 안건을 나의 퍼스널리티 스페이스로 가지고 들어온 거냐고… 말도 안 되는 것을 던져 넣었잖아.

"아, 친구라고 말하긴 했는데 정확히 말하면 친구의 친구예요."

세세한 부분을 수정하는 히가사.

그 부분이 아니라고.

친구의 친구… 도시전설의 정석적인 코멘트이기는 하지만.

"하지만 이런 것은 차라리 친구라고 말해 버리는 편이 이야기에 설득력이 생기니까요. 게다가 친구의 친구란 건, 저에게는 이미 친구나 마찬가지고요."

부러운 감성이다.

차라리 친구의 친구를 뛰어넘어, 그것이 이매지너리 프렌드라면 얼마나 좋을까 하고 생각하게 된다.

모교의 후배가, 고등학교 3학년이 되어서도 상상 속의 친구와 놀고 있는 정도라면, 아직 아슬아슬하게 그냥 넘겨 버릴 수 있는 사건이다. 초등학교 5학년, 그것도 여자애가 유괴당했다는 사건보다는.

"아라라기 선배에 대해 누군가에게 이야기할 때도, 친구의 선배라고 말하기보단 그냥 친구라고 말하고 있으니까요. 그것하고 마찬가지예요."

"부탁이니까 친구의 선배로 보류해 줄 수 있을까…? 너와의 관계는 조금 더 눈치를 보면서 진행시키는 편이 좋을 것 같은 기분이…."

준레귤러 멤버는 고사하고, 어떻게든 해서 이 녀석을 지난 이야기 한정 게스트 캐릭터였던 것으로 할 수 없을까.

방법은 있을 것이다.

"이미 늦었어요. 아라라기 선배의 침대에는 이미 저의 모발이 왕창 남겨져 있으니까요. 친구의 증거는 충분해요."

"그건 이미 친구가 아니라는 증거 아냐? 재미있다는 생각으로 하는 짓이겠지만, 히가사. 너무 오해를 부를 짓은 삼가는 편이 좋을 거야."

"어라. 아라라기 선배라고 생각되지 않는 윤리적인 발언이시네요. 수많은 염문들이 울겠어요."

"염문이고 뭐고, 고등학교 시절의 나는 변변한 닉네임이 붙은 적이 없었다고."

"하지만 조언은 감사히 받겠습니다. 저는 항상 이렇거든요. 저는 머리 좋은 남자를 좋아해서 시험 성적이 학년 톱인 아이에게 어떻게든 해서 가까워지려 하지만, 그런 저의 태도가 뭔가 착각하게 만들어 버리는지 학년 톱인 애가 금방 학년 톱이 아니게 되어 버리더라고요."

마성이다.

나는 학년 톱의 성적이 아니라서 정말 다행이야….

"톱이 아니게 되면 볼일이 없으니까, 저는 다음 학년 톱이 있는 곳으로 기분을 맞춰 주러 가지만요."

염문을 뿌리고 있는 것은 너 아니냐?

수많은 남자를 떨어뜨리지 말라고, 수많은 남자의 하트와 성적을.

곱게 죽지 못하게 될 거야.

"히가사, 지금 당장 내 방에서 나가 주지 않겠어?"

"너무해! 아라라기 선배는 초등학교 5학년을 버릴 생각인가요!"

나오에츠 고등학교 여자 농구부라면 버리지 않겠지만, 뜬금없이 등장한 초등학교 5학년을 방패로 내세워도 말이지….

뭐, 히가사에게는 자신이 범한 죄의 무거움은 죽을 때 후회해 달라고 하기로 하고… 어쨌든 알아 버렸다면 모르는 체할 수 없다.

유괴사건.

여기서만 하는 이야기, 어디 한번 계속 들어 볼까. 그건 뭐야, 리얼타임의 화제인가?

지금 이 마을에서 일어나고 있는 일인가?

"지금 한창인 이야기라고요. 초 HOT한 뉴스예요. 뭐, 핫하다고 해도 비밀이지만요. 경찰에 신고하면 그 여자애, 죽게 될지도 모르지만요."

"우리 부모님의 직업, 칸바루에게 못 들었어?"

"맞다, 맞다. 핫하다는 얘기가 나와서 말인데요. 저, 핫팬츠가 정말 잘 어울리거든요. 판권 그림에는 꼭 좀, 교복 버전이 아니라 핫팬츠 버전의 사복으로 저를 그려 주셨으면 한다고 간절히 빌고 있답니다."

"판권 그림이라니."

이 아이는 애니메이션 판에서도 활개 치고 다니려는 걸까. 애니메이션 잡지의 표지를 장식할 생각으로 가득하잖아.

그리고 용케 이 타이밍에 화제를 엉뚱한 곳으로 옮겼구나. 여기서만 하는 이야기는 어쨌어, 핫한 뉴스는.

"실례했네요. 이야기가 엉뚱한 곳으로 빠졌어요. 아, 그렇지. 이야기가 엉뚱한 곳으로 빠졌다는 이야기가 나와서 말인데요. 저, 윗몸 젖히기를 엄청 잘 해서 종합적인 유연성으로는 비교도 안 되지만 윗몸 젖히기만큼은 루가보다도 많이, 거의 새우처럼 꺾일 정도예요. 보세요, 이 동작을!"

"내 침대 위에서 새우처럼 몸을 꺾지는 말아 줄래?"

"그런데 왜 다들 새우로 예시를 드는 걸까요? 새우하고는 반대 방향으로 몸을 젖혔다고 생각하는데 말이죠. 이웃마을 이야기예요."

"새우가?"

"유괴가."

아하, 유괴.

우리 마을 특산품인 줄 알았네. 튀김을 만들 준비를 시작하고 있었다고.

이웃마을…이라고 해도 그렇게 가까운 곳도 아니다.

이 부근은 그리 발전한 도회지가 아니라서 '마을'의 범위가 넓다. 당연히 '이웃마을'의 범위도 넓어진다.

하지만 조금 안 좋은 예감도 들었다.

예감이라고 할 정도도 아닌 아주 약간의, 이상한 부합 같은 것을 느꼈을 뿐이다. 최근에 대학에서는 메니코와 함께 암호해독에 도전할 기회도 많아서(그 왜, 나는 후배를 상대로 거만한 태도를 취하고 있기만 한 건 아니다), 작은 연결점이나 약간의 느낌적인 관련성에서 무의미하게 의미를 찾아내 버리는 버릇이 생겼다.

초등학교 5학년.

이웃마을.

유괴. 즉, 행방불명.

"미아… 그냥 길을 잃은 게 아닐까? 단 몇 시간, 통금시간을 넘긴 것뿐인데 과보호인 부모님이 유괴사건이라고 법석을 떨며 소동을 벌이고 있을 뿐인 건…."

"몇 시간이라도 충분히 큰일일지도 모른다고요? 하와이 주에서는요, 12세 이하의 어린아이를 몇 시간 동안 혼자 있게 둔 것만으로도 범죄가 되어 버리거든요."

누가 하와이 주에 대한 이야기를 하고 있는 거야.

이웃마을은 그렇게까지 멀지 않다고.

'여기서만 하는 이야기'가 아주 글로벌하게 변해 버렸다. 뭐,

어린아이에게서 눈을 떼서는 안 된다는 법률에는, 나도 선거권을 지닌 한 사람의 유권자로서 기본적으로 찬성하지만.

"나도 유녀의 동향으로부터는 항상 눈을 떼지 않도록 하고 있어."

"의미가 변해 버리지 않았나요…? 눈을 떼지 않는 쪽이 범죄가 되어 버린다고요."

수상쩍다는 듯 그렇게 말한 뒤, "글쎄요, 미아는 아니라고 생각해요."라고 말하는 히가사.

이 경우에는 원래부터 의미가 다르지만… 나의 그림자에 숨어서 태만하게 지내는 금발금안의 유녀는, 잠깐 눈을 떼면 어디에서 무슨 짓을 저지를지 알 수 없는 구석이 있다.

그것은 어떤 유녀라도 마찬가지인가.

어떤 아이라도, 어떤 초등학교 5학년이라도.

"애초에 지금 아라라기 선배가 하신 발언에는, 세 가지 착각이 포함되어 있어요."

"명탐정 같은 소리를 하기 시작했네…."

가로챌 생각이냐. 시리즈를.

주인공이 되고 싶은 거냐. 핫팬츠로.

"우선, 몇 시간이 아니라 며칠간이에요. 초등학교 5학년이 행방불명된 기간은."

"그 부분을 착각한 거라면 나머지 두 가지 착각은 말하지 않아도 되잖아."

"두 번째 착각."

나의 항복 선언을 무시하고 말을 이어 나가는 히가사… 아무래도 타인의 실수에 트집을 잡는 것을 좋아하는 듯 보인다.

명탐정에 어울리는 기질이잖아.

"그 아이의 집에 통금시간 같은 건 없어요."

"흐음. 진보적인 가풍이었다는 얘기야? 어린아이를 자신의 분신 취급하며 관리하려고 하지 않고, 독립된 한 명의 인간으로서 자주성을 중시하고 있나 보네."

"세 번째 착각. 그렇기에 과보호 같은 게 아니에요. 그리고 네 번째, 소동 같은 건 일어나지 않았어요."

나의 발언에 포함된 착각이 어느샌가 세 가지에서 네 가지로 늘어나 있다. 그것 자체는 마치 나의 인생을 상징하는 듯한 일일 뿐이지만(나의 착각이 기하급수적으로 증가해 가는 건 극히 평범한 일이다), 그러나 그 네 번째는 간과할 수 없다.

소동 같은 건 일어나지 않았다?

"그러면… 뭘 하고 있는 거야? 그 아이의 부모님은."

"특별히 아무것도… 뭐, 혼란스러워하고 계시긴 할까요. 대체 어떡해야 할까 하고."

"…뭐어?"

아아, 그런가. 유괴범으로부터 전화가 걸려 와서(아니면, 요즘에는 SNS로 협박문이 날아오는 걸까?) 경찰에 알리면 너희의 딸은 무사히 돌아가지 못한다든가, 이 일은 누구에게도 알리지 말고 대외적으로는 평소처럼 생활하라든가 하는 협박을 받은 것일까?

아무것도 하지 않는 것이 아니라, 아무것도 할 수 없다.

그런 것일까?

"아뇨, 그런 구체적인 어프로치는 특별히 없는 모양이에요. 하지만 뭐, 무슨 말을 들을 것까지도 없이, 경찰에 알리면 위험하겠구나 하는 생각은 한 모양이지만요. 어디 보자, 무엇부터 이야기해야 좋을까요….""

그리고 거기서 히가사는 고뇌하는 듯한 얼굴을 하고(윗몸 젖히기 포즈를 취하고 있는 상태라, 고뇌하는 듯한 얼굴로 고뇌하는 듯한 자세를 하고 있다고도 말할 수 있다),

"어라? 이거 이야기해 버려도 괜찮았던가?"

라며 고개를 갸웃거렸다.

당연히 괜찮지 않았지.

"아이고~ 아라라기 선배하고는 완전히 터놓고 지내는 사이란 기분이 들어서 나불나불 이야기해 버렸네요. 흉금을 터놓게 만드는 데 익숙하니 말야~ 과연 형사의 아들! 함락의 아라라기!"

"그런 소문은 퍼지지 않았어."

그리고 나의 부모님은 경찰이기는 해도 형사는 아니다… 뭐, 그런 직함의 차이를 여기서 논해 봤자 소용없나.

뒤늦게나마 제정신을 차린 기분파 소녀, 즉 히가사는 입을 다물어 버리는 게 아닐까 하고 생각했지만,

"어쩔 수 없네요. 독을 마실 거라면 접시까지, 란 말이 있죠. 독을 토할 거라면 접시까지 토해 내겠습니다."

라면서 '여기서만 하는 이야기'를 오히려 제대로 이야기할 생

각이 든 모양이었다. 독을 토하지는 말아 줬으면 한다.

그것은 나의 소꿉친구의 역할이다.

독기에 절여진 그 친구처럼 되기를 바라지는 않는다.

만약 히가사가 이 시점에서 '여기서만 하는 이야기'를 그만둔다면 그것은 그것대로 어쩔 수 없는 것으로, 나도 억지로(그야말로 사람을 울리는 테크닉을 구사하는… 즉 내가 울며 매달린다는 얘기지만) 들으려 하지는 않겠지만… 어쨌든 고도로 델리케이트한 요소가 포함된 안건이다. 그렇지만 이야기를 계속하겠다면, 굳이 이쪽에서 스톱시킬 생각은 없었다.

호기심이기도 할 것이고, 구경꾼 근성이기도 할 것이다. 어쨌든 나는 이미.

나는 이미, 관련되고 말았다.

"그 대신, 아라라기 선배는 제 몫까지 입을 꾹 다물고 있어 주시라고요? 입을 다물고 있어 주신다면 상으로, 나중에 메일로 저의 섹시 사진을 보내 드릴 테니까요."

"너는 디지털 리터러시 교육을 안 받은 거야?"

"어디까지 얘기했었죠?"

"네가 바보라는 얘기는 이미 들었어."

칸바루를 넘어서는 바보일지도 모른다.

대학 생활 중에도 절절하게 통감하지만… 정말 내가 몰랐을 뿐이지, 세상에는 다양한 녀석들이 있구나.

"아, 맞다, 기억해 냈어요, 똑똑한 제가. 무엇부터 이야기해야 좋을까요, 라고 제가 말한 참이었죠. 대본으로 말하면, 175페이지예요."

"대본이 있어? 너의 대사에는."

어떻게 이야기를 꺼낼지 고민하고 있나 싶었는데, 설마 대본대로의 대사였을 줄이야…. 그것도 175페이지?

상당한 가경佳境이잖아, 정말.

"아직 나는 전혀 아무것도 파악하지 못했는데. 유괴된 초등학교 5학년의 이름도 모른다니까?"

"베니구치 쿠자쿠紅口孔雀란 아이예요."

익명으로 처리하지는 않는 모양이다.

대뜸 풀 네임을 말해 버렸다.

프라이버시를 배려하느라 일부러 감추고 있는지도 모른다고 생각했는데… 아니면 가명인가? 하지만 베니구치 쿠자쿠라니, 금방 떠올릴 수 있을 만한 가명도 아닐 테고… 물론 들은 적도 없는 성이었다.

'친구의 친구의 여동생'이라고 말하고 있지만, 어쩌면 사실은 여자 농구부 부원의 여동생일지도 모른다고 생각하고 있었는데, 내가 기억하는 한 예전에 훑어보았던 그 명부에는 베니구치라는 성을 가진 학생은 없었을 것이다.

"아라라기 선배에게 특이한 성이란 말을 듣고 싶지는 않을 거라고 생각하지만요. 베니쿠자쿠*라고 기억하면, 기억하기 쉬울

※베니쿠자쿠(紅孔雀) : 일본의 각본가이자 아동문학작가인 키타무라 히사오 원작의 라디오 드라마. 1954년에 NHK 라디오를 통해 방송되었으며, 이후에 영화화되기도 했다. 전국시대에 주인공 코시로가 베니쿠자쿠의 보물을 찾아 모험을 하는 아동용 시대활극.

거예요."

"그 방법이 기억하기 쉽고 너무 강렬해서, 오히려 풀 네임 쪽이 두 번 다시 나오지 않게 될 것 같은데….."

"하지만 과연 아라라기 선배라고 말씀드려야겠네요. 좋은 감을 가지고 계세요. 확실히 베니구치라는 성을 가진 부원이 우리 여자 농구부에 재적했던 적은 없습니다만 '친구의 친구'의 한 다리 앞… '친구'는 농구선수였어요. 옛 여자 농구부 부원. 저와 루가하고 같은 세대인, 3학년이에요."

요전에 소개했던 3학년 OG 모임 멤버예요, 라고 히가사는 말했다.

004

떠올려 보면 나는 그때, 칸바루를 통해서 갓 알게 된 히가사의 집에 들어갔었기 때문에(그것도 한밤중에 들렀다. 게다가 파자마 파티에 참가하기까지 했다), 갓 알게 된 대학생의 방에 단신으로 들어오는 그녀의 조신함에 대해 이러쿵저러쿵 트집을 잡을 수는 없다. 그때는 그때 나름대로 비상사태였다고는 해도.

어쨌든 나오에츠 고등학교 여자 농구부의 OG 모임 멤버라면, 인상 깊다… 잊고 싶을 정도로 인상 깊다. 슈퍼스타인 칸바루와 동격의 황금세대이니까 그것도 당연한 일이겠지만, 하여간 강렬한 캐릭터들이었다.

사립 입시 명문교의 약소 운동부를 전국구까지 이끌 만도 한… 그 위업의 대가를, 어쩔 도리 없는 불량채권으로서 다음 현역세대가 인계하고 있으니, 세상이란 정말 마음대로 돌아가지 않는 법이다.

　그것도 돌고 도는 운명일까.

　제대로 돌아가고 있다고 할 수 있는 걸까.

　그렇다면, 내가 대학생이 되었다고 해도 고등학교 시절로부터 깔끔하게 빠져나올 수 없는 것과 비슷한 상황일지도 모른다. 칸바루나 히가사, 그리고 여자 농구부 OG 모임의 멤버들이 은퇴 후에도 이렇게 부 활동과 계속 관계를 맺고 있는 것은.

　"미토농, 기억하시나요? 미토농의 중학교 시절 친구 중에 베니구치란 애가 있는데, 그 애의 여동생이 베니구치 쿠자쿠짱이에요… 뭐, 좀 더 확실히 말하면 미토농의 친구라기보다, 그 사람은 선배인 모양이지만요."

　더욱 멀어져 가는구나, 관계성이.

　요컨대 보다 정확하게 말하면 베니구치 쿠자쿠짱은 '친구의 친구의 여동생'이 아니라, '친구의 선배의 여동생'이 되는 것이다. 설마 자신의 주변에서 소녀 유괴라는 흉악범죄가 일어날 리 없다고 생각하고 있었는데, 그 정도까지 범위를 넓히면 일어날 수 있을지도 모른다.

　파이브 서클.

　관계성을 다섯 명 건너가면, 한 나라의 대통령에도 도달할 수 있다는 그 법칙이다. 나에게 베니구치 쿠자쿠짱은 '후배의 절친의 팀메이트의 선배의 여동생'.

딱 다섯 명을 건너고 있다.

유괴 피해자가 있어도 이상하지는 않다.

적어도, 흡혈귀보다 이상하지는 않다.

…이 파이브 서클을 여기서 다시 한 명 더 건너가면, 그것이 유괴범이 된다는 건가.

흐음. 여러모로 생각을 하게 되네.

"어디 보자… 미토농이라는 건?"

"어라, 미토농을 잊으셨나요? 미토농의, 그런 망측한 모습을 봐 놓고."

"망측한 모습이라는 건 파자마 차림을 말하는 거지? 오해를 부를 만한 표현을 쓰지 마. 이 책부터 읽기 시작하는 사람도 있을지 모르니까."

"있을까요…?"

"지금, 이 페이지를 펼쳤던 사람, 무슨 소린지 영문을 모를 거 아냐."

"버라이어티 방송에서 흔히 나올 것 같은 그런 소릴 들어도… '지금, 이 채널을 튼 사람, 무슨 소린지 영문을 모를 거 아냐' 같은 말을 들어도 말이죠. 미토농은 미토농이에요. 뭐, 미토농을 미토농이라고 부르는 건, 루가를 루가라고 부르는 것처럼 거의 저뿐이지만요."

그러면 알아들을 리가 없잖아.

부탁이니까 나에게는 닉네임을 붙이지 말아 줘. 이 이상, 이상한 소문이 떠돌아다니게 만들고 싶지 않아.

'코요밍'이라든가, '코요코요'라든가.

'라기'라는 것도 있었지.

"요망에 부응해서 대답해 드리자면, 미통의 풀 네임은 말이죠~"

"네가 멋대로 붙이는 닉네임이 미통이 되어 있잖아. 벙어리장갑*이냐고."

"미통의 풀 네임은 쇼노 미토노예요."

고쳐 말하지는 않는 모양이다.

미통도 미통대로 닉네임스럽지만 말이야. 아하, 쇼노 미토노. 기억났다. 진베를 입고 있던 애다.

"역시 무슨 파자마를 입었는지로 기억하고 계시잖아요… 진베 차림의, 헐렁한 소매의 이음매 사이로 엿보이는 겨드랑이를 기억하고 계시잖아요."

"그런 세세한 곳까지 기억하고 계시지는 않다고."

그렇다고는 해도 착각이 있어서는 안 되므로(나의 부실한 기억력은 동료들 사이에 널리 알려져 있다, 사람에 대해 금방 잊는다고… 부정은 할 수 없다) 제대로 떠올려 본다.

파자마 파티의 모험 속에 있었던 자기소개 파트를… 떠올려 보면 그날 밤 망측한 차림을 했던 것은, 굳이 말하면 내 쪽이 아니었을까?

※벙어리장갑 : miton은 프랑스어로 벙어리장갑을 뜻한다.

그래, 맞아. 이거다.

"진베의 쇼노 미토노樟腦水戸乃! 4월 9일생, 18세! 신장 170센티미터, 포지션은 포인트 가드, 좋아하는 플레이는 더블 팀입니다!"

이런 느낌… 나보다도 훨씬 키가 큰 아이였다. 뭐, 그것은 농구선수니까 어찌하더라도 그런 경향이 될지도 모르겠지만.

참고로 히가사의 신장은 165센티미터.

나와 거의 차이 없는 느낌이다. 그리고 파자마는 롱T였다.

"아주 자세히도 기억해 주고 계시잖아요, 저의 파자마를. 저의 다리에 관한 자랑담에 그렇게나 흥미 없는 척하셨으면서. 뭐, 그때는 롱T 아래에 핫팬츠를 입고 있지 않았지만요!"

"미토농 이야기로 옮겨가 줄 수 있을까? 너의 다리 이야기 말고."

사실은 미토농의 이야기도 아니다.

미토농의 선배의, 여동생 이야기다.

"여동생이라고 해도, 의붓 여동생인 모양이지만요…. 그 부근의 인간관계는 살짝 애매모호해요. 남에게 전해 들은 '여기서만 하는 이야기'거든요."

하긴 그럴까.

파이브 서클의 관계성의, 어려운 부분이다. 동시에 그것은 '말 전하기 게임'도 되는 셈이니까.

의붓 여동생이라.

나에게도 여동생은 있지만(커다란 쪽 여동생과 쪼그만 쪽 여동생. 커다란 쪽에 관해서 말하면 농구부 부원도 이 정도일까 싶을 정도로 거대한 고등학교 1학년이다. 조금 전에 언급했던 시체 인형은 쪼그만 쪽 여동생의 소유물이다), 형제자매 관계라는 것은 각 가정마다 각각 다를 것이고, 의붓 여동생이라는 존재는 더욱 다른 느낌이겠지.

상상도 되지 않는다는 것이 솔직한 심정이다.

"그 두 사람이 만약 의붓 여동생이라면, 이라고 생각한 적이 없는 것은 아니지만. 의붓 여동생이었다면 결혼할 수 있으니 말이야."

"할 수 없겠죠. 일본의 형법으로는."

형법으로 재판받는 거냐.

나는.

"아니, 가능해. 일본의 민법 734조. 제대로 조사했어."

"제대로 조사했다는 얘길 들은 시점에서 움찔하게 되는데요."

"불가능한 건, 의붓어머니와의 결혼이지."

"움찔거리는 걸 넘어, 경련이 멈출 것 같지 않네요."

그건 그렇고, 라며 히가사는 이야기를 바꾸었다.

"베니쿠자쿠짱은 재혼 상대인 어머니가 데려온 아이였대요. 서로 재혼이었다는 얘기일까요. 미토농의 선배는, 뭐, 결혼 운운하는 얘기는 제쳐 두더라도 나름대로의 거리감을 유지하며 사이좋게 지냈다고 하지만요."

"잠깐 기다려. 여자 농구부에서 흘러가는 얘기여서, 왠지 모르게 그런 느낌으로 생각하고 있었는데, 미토농의…."

내가 미토농이라고 계속 부르는 것도 어쩐지 이상하네… 이런 식으로 닉네임으로 부르는 상대는 한 명도 없다고.

"미토노짱…."

이것도 이상하다. 너무 뻔뻔스럽다.

이상할 정도로 뻔뻔스럽다.

"쇼노의 중학교 시절 선배라고 말해서 여자일 거라고 단정하고 있었는데, 꼭 그렇다고만은 할 수 없겠지. 그 선배는, 요컨대 베니쿠자쿠짱의 의붓형제는 남자애야, 여자애야?"

좀 더 나아가서는 남자애 여자애로 부를 수 있는 나이인지 어떤지도 아직 확인이 되지 않았다. 중학교 시절 선배가 현재 시점에서 성인이라도, 그것은 딱히 이상하지 않은 일이다.

파이브 서클의 가운데 정도에 위치해 있어서 왠지 모르게 지금까지 주목하지 못하고 있었는데, 생각해 보면 상당한 중요인물이다. 여동생이 유괴 범죄를 당하고 있다면.

"여자예요. Girl이에요. 확실하게 말할 수는 없지만, 아라라기 선배와 같은 나이가 아닐까요? 한 학년 위니까, 지금은 19세의 대학생…인지 어떤지는… 죄송해요, 모르겠어요. 취직한 상태일지도 모르고. 해외를 여행하고 있을지도 모르고. 죽어 있을지도 모르고."

"죽어 있다면 대소동이 벌어질 거라고."

언니가 죽고, 여동생이 유괴당하다니… 아니.

대소동…은 그러니까, 벌어지지 않았다는 거였나.

실제로 고등학교를 졸업한 뒤에 해외로 여행을 떠나 버린 친구를 가진 나로서는 히가사의 발언을, 그래서 단순한 조크로 흘려듣기 어려웠다. …하네카와 츠바사.

그 녀석의 가정 역시 복잡하기 짝이 없었고, 엉망진창이고, 질척질척하고, 바짝바짝 말라 있어서… 요컨대 설령 하네카와가 어린 여자애였을 무렵에 갑자기 행방을 감추더라도 '대소동' 같은 것은 1밀리도 일으킬 가정이 아니었다는 점은 틀림없다.

가정家庭?

아니, 그것은 집家도 아니거니와 뜰庭도 아니었다.

설마 베니구치 가가 그것과 똑같다고는 생각할 수 없고, 생각하고 싶지도 않지만. 재혼이든 의붓동생이든, 그것으로 드라마틱한 뭔가가 있으리라 억측하는 것은 드라마를 너무 많이 본 영향이다.

대부분의 가정은, 평범하게, 잘 지내고 있으니까. 우리 아라라기 가도, 그 이야기를 하자면 센조가하라 가도.

하치쿠지 가는… 어땠을까.

"……."

그 '미아'의 집은 재혼이 아니라 이혼이었던가…. 그리고 아버지 쪽에 맡겨져 있었다고 했던가…. 흐음.

평범하게 잘 지낼 수 있게 되어 버린다는 것이 이 문제의 문제점이라는 견해도 가능하고, 더욱 깊이 파고들면 '같은 환경이어도 별 문제 없이 지낼 수 있는 사람도 있으니까'라든가, '더 힘든 입장에 있는 사람도 있으니까'라든가 하는 그런 주장도, 확실히 정론이고 틀림없는 정의이지만 실은 유괴에 필적할 정도로 흉악하다는 것을, 나도 배웠다.

요전에… 요 근래에 배웠다.

데스토피아 비르투오소 수어사이드마스터가 일으킨 '미라 사건'. 말하자면 내가 경험한 지옥 같은 봄방학의 재래라고도 말할 수 있는 흡혈귀의 재래는, 그러나 그 봄방학과는 전혀 다른 결말을 맞이하고 말았다.

마찬가지로, 지옥 같기는 했어도.

그것은 다른 지옥일 뿐이었다.

같은 환경 따윈 존재하지 않으며, 괴로움에 입장 따윈 없다. 그 말들은 본인이 노력하는 핑계가 될 수 있을지언정, 주위에서 나무랄 수 있는 이유는 되지 않는다.

베니구치 가에서 무슨 일이 일어났다고 해도.

그것은 베니구치 가의 문제인 것이다.

일반화되지 않는 '여기서만 하는 이야기'다.

제삼자가 참견해서는 안 된다, 라느니 뭐라느니 하면서도 히가사가 거리낌 없이 늘어놓는 이야기를 막지 않고 있으니 나도 아직 수행이 부족하다.

"뭐, 아마도 살아 있을 거라고는 생각해요. 인간이란 그렇게 간단히 죽지 않으니까요."

"그렇지. 인간은 모두 불사신 같은 존재니 말이야."

"하지만 진학했다고 해도 취직했다고 해도, 갑자기 여행을 떠났다고 해도 집에서 독립했다는 건 분명하다고 생각해요. 미토 농이 그렇게 말했어요. '부모에게 의지하는 것은 열여덟 살까지'

라는 게, 그 선배의 입버릇이었대요."

"아주 기특한걸."

보시다시피 본가에 신세지고 있는 이로서는 그렇게 말하지 않을 수 없다. 아니, 나도 머지않아 독립할 생각이긴 하지만, 적당한 집을 찾는 동안에 시간이 질질 끌리고 있다.

"아라라기 선배도 자취하시는 게 좋지 않을까요? 집에 여자 고등학생을 마음껏 데리고 올 수 있다고요."

"데리고 오더라도 최소한 여자 대학생을 데리고 오겠어. 뭐, 현실에서는 여자 대학생의 방에 매일처럼 굴러 들어가고 있지만…."

"대체 어떻게 된 일과를 보내시는 건가요."

혼자 살고 있는 소꿉친구의 자취방에 자주 청소를 하러 간다는 이야기일 뿐이다. 참고로 연인인 센조가하라 히타기는 여자 기숙사에서 지내고 있다.

나중에 이야기할 거다. 기억하고 있다면.

"루가의 방을 청소하고, 소꿉친구의 방도 청소하고, 아라라기 선배는 그 일로 사업을 시작하실 수 있겠네요. 조금 전에 독립하고 싶다는 말씀도 하셨고."

"그런 독립기업을 계획하고 있지는 않아."

"부모님의 사업 쪽으로 분점을 차려 보겠다는 생각은 하지 않으시는 건가요?"

"아무런 가게도 운영하고 있지 않아, 우리 집은. 나의 장래 설계를 생각해 주는 건 기쁘지만, 나에게는 꿈이 있거든. 지금까지 키워 주신 것에 감사하고 있다고는 해도, 미안하지만, 부모님하고는 다른 길을 나아갈 거야. 내 인생이니까."

"네, 네. 하지만 말이죠."

선배의 말을 그냥 흘려버렸겠다.

"하지만 미토농의 선배 이야기로 돌아가자면요, 그런 긍정적인 느낌의 독립이 아니었던 모양이에요. '부모에게 의지하는 것은 열여덟 살까지'라고 말한 건, 오히려 스스로를 고무하기 위한 입버릇이었던 게 아닐까 한대요."

"고무한다?"

"바꿔 말하면 '열여덟 살까지만 참자구!'일까요, 네."

"……"

참자구! 라고 말하지는 않을 것 같은데.

그렇구나…. 보이기 시작했다, 조금씩.

"요컨대 베니구치 선배는 부모님하고 약간 사이가 안 좋았던 거죠. 조금 전에 말씀드렸던 대로, 여동생하고는 나름대로 거리감을 유지하고 있었던 모양이지만요…. 뭐, 가족이더라도 사이가 안 좋을 때는 안 좋은 법이니까요."

이해한다.

그것도 역시, 재혼이라느니 의붓동생이라느니 하는 그런 문제가 아니라… 나도 고등학교 시절에는 집을 나오고 싶어서 견딜 수 없었을 정도였다.

가족과의 사이는, 나쁘기는 고사하고 최악이었다.

극악이었다고 말해도 좋다.

부모의 기대를 등지고 낙오해 버린 고등학교 생활의 한복판, 졸업할 수 있으면 그것으로 충분하고, 그 뒤에는 곧바로 자취를 시작하자… 라고 생각하고 있었다.

그랬는데 지금은 본가에서 사는 대학생이니, 인생이란 알다가도 모르겠다. 뭐, 나는 복 받은 상황이란 이야기겠지.

몇 번인가 죽은 정도고.

"하지만 그것은 잘된 일이라고 말해도 되는 거겠지? 그렇게 꾹 참으며 중고등학교 시절을 보내고, 끝내는 바라던 대로 집에서 나갈 수 있었으니까."

"그 선배 개인에게는, 그야 바라 마지않던 일이 되겠지만요. 일단은. 하지만 미토농이 말하길, 그렇게 기뻐 보이지도 않았던 모양이라…."

"뭐, 부모 곁에서 벗어났다고 그렇게 노골적으로 기뻐한다는 것도, 너무 정이 없다는 느낌이겠지만."

"그게 아니라요."

그렇게 히가사가 말을 이었다.

"의붓동생을 부모님 곁에 남겨 두고 와 버린 것을 괴로워했던 모양이다, 라고 하더라고요. 이렇게 말해도, 어쨌든 초등학교 5학년이니까요. 같이 데리고 나갔다간 그 선배가 체포되어 버리겠죠."

그렇게 되겠지.

그것은 그것대로 번듯한 유괴사건이다. 이 경우에는, 의붓자매라는 관계성이 문제를 복잡하게 만들어 버릴 것 같다.

세상의 눈은 가혹하다.

아니, '세상의 눈'이라고 나의 시선을 분리한 듯 표현하는 것
은 무의미하다. 내 안에도 그런 치우친 견해는 존재한다.

"추측하기로 베니구치 선배는, 내 입장에서는 동갑내기지
만…. 아무래도 부모님과 사이가 안 좋은 모양이었다고 해도,
여동생인 베니쿠자쿠짱 쪽하고는 어땠어? 홀로 남겨 두는 것이
불안해질 정도였으니, 역시 부모님과 사이가 나빴나? 불안해질
정도로 안 좋았나?"

"초등학교 5학년이면 열 살이니까요. 사이가 나빴다고 해도
그건 상당히 일방적인 것이 되겠지요. 반항기조차 오지 않은,
그러기는 고사하고 성장기조차 오지 않은 어린애니까요. 부모에
대해 저항할 방법이 없어요."

부모가 보기에는 의견이 또 다르겠지만…. 반항기인 중학생보
다, 의외로 초등학생 쪽이 손이 많이 간다는 이야기도 있는 모
양이고. 뭐, 단순한 체력이나 체격, 혹은 어휘력의 관점에서는
그런 이야기가 된다.

"폭력적인 학대 같은 것은 없었던 모양이지만요. 그 정도로
알기 쉽게 붕괴해 준다면, 아무리 가정이라도 외부에서 개입하
기 쉬울 테고… 굳이 말하면 방임주의겠네요."

"방임주의."

"방치주의라고도 할 수 있지요. 법치가 아니라 방치요. 뭐, 법
치국가도, 국민을 방치하고 있는 것하고 비슷하지만요!"

풍자처럼 말해도, 딱히 아무런 풍자도 되고 있지 않다. 그저

되도 않는 말장난을 하고 있을 뿐이다.

농구에 관해서라면 몰라도, 히가사는 말을 재치 있게 하는 능력이 뛰어나지는 않은 모양이다.

통금시간 없음, 이라고 했던가?

"아동방치인가…. 혹시 베니쿠자쿠짱은 복도에서 자거나 했었어?"

"뭔가요, 그 무서운 에피소드는. 그런 부분까지는 모르지만, 그런 일을 당하고 있었으면 아무리 그래도 베니구치 선배가 가만히 내버려 두지 않았겠죠…. 알 수 없는 일이지만요."

안 그래도 애매한, 말 전하기 게임 끝에 이른 '이웃집 가정'의 속사정에 대해 상상만으로 이야기해 봤자 소용없다고 판단한 것인지,

"하여간. 뭐가 어찌 되었든 간에."

그렇게 히가사는 다시 추스르듯 말했다.

"그렇게 되어서 독립한 후에도 선배는 혼자 남겨진 여동생, 베니쿠자쿠짱을 신경 쓰고 있던 모양이에요. 그런 참에 이번 사건이 일어난 것이고요."

이야기가 이어지기 시작했다.

'여기서만 하는 이야기'가.

"베니쿠자쿠짱이 아무리 시간이 지나도 학교에서 돌아오지 않는다. 하교 시간이 지나도, 날이 저물어도, 밤이 되어도, 다음 날 아침이 되어도."

"……."

"물론 다음 날 등교하지도 않았고요. 이상하게 생각해서 베니구치 가에 연락을 한 담임선생님이, 말하자면 제1발견자가 되었던 거죠."

응? 이야기가 조금 엉키기 시작하는데.

내가 너무 까다로운 것인지도 모르지만, 이 부분도 정리하고 싶다. 애초에 나는 고등학교 시절, 사소한 모순점이라고 할 정도도 아닌 작은 위화감 같은 것을, 괜찮아, 괜찮아, 하며 넘기고 진행했다가 나중에 크게 후회하는 패턴을 반복해 왔다.

이제 그런 후회는 지긋지긋하다.

"그런 시간의 흐름이라면, 마치 담임선생님이 연락할 때까지 베니구치 가는 이변을 깨닫지 못했다는 것처럼 들리는데."

"그런 이야기가 되죠. 초등학교 5학년 딸이 하룻밤이 지나도 돌아오지 않는 정도로는, 소동이 벌어지지 않았던 모양이에요."

통금시간 없음… 이라고는 해도.

역시나 다음 날 아침에 돌아오게 되면 이야기가 다를 거라고 생각하는데… 아니, 나도 상당히 탈선한 아이였으니까, 그런 부분에 시시콜콜하게 잔소리를 할 생각은 없지만.

조금 전에 발언 중의 실수를 서너 가지나 지적당했을 때는 남몰래 기분이 상했지만, 이렇게 되기 시작하면 그것은 분명 일일이 정정하지 않을 수 없는 하자다. 커다란 상처다.

"그렇다기보다, 돌아오지 않은 것 자체를 깨닫지 못했던 모양이에요. 담임교사가 집에 연락해서야 비로소 딸이 하룻밤 동안 집을 비웠다는 사실을 알아차렸다나 봐요."

그날부터.

오늘에 이르기까지, 베니쿠자쿠짱은 집에 돌아오지 않았대요,
라고 히가사는 마무리했다.

오늘에 이르기까지.

대소동이 벌어지지 않고. 조용히.

"…한 가지 물어봐도 돼?"

"네, 얼마든지요. 한 가지 말고, 백 가지라도요. 아라라기 선
배에게 개인정보를 유출하는 것이 저의 일이에요."

"언제부터 내가 정보상을 고용한 거냐고. 지금 그 얘긴 유괴
같은 게 아니라, 미아조차도 아니라, 베니쿠자쿠짱의 가출 아
냐? 언니는 열여덟 살까지 참았지만 베니쿠자쿠짱은 그때까지
기다리지 못하고…."

어렴풋이 그것을 짐작하고 있었기 때문에 부모님도 경찰에 신
고하지 않았던 것이 아닐까. 대소동이 벌어지지 않은 것은, 그
저 일을 크게 만들고 싶지 않았기 때문.

있을 법한 이야기다.

과한 행동으로 경찰이 개입하게 만들었다가 자기들의 변변치
못한 '육아'가 외부에 드러나게 되는 상황을 피하고 싶어서 신고
를 망설인다… 있어서는 안 될 일이지만, 있을 법한 이야기다.

"아뇨, 그건 아니겠죠. 안심하세요."

그렇게 말하며 덧붙인 정보는 역시나 나의 추측을 정면으로
부정하는 것이기는 했지만, 완전히 '안심'할 수 있는 것도 아니
었다.

"이렇게 말씀드리는 건, 베니쿠자쿠짱이 행방불명이 되고서 이틀째 되던 밤에 유괴범으로부터의 어프로치가 있었기 때문이 에요."

"어? 하지만 조금 전에 협박문 같은 어프로치는 없었다고···."

"없었던 것은 **구체적인** 어프로치예요. 전화나 문자 같은 것으로 '경찰에게는 알리지 마라'라든가 '언제까지 몇 억 엔을 준비해라'라든가 하는 어프로치는 없었다는 의미예요. '너희의 딸은 잘 데리고 있다'라는 한마디도 없었던 것은 사실이지만요."

확실히 나의 성급한 판단이었던 모양이지만, 그것은 일부러 헷갈리는 표현을 쓴 게 아닐까 하고 의심하고 싶어진다. 알게 된 지 얼마 안 된 사이이지만, 이미 알고 있다. 히가사에게는 그런 심술궂은 구석이 있다.

다만 이 일에 한해서는, 그런 간접적인 표현에 의지한 것은 나를 착각하게 만들어 우쭐한 기분을 맛보려는 시도가 아니라 단순히 말하기 어려웠기 때문인 듯하다. ···진실을, 직접 말하는 것이, 꺼려졌다.

그렇다.

구체적이 아니라, **직접적**인 어프로치.

아픔을 동반한 메시지.

"이틀째 밤, 베니구치 가의 우편함 안에, 베니쿠자쿠짱의 뽑힌 앞니가, 아무렇게나 굴러다니고 있었다고 해요."

005

그날 밤, 나는 키타시라헤비 신사의 경내를 방문했다. 해가 가라앉자 드디어 눈을 뜨신 금발금안의 유녀이자 흡혈귀의 영락한 모습, 오시노 시노부를 늘 그렇듯이 목말 태우고서, 이다.

또 한 명, 우연히 시간이 남았는지 쪼그만 쪽 여동생의 봉제인형으로서 하루하루를 보내고 있는 시체 인형, 츠쿠모가미인 오노노키 요츠기도 함께 가고 있다. 어째서?

"그렇군요, 그 말씀을 들으니 이해가 가네요. 그래서 아라라기 씨가 저와 만나자마자, 귀여움의 권화이자 초등학교 5학년인 저와 만나자마자, 기성을 지르며 안겨들지 않으시는 거군요. 초등학교 5학년이 유괴된 흉악한 사건에 대해 한창 이야기하는 동안에, 초등학교 5학년을 우격다짐으로 끌어안거나 하면 이야기의 축이 흔들려 버리니까요."

끄덕끄덕, 방문자인 나를 향해 그런 식으로 고개를 주억거려 보이는 초등학교 5학년이었다… 아니, 이곳의 신이었다.

이 키타시라헤비 신사에 모셔진, 신.

하치쿠지 마요이다.

겉모습은 말씀하시는 대로 열 살 난 소녀이지만, 그 실체는 10년 이상 전에 교통사고로 죽은, 유령… 같은 존재다.

길 잃은 소, 마요이우시라고 불리며.

'어둠'에 삼켜질 뻔한 끝에.

뱀의 신이 되었다. 그렇게 설명하니 정말 엉망진창이지만, 어쨌든 엉망진창이 있었던 것이다.

도저히 자세한 설명을 할 생각이 들지 않는다.

"그러네요. 게다가 너무 자세히 설명하면 스포일러가 되어 버리니까요."

"그러니까 왜 이 책부터 읽는 사람이, 그렇게 많이 있을 거라고 생각하는 거냐고."

소수파라고 생각하는데 말이지?

"뭐, 하지만 아예 없지는 않을 거라고 생각하니, 나에 대해서도 제대로 소개해 두었으면 좋겠어. 시체 인형이 어쩌고 하며 귀신 오빠는 거드름 피우며 나를 부르지만, 여기서는 평소대로 동녀라고 불러 줬으면 좋겠어."

오노노키가 무표정한 교과서 읽기 톤으로 요구해 왔다. 시체라서 무표정한 것이다. 교과서 읽기라도 압박감은 강하지만.

"그렇구먼, 나에 대해서도 금발금안의 유녀라고 착각하고 있는 녀석들이 적지 않을지도 모른다. 소수파 중에서도 적지 않을지도 모른다."

"너는 금발금안의 유녀잖아."

누가 어떻게 보더라도.

유녀를 목말 태우고 동녀와 함께 신사로 향한다니, 내가 여름 축제의 인솔자라도 되냐고.

좋아서 하고 있는 일이라고는 해도.

"좋아서 하지 말라고. 그야말로 유괴범 같기도 하지만 말이야."

그렇게 말하는 오노노키.

내가 하치쿠지(와 시노부)에게 설명하기 전부터 아무래도 그런 부분의 사정을, 이웃 가정의 사정을 파악하고 있는 듯한 눈치를 보면, 낮에 나와 히가사와의 대화를 옆방에서 엿듣고 있었던 모양이다.

외출한 줄로만 알았는데… 있기를 바라지 않는 타이밍에는 칼같이 머무르고 있다니, 정말 귀도 밝다.

뭐, 오노노키는 고등학교 시절 신나게 사고를 쳤던 나에 대해 가엔 씨가 파견한 공식적인 감시자 같은 구석이 있으므로, 이 동행은 어떤 의미에서 불가피한 상황이라고도 할 수 있다. 또다시 내가, 사고를 치려 하고 있으니까.

대학생이 되어서까지.

"후후후. 오래간만에 소녀와 유녀와 동녀의 로리 트리오, 약칭 로리오의 재결성이군요."

그렇게 말하는 하치쿠지.

트리오의 이름은 둘째 치고, 기뻐 보인다.

오노노키는 무표정이고, 시노부는 그 명칭에 대해 몹시 불쾌하다는 얼굴을 하고 있지만, 뭐, 이 면면이 모인 것 자체는 그리 나쁘지 않게 생각하고 있는 듯하다. 유녀도 의외로 둥글어진 모양이다. 원만해졌다는 정도는 아니어도, 둥글어진 모양이다.

"하지만 하치쿠지. 로리 트리오라는 명칭은 피하자고? 부음성에서도 더 이상 사용되지 않는 말이잖아, 그거. 베니쿠자쿠짱에

대한 건 제쳐 두더라도 그게 좀… 최근에는 제재도 엄해지기 시
작했으니까."

"어라라. 꽤나 약한 태도이시네요, 로리리기 씨."

"그렇게 스트레이트한 호칭, 사실은 아직 한 번도 불린 적이
없었는지도 모르겠지만, 하치쿠지. 사람의 이름을 로리… 로리
리… 로보토미처럼 부르지 마. 나의 이름은 아라라기야."

"진짜로 약한 태도잖아요! 평소의 흐름을 끊지 말아 주세요.
로리리기 씨는 전혀 로보토미 수술을 받은 것 같지 않다고요.
어떻게 되어 버린 건가요, 아라라기 씨. 소녀의 안구를 핥거나
유녀를 키스로 입 다물게 만들거나 동녀에게 걷어차이던 아라라
기 씨는 어디로 가 버리신 건가요."

형무소에 간 게 아닐까?

악의 있는 픽업을 하네.

"지금 거론한 것은, 귀신 오빠의 흉행 중에서는 그나마 얌전
한 편이라고 생각하지만 말이야…."

"아니, 오노노키. 걷어차인 것은 네가 멋대로 걷어찬 거잖아.
그 다리로. 부츠를 신어서 적당히 후끈해진 다리로."

"후끈해진 다리라고 말하는 시점에서 말이지…."

그렇지만, 그러네.

확실히 그런 수많은 흉행들이 기록되어 있는 책들이 언제까지
서점에 놓여 있는지 알 수 없으므로, 이 책부터 읽기 시작하는
사람도 의외로 마이너리티는 아닐지도 모른다.

이것이 데뷔작이라는 마음가짐으로 행동하자.

또, 로리 트리오라고 하는, 거의 발매금지를 먹을 듯한 네이밍 센스는 둘째 치고, 초등학교 5학년의 유괴사건에 임할 수사팀으로서는 꽤나 최강의 포진이라는 기분도 든다.

오래간만에, 라고 하치쿠지는 말했지만, 이 멤버가 한 자리에 모인 것이 대체 얼마만일까?

요전의 '미라 사건' 때에는 팀이라고 하기에는 각각 절묘하게 지나치고 있는 인상이니… 고등학교 졸업식 직전의, 오기와의 대결이 있던 그날까지 거슬러 올라가게 될까?

뭐, 시노부의 표정으로도 알 수 있듯이 특별히 사이좋은 삼인조도 아니지만… 그래도 의지할 수 있다는 점은 틀림없다.

옆에서 보기에는 한밤중의 인적 없는 신사에서 어린아이들과 놀고 있는 수수께끼의 대학생이라는 그림이 되어 버리는 것이 조금 괴로운 부분이지만, 그 부분은 꾹 참기로 하고….

내 주변의 치안이 나빠지는 것은 일단 제쳐 두고.

"과연 어떤 걸까. 그렇지만 내 주인님아. 다른 사람을 돕지 않고는 못 사는 너의 버릇에 대해, 이제 와서 노예인 내가 이러쿵저러쿵 불평할 것은 없다만, 이것은 어떻게 생각해도 경찰의 일이 아니냐?"

그렇게 시노부가 말했다.

불평하는 것이 아니라고 말하면서도, 도넛이라는 보상도 없이 일하게 될 듯한 현재의 흐름에 대해서는 명백히 불만이 있어 보였다.

"네가 해야 할 일은 신고겠지. 육아포기 느낌이 나는 부모가

하지 않은 일을, 네가 해라."

옛 전설의 흡혈귀인 주제에, 아주 지당한 소리를 한다. 완전히 현대의 일본에 익숙해졌다.

나에게서 피를 빤 시점에서는 그녀 쪽이 '주인님'이었으므로, 지금은 '노예'라고 자칭하면서도 상체를 크게 젖히고 거드름 피우는 말씨를 쓰는 점은 애교다. 내 입장에서는 플러스마이너스 제로인 상태이니 결국 대등한 파트너라고 생각하고 있고.

"여차하면 그것도 어쩔 수 없겠지만, 지금은 아직 그때가 아니라고 생각해. 이렇게 말해도 나는 히가사에게 소문을 들은 것뿐이고, 아무런 사실 확인도 하지 않았으니까. 그것은 이제부터 할 거야. 오노노키가."

"내가 한다꼬?"

칸사이 사투리로 딴죽을 걸어왔다. 무표정으로.

뭐, 시체 인형의 '주인님'인 폭력음양사 카게누이 요즈루 씨의 말투를 생각하면 방언이 다소 옳아도 부자연스럽지는 않지만.

오노노키는 주위에서 특히 영향을 받기 쉬운 괴이라고 하니. 그렇다고 해도 오노노키는 조사의 전문가이므로 그런 사실 확인에는 적합하다.

기동력이 높고 풋워크가 가볍다.

그림자에 속박되어 있기 때문에, 일련탁생이라고 할까, 강제적으로 나와 행동을 함께하게 되는 시노부는 그렇다 쳐도… 본래 나의 감시 역일 뿐인 오노노키에게 이 일로 뭔가를 부탁할 생각은 없었지만, 그러나 이번에는 그 위치에서 나를 감시할 생각이라고 한다면 역할을 담당해 달라고 부탁하자.

서 있는 자는 동녀라도 이용해라*, 라는 속담도 있다.

"흠. 뭐, 상관없지만. 열 살 여자아이를 유괴하고, 부모에게 그 애의 뽑은 치아를 보낼 만한 인간은 이미 상당히 요괴 같다는 느낌이니까."

그 정도의 합리화로, 시간 외 노동에 대해 스스로를 납득시키고 있는 듯한 오노노키. 그렇게까지 틀린 말은 하지 않았다.

옛날에 그런 류의 용서받을 수 없는 범죄는 순수한 괴이현상에도 있었을 것이고, 유괴범은 괴이 취급을 받았을 것이다. 요컨대 그것을, 어떻게 해명하는가의 문제다.

"그 대신, 나중에 잔뜩 귀여워해 줘."

"그만둬, 과거에 그런 일이 있었다는 듯한 표현을 쓰는 건. 너를 귀여워했던 적은 고등학교 시절에도 없었어."

"그래서, 저는 무엇을 하면 되는 건가요?"

감시자와 감시대상 간의 친교의 확인이라고 할까, 그야말로 늘 있는 대화가 끝난 것을 보고 하치쿠지가, 신이 손을 들고 물었다.

"시노부 씨는 그림자에 묶여 있으니까, 오노노키 씨는 감시역이니까 아라라기 씨하고 행동을 함께하는 것은 어떤 의미에서 당연한 흐름이라고 할 수 있겠습니다만, 아라라기 씨가 이런 심

※서 있는 자는 동녀라도 이용해라 : 원 속담은 '서 있는 사람은 부모라도 이용해라'. 급할 때는 누구든 옆에 있는 사람에게 도움을 구해야 한다는 뜻이다.

야에 저의 신사를 찾아온 것은 능동적이며 자발적인 의지겠지요. 저에게 어떤 부탁이 있는 건가요?"

이해가 빠르네.

슬슬 신으로서의 모양새가 나기 시작한 것인지도 모른다. 겉모습은 나와 동네를 빈둥거리며 돌아다니던 시절과 아무것도 변하지 않았는데.

열 살 난 소녀인데도.

"아라라기 씨, 일단 말해 두자면 최근에 적당히 열 살이란 이야기를 듣는 경우가 많아졌습니다만, 저 정확히는 열한 살이거든요? 시노부 씨가 정확히는 598세인 것과 마찬가지로."

"지금은 599세이다. 아마도."

"그 부분은 이제 그냥 열 살을 공식설정으로 해 둬. 21세 마요이 누나 쪽이 22세 마요이 누나보다 어감이 좋잖아?"

"어째서 둘 다 누나인가요. 그 캐릭터, 이 세상에는 없다니까요?"

"아니, 신에게 비는 것은 아니야. 안심해. '신의 힘으로 유괴범을 찾아내 줘'라는, 무리한 요구를 할 생각은 없어. 그저 견해를 듣고 싶었다는 느낌이지. 다만, 신으로서의 견해가 아니라 마요이우시이던 시절의 견해를."

"마요이우시이던 시절의 견해? 흐음."

고개를 끄덕여 보이는 하치쿠지.

무슨 뜻인지 이해하지 못했을 때의 얼굴이다.

전언철회, 아직 신의 자리에 익숙해지지 못했다. 아니, 이번

케이스에 한해서는 그러는 편이 좋지만.

어쨌든 **신이 아니었을 무렵**의 하치쿠지의 경험을, 나는 필요로 하고 있으니까. 어떤 행동을 시작하더라도, 전제가 달라지면 그것은 경거망동이다.

"히가사는 완전히 부정했지만, 나는 아직 있다고 생각하거든. 이 유괴사건이 본인의 **능동적이며 자발적인** 가출일 가능성을."

"호호오?"

하치쿠지는 아직 감이 오지 않은 듯한 리액션이다. 이 신에게 소원을 비는 것은 고생스러울 것 같다.

상당히 눈치가 나쁘다.

"그래서 '지금은 아직 그때가 아니다'라고 말하는 게냐? 내 주인님아. 확실히, 단순한 가출이라면 일이 커지면 커질수록 집에 돌아가기가 힘들어질 테니 말이다."

그에 비하면, 과거에 온갖 나라로부터 가출을 계속해 왔다는 괄목할 만한 경력을 지닌 흡혈귀는 곧바로 뜻을 파악해 주었다.

"응."

그렇게 답하고 나는 말을 이었다.

"지금으로서는, 말 전하기 게임을 듣기로는 그리 칭찬받을 만한 부모는 아닌 모양이고, 초등학교 5학년이 살기에 이상적인 가정환경도 아닌 듯 보이고… 그렇지 않더라도, 가출 정도는 누구라도 하잖아."

"그렇다면, 베니쿠자쿠짱은 가출했지만 부모님이 알아차려 주지 않았던 거군요. 그런 부모님이기에 가출하고 싶었는지도 모른다는 추론은⋯ 그야 뭐, 성립하겠습니다만, 하지만 로리리기 씨."

"로리리기 씨를 정착시키려고 하지 마."

"평소의 흐름이 완전히 끊겨서 소화불량이라고요. 로리리기 씨의 공양이 끝나지 않았어요."

"그러면 해 줄게. 나의 이름은 로리⋯ 로리키⋯ 사람 이름을 장난의 신 로키처럼 말하지 마. 내 이름은 아라라기야."

"엄청 멋있게 말하고 있잖아요. 장난의 신 로키라니. 어떤 의미에서는 혀에 신이 내렸네요. 그야말로 장난의 신이었지만요."

어이없다는 듯이 공양을 끝내고 나서(성실한 녀석이다),

"집으로 보내 왔다는 앞니는 어떻게 되나요? 뽑힌, 베니쿠자쿠짱의 앞니는. 이쪽은 장난으로 끝나지 않는다고요."

그렇게 하치쿠지가 말했다.

"응, 그게 말이지. 그야말로 히가사의 반증으로 나도 그 자리에서는 완전히 납득해 버렸지만, 그래도 심장을 보내온 것이라면 모를까, 앞니니까. 그거라면 자작자연*, 요컨대 자작극을 벌일 수 있어."

"자작극? 어? 자신의 앞니를 스스로 뽑아서 자기가 보냈다는 말씀인가요? 초등학교 5학년이? 아라라기 씨, 당신은 초등학교 5학년을 뭐라고 생각하는 건가요?"

모두가 아라라기 씨처럼 스스로를 아프게 만드는 것을 끔찍이

※자작자연(自作自演) : 자기가 지은 소설이나 희곡 따위를 스스로 연출하거나 거기에 출연함.

좋아하는 게 아니라니까요?

그렇게 말하는 하치쿠지. 아니 뭐, 그런 일도 있었지만 딱히 나도 좋아서 스스로를 아프게 만들고 있었던 것은 아니다.

자학 경향이 강하다는 것은 인정하지 않을 수 없다고 해도, 대학생이 된 지금은, 그런 일은 되도록 피하고 싶다고 생각하고 있다. 3학기의 재래는 어떻게 해서라도 피하고 싶다.

"초등학교 5학년에 대해서라면, 잘 알고 있어. 마침 나기 시작할 무렵이잖아?"

"나기 시작한다? 뭐가 말인가요?"

"영구치가."

006

요컨대 우편함에 뽑힌 채로 들어 있었다는 이는 베니쿠자쿠짱의 **유치**가 아닐까 하는 것이 나의 예상이다. 즉, 나의 희망이다.

나에게서 여섯 명을 건너가면 펜치 같은 도구로 인질 여자아이의 이를 잡아 뽑을 만한 유괴범이 존재한다고 상정하는 것보다는 훨씬 낫다. 물론 가장 좋은 것은 베니구치 가가 가출하고 싶어질 만한 가정이 아닌 것이지만.

행복한 가정은 똑같이 행복하지만 불행한 가정은 저마다 불행하다, 라는 명언이 있는데, 그러나 불행한 가정이 저마다 불행한 것은 그 말이 맞는다고 해도, 행복한 가정이란 것이 정말로 존재하는지 어떤지는 검증이 필요하다.

"흠. 과연 초등학교 5학년에 해박하구먼, 내 주인님은. 미처 몰랐었다."

나의 자기위장을 진짜로 받아들인 그 말은 좀 미묘하지만, 너무 서로를 잘 알고 지내다 보니 시노부로부터 칭찬의 말을 듣는 것은 의외로 드문 일이다.

"요컨대 가출하는 타이밍에 우연히 빠진 치아를, 우편함에 버리고 갔다는 얘기냐?"

"반대일지도 몰라. 유치가 빠진 것이 가출의 계기가 되었을지도…. 나도 이제는, 처음 이가 빠졌을 때를 제대로 기억해 낼 수는 없지만."

어쨌든 초등학교 시절의 일이다.

히가사에게 그 이야기를 들었을 때에는, 당연히 베니쿠자쿠짱은 심장이 도려내졌다는 정도는 아니어도, 손가락이 잘리거나 안구가 도려내지는 것과 다를 바 없는 불가역한 고통을 당했다고 생각했을 정도다. 누구라도 그렇게 생각할 것이다.

그러나 나이 대를 초등학생으로 제한해서 말하면, 꼭 그렇지도 않다… 반 이십에 한해서는, 이가 빠진다는 것은 알기 쉽게 눈에 보이는, **성장**의 증거다.

축하해야 할 일이다.

"'반 이십'이라는 수수께끼의 용어가 있는지 어떤지는 제쳐 두고, 그런 일은 가능할지도요…. 뭐, 이 자리에 있는 우리 세 사람은 그런 의미에서는 겉모습과는 달리 그런 감각을 잃은 지 오래된 리틀 걸즈니까, 뭐라고 말할 수 없는 부분이 있다고 해도."

오노노키가 곱씹듯이 쉽게 설명해 주었다.

치아에 대한 이야기인 만큼.

"이가 빠진 것으로, 그것도 앞니가 빠진 것으로 자신의 성장을 실감했기 때문에 베니쿠자쿠짱은 스스로 집을 나갔다… 라는 추리에는 검토의 여지가 있을지도 몰라. 그것은 그 여자애의 언니가 열여덟 살이 되면 집을 나가겠다고 결심했던 것과 완전히 동일하니까. 의붓언니의 모습을 보고, 의붓동생이 학습한 것일지도…."

"단순히 열여덟 살까지 기다릴 수 없어서 자신의 허들은 언니보다 낮춘 것뿐일지도 모르겠구먼."

"하지만 귀신 오빠. 귀신 같은 오빠를 줄여서 귀신 오빠. 옛날 일본에서 윗니는 처마에, 아랫니는 지붕 위에 던지라는 얘기가 있는데, 빠진 이를 우편함에 집어넣은 것은 어떤 주술이야? 이를 어떤 방향으로 나게 하고 싶은 거냐고."

"그 의문에는 두 가지 답을 생각할 수 있어."

"귀신 오빠가 2라는 개념을 알고 있다는 것에 놀랐어."

"하다못해 두 가지를 생각한 것에 놀라 줘."

히가사 정도로 잘 어울리지는 않겠지만, 그렇게 말한 뒤에,

"우선 첫 번째."

그렇게 나는 이야기를 시작했다.

"빠진 이를 어떻게 처리할지 난처해 하다가 자기 집 우편함에 집어넣은 것뿐. 어쨌든 자기 이니까 쓰레기로 버리는 것에는 저

항감이 있을 테고. 하지만 조금 전에 오노노키가 말한 것 같은 미신을 요즘 어린애가 숙지하고 있는가 하면, 그것도 수상하고 말이야…. 하교 중에 흔들리던 이가 빠져서 가출을 떠올렸다고 하면, 그 주변에 던져 버리는 것보다는 자기 집 우편함에 집어 넣는다는 것이 적당한 타협점이란 기분이 들어."

"타협점이란 말이렷다. 그리고 그대로 현관문을 열지 않고 모습을 감췄다고 보는 것이냐, 내 주인님은."

그렇게 말하며 시노부는 팔짱을 꼈다.

억지로 끌려온 것이라고는 해도, 그녀 나름대로 이 이야기에 흥미를 가져 주고 있는 듯하다.

"확실히, 발견된 것이 우연히도 행방불명 이틀째의 밤이었다고 했을 뿐이지, 실제로 그 앞니가 우편함에 들어간 것도 이틀째 밤이라고 단정할 수는 없으니 말이다. 카캇. 즉 아해의 부모는, 딸뿐만 아니라 우편함까지 방치하고 있었다는 얘긴가."

아해라니.

그런 어휘는 지금까지 사용한 적 없었잖아.

새 시즌부터 캐릭터 변화를 노리지 마.

뭐, 하지만 대충 그런 정도다. 설령 꼼꼼하게 우편함 체크를 하고 있었다고 해도, 들어 있는 물건이 앞니 하나라면, 구석에 굴러다니고 있다면 못 볼 가능성도 있을 테고.

"하지만 시노부. 두 번째 답 쪽이 나는 가능성 있다고 생각해…. 요컨대 가출을 해도 부모님이 만 하루 동안이나 알아차려 주지 않던 베니쿠자쿠짱이 너무나도 무관심한 부모님을 걱정하게 만들려고, 어떤 의미에서는 불안을 부채질하기 위해 일시적으로 집 근처까지 돌아와서 우편함에 뽑은 이를 몰래 넣고 갔을 가능성이야."

"아아…. 자작자연, 처음부터 말했던가. 내 주인님은."

흠, 하고 생각났다는 듯 말하는 시노부.

그 숙어에 그렇게 깊은 의미를 담은 것은 아니었는데, 자기도 모르게 나온 걸까…. 무의식중의 희망이 입 밖으로 나온 것뿐이라고도 할 수 있다.

숙려가 부족한 숙어였다.

이렇게 말하는 것도, 그럴 경우 적어도 베니쿠자쿠짱은 자기 집에서 그리 멀리 떨어지지 않은 장소에 몸을 숨기고 있다고 추측할 수 있기 때문이다. 전자의 경우에는, 어디까지 가출해 버렸는지 짐작도 할 수 없게 된다.

금방 돌아올 수 있을 정도의 거리에서 집의 눈치를 살피고 있을 만한, 그런 귀여운 가출이라면 찾을 방법도 있을 것이다. 물론 현실적으로는 이 두 가지 말고도 가능성은 얼마든지 생각할 수 있다.

그중에서도 가장 큰 것이, '베니쿠자쿠짱은 그냥 정신이 이상한 유괴범에게 유괴되었다'이며, 결코 그 가능성에서 눈을 돌려서는 안 된다.

하지만 희망을 보더라도 괜찮을 것이다.

희망이니까.

"여아의 알몸을 봐도 되는 것처럼, 희망을 봐도 된다."

"쓸데없는 한마디를 끼워 넣지 마라, 내 주인님아. 우리에게 딴죽 걸 곳을 주지 마라."

시노부가 파트너로서 브레이크를 걸었다.

…고 생각했는데,

"아해보다도 그쪽이 잘 와닿는구먼. 그러면 지금부터는 여아로 통일할까. 인간의 이름은 기억하기 힘드니 말이야."

라고 말을 이었다.

쓸데없는 힌트를 주고 말았나…. 하지만 계속 '유괴피해자인 초등학교 5학년'이라고 부르는 것도 너무 길다는 느낌이 있다.

그렇다고 해서 짧게 '피해아동'이라고 부르는 것도 어감이 너무 강하다. 그렇게 되지 않았으면 좋겠다고 진심으로 기원하고 있는 이상, 시노부가 베니쿠자쿠짱을 여아라고 부르는 것에 이의는 없다.

뭐, 평범한 단어이고 말이지.

베니쿠자쿠라고 부르면 기억하기 쉽다는 것은 인간의 이론이다.

"확실히 그건 그러네. 아직 베니쿠자쿠짱이 어떤 아이언지도 모르니까 말이야. 섣불리 닉네임은 붙일 수 없어. 귀신 오빠 취향인 트랜지스터 슬렌더라는 대명사로 부를 수는 없어."

"트랜지스터 슬렌더라는 건 또 뭐야. 그건 그냥 날씬한 어린 애잖아."

하지만 베니쿠자쿠짱이 어떤 아이인지 알 수 없다는 건 사실이다. 역시나 관계성이 너무 멀어서, 히가사에게도 용모나 그

외의 정보는 들어오지 않았다.

아마 미토농 쪽에도 전해지지 않았을 것이다. 전해졌다고 해도 정확성이 결여된, 말 전하기 게임이니까.

"조금 이해되기 시작했어요. 아라라기 씨가 저를 찾아온 이유를. 이런 밤중에."

"말해 두겠는데, 밤중에 찾아온 것은 너의 상황 때문이라니까? 낮에는 산책하고 다니는 경우가 많으니 말이야. 네 상황 때문이야."

"산책의 신이니까요."

"아니잖아. 너는…."

"네. **미아의**, 신이에요."

그렇게 말하며 마요이는 씩 웃었다.

"저는 집에 돌아가지 않기의 엑스퍼트였어요. 그리고 **집에 돌려보내지 않기**의 엑스퍼트이기도 했죠. 즉, 그런 경험의 포물선 같은 저라면 베니쿠자쿠짱이 가출해서 어디에 몸을 숨기고 있는지 알 수 있지 않을까 했다고, 아라라기 씨는 그렇게 말씀하시는 거군요?"

대강 그런 이야기였다.

경험의 포물선이라고는 말하지 않겠지만. 보물선이겠지.

"최악의 케이스는, 물론 최악의 유괴범이 있다는 케이스겠지만, 그렇지 않더라도 초등학교 5학년이 혼자서 며칠씩이나 지내고 있다는 것만으로도 충분히 위태로운, 그럭저럭 나쁜 상황이라고 말할 수 있다고. 얼른 찾아서 보호하지 않으면 별로 좋은 미래로 이어질 것 같지 않다는 예감이 들어."

"뭐냐. 유괴범을 박살 낸다는 전개는 없는 게냐."

"그렇게 해야만 한다면 그렇게 하겠지만, 그것은 역시 경찰이 할 일이라는 기분도 들고, 그것이 버릇이 되면 위험하다고 확신하고 있어."

"그것이라니?"

이것은 오노노키의 질문이다.

감시 역으로부터의 질문이므로 신중하게 대답해야 한다. 나는 말을 골랐다.

"흡혈귀라든가, 신이라든가, 그런 파워풀한 초상적 존재의 힘을 빌어서 **자신이 생각하는 정의**를 관철하는 것. 그것이 버릇이 되면 위험해."

위험하다기보다, 끝장이다.

전문가 오시노 메메의 말을 빌자면 '그것을 하면, 인간이 아니게 된다'는 이야기다.

휘둘러야 할 것은 정의가 아니며, 그렇다면 자애慈愛여야 한다. 그 부분이 지금의 아라라기 코요미의 선 긋기다.

파란과 동란의 고등학교 생활을 거쳐, 대학생이 된 아라라기 코요미의.

"드디어 낯선 여자애는 고사하고, 얼굴도 모르는 트랜지스터 슬렌더를 구하기 위해 움직이기 시작하나 싶었는데, 제대로 이것저것 생각을 하고 있었잖아, 귀신 오빠. 뭐, 괜찮겠지. 그렇다면 지금은 죽이지 않도록 할게."

"어…? 여차하면 나를 죽여도 되는 레벨의 권한을 부여받고 있었어, 오노노키?"

그리고 트랜지스터 슬렌더가 전제라는 듯이 이야기하지 말았으면 좋겠는데…. 여아가 트랜지스터 슬렌더라는 것이 구하는 이유가 되면 어떡하냐고.

오시노의 말을 빌린 직후이지만, 그 중년 알로하의 말을 전부 곧이곧대로 받아들일 생각은 없다. '사람은 혼자 알아서 살아날 뿐'이라고는 생각하지 않는다.

다섯 명 건너서라도, 구할 수 있다면.

초상적인 존재의 힘은, 이렇게 빌릴 수 있는 것이다.

"나중 일을 생각하지 않는구나, 귀신 오빠는. 아니… 눈앞의 일들만 생각하고 있는 건가."

그렇게 이상한 결의를 입 밖에 내면 4년 뒤의 이야기와 모순이 생겨 버리니까 그만둬, 라고 오노노키가 말했다. 그렇다면 4년 뒤의 이야기란 걸 애초에 말하지 말라고.

뭘까, 내가 록 스타로서 대성해 있는 이야기일까?

"오늘 1만 엔을 받는 것과, 내일 1만 1천 엔을 받는 것 중 어느 쪽을 고르는가, 같은 질문에, 귀신 오빠는 망설임 없이 '오늘'이라고 대답해 버리는 타입이겠지. 물론 그것이 나쁘다는 얘기는 아니야. 행동경제학에서는 어떻게 생각해도 내일의 1만 1천 엔 쪽이 이득이지만, 참을성 없는 인간은 오늘의 1만 엔을 선택해 버리지. 왜냐하면 어리석기 때문이라고들 말하지만, 반드시 오늘의 1만 엔이 내일의 1만 1천 엔보다 손해라고 단정할 수는 없어. 왜냐하면 인간은 내일까지 살아 있을 수 있다고 단정할 수 없는걸."

"……."

시체 인형이 어째서 느긋하게 행동경제학을 이야기하는가…. 게다가 꽤나 무서운 이야기를 하고 있고.

"그렇지 않더라도 약속이 취소될 가능성도 생각하면, 내일 받을 수 있을지 알 수 없는 불확실한 1만 1천 엔보다 오늘 받을 수 있는 확실한 1만 엔을 원한다는 것은, 견실하다고 말할 수도 있지. 이러쿵저러쿵하지 않고 그 자리에서 받는다. 현명하지 않을지도 몰라. 하지만 견실하지. 어떤 의미에서 1천 엔으로 1일이라는 시간을 샀다고 할 수 있어. 그러니까 나중 생각 하지 않고 무작정, 일단 다른 사람을 돕는다는 행위는 가능하다고 생각해. '여기서 트랜지스터 슬렌더를 구하는 것이, 정말로 트랜지스터 슬렌더를 위한 행동이 되는 것인가'라는 점은 일일이 생각하지 않고."

트랜지스터 슬렌더라고 부르는 것은 틀림없이 트랜지스터 슬렌더를 위한 행동이 되지 않는다고 생각하지만… 무슨 말을 하고 싶은지는 알았다.

그것을 어째서 나에게 이야기하는가는 알 수 없지만… 나 자신은 그렇게 찰나적인 행동을 하고 있다고는 생각하지 않는데.

전부, 만일을 위한 행동 같은 것이다.

아주 쓸데없는 일을 하고 있는지도 모르지만, 그러나 다행히 지금의 나에게는 여유가 있다. 대학 생활이라는, 모라토리엄의 한복판이니까.

…아니.

그것만도 아니다.

다른 사람 돕기란 점은 분명하지만, 결코 자신을 돌보지 않는 다른 사람 돕기가 아니다. 하네카와와는 다르다. 아니, 봄방학 때 나와 만났던 하네카와는, 의외로 그런 기분이었던 걸까?

어쨌든… 하네카와다.

하네카와 츠바사다.

"하지만 그런 일이라면 쾌히 협력하겠습니다만, 지금의 말씀 을 듣기로는 신경 쓰이는 점도 있네요."

하치쿠지가 말했다.

상황을 완전히 파악한 것으로, 거리낌 없이 의문을 입 밖에 낼 수 있게 된 듯하다.

"만약 유괴가 아니라 가출이었다고 치고, 물론 보호하는 것은 찬성하고 저의 경험을 아낌없이 말씀드릴 생각입니다만, 베니 쿠자쿠짱을 보호한 뒤에 아라라기 씨는 어떻게 하실 생각이신가 요? 집에…."

"돌아가게 할 수는 없잖아."

도중에 말을 끊고 말았다.

아니, 보호한 여아를 집에 돌려보낼 생각이 없다니, 발언으로 서는 좀, 내가 보기에도 무섭지만 그런 의미가 아니다.

가출에 편승해서 유괴하려고 한다든가 하는, 그런 극악무도한 생각은 하지 않는다.

"히가사의 '여기서만 하는 이야기'를, 반쯤 뜬소문으로 듣는다고 해도."

"잘 생각해 보면 저희들에게 이야기하고 있는 시점에서 이미 '여기서만 하는 이야기'가 완전히 유명무실하게 되어 버렸지요. 단숨에 세 사람에게 전달하다니, 대체 얼마나 입이 가벼운 건가요. 정말 두 손 들었어요."

"절반만 진짜라고 감안하고 들어도 가출하고 싶어질 만한 가정인 건 확실해 보이고, 그 부분은 신중하게 판단하고 싶어. 자력으로 피신한 아이를 억지로 원래 있던 장소로 돌려보내서 더욱 큰 비극을 부른다는 전개에는, 나는 관여하고 싶지 않아."

"뭐, 본인… 여아에게 이야기를 들어 보지 않고서는 뭐라고도 할 수 없을까요."

하치쿠지는 트랜지스터 슬렌더 안案이 아니라, 여아 안案을 채용한 모양이다. 그야 그렇다. 트랜지스터 슬렌더는 기본적으로 오노노키밖에 말하지 않았다.

"그러면 보호한다는 것은 아라라기 씨의 집에 보호하는 형태라고 생각해도 될까요?"

"그렇게 해도 괜찮겠지만… 역시나 부모님이 한소리 하시려나. 대학생 아들이 초등학교 5학년을 데리고 돌아오면."

"한소리 하는 것으로 끝날 수준을 호쾌하게 초월하고 있지 않느냐, 그거."

"그렇다기보다, 아라라기 씨. 옛날에 저를 억지로 자택으로 끌고 들어가신 적, 있지 않았던가요? 초등학교 5학년이었던 저를."

"쉿!"

"'쉿'이 아니라고요."

"아무리 그래도 그 단단편은 요즘에 입수하기 어려울 테니 괜찮아."

"머지않아 흩어진 것을 정리해서 단행본으로 낼 것 같지만 요…."

어떻게 이럴 수가.

여유가 있으니 사람을 돕겠다는 이야기를 하고 있었는데, 지금 대위기에 몰린 사람은 나였나… 아니, 그게 아니라.

"히타기는 여자 기숙사라서 규제가 엄격하니까. 이번에는 오이쿠라에게 부탁하려고 해. 그 녀석은 자취하고 있으니, 여아를 숨겨도 걱정 없어."

"너 말이다, 무슨 일이 있을 때마다 그 흉악한 소꿉친구를 의지하는데, 정말로 미움받고 있다는 것을 슬슬 깨달아야 하지 않겠느냐?"

"그런 방법이라면 오이쿠라 언니가 유괴범이 되는 거 아닌가?"

오이쿠라 언니라니.

만난 적도 없는데 친한 척하지 마.

"괜찮아. 그 녀석은 법을 어기는 것을 아무렇지도 않게 생각하지 않으니까."

"괜찮은 게 아니잖느냐."

확실히 괜찮지는 않지만, 또 하나의 이유가 있다. 무슨 일이 있더라도 오이쿠라는 '다른 사람을 위해서'라든가 '다른 사람을 돕는다'는 타입이 아니지만(입이 찢어지더라도, 입이 찢기더라도 그런 말은 하지 않는다), 그래도 비참한 환경에 있는 여아만큼은 예외다.

그것은 오이쿠라에게, 자기 자신을 구하는 것과 같은 행동이니까….

"그러니까 그 약점을 파고들려고 해."

"약점이라고 하지 마."

"약점이라고 하지 마."

"약점이라고 하지 마."

소녀와 유녀와 동녀가, 세 방향에서 동시에 딴죽을 걸어왔다. 어떤 동기현상인지, 소녀와 유녀에 이르러서는 아예 말투가 바뀌어 있다.

응, 약점이라고 말해서는 안 된다.

참고로 규제가 엄격해서 포기한 나의 연인 센조가하라 히타기 씨의 경우, 그녀도 상당히 괴로운 소녀 시절을 보냈지만, 유감스럽게도 그녀는 '옛날의 나 자신이 싫다'라는 타입이므로 비참한 환경에 있는 여아도 예외가 되지 않는다.

오히려 엄하게 대할지도 모른다. 용서 없다.

네가 옛날의 자신으로 돌아가면 어쩌자는 거야, 라는 이야기가 된다. 그러므로, 설령 기숙사에서 살지 않고 홀로 자취하고 있더라도 그 녀석에게 의지한다는 방법은 없다.

트러블은 피하자.

어차피 이번에도 에필로그까지 나오지 않겠지, 그 녀석은.

"물론 베니구치 가에 문제가 없다는 걸 확인하면 그대로 보내 겠지만 말이야. 그것이 제일 바람직해. 문제점으로 보였던 것은, 전부 상상 속의 피해망상 같은 것이고…."

"피의 망상?"

시노부가 옛 흡혈귀답게 잘못 들은 참에, 우리의 방침을 정리 하면 아래와 같다.

①오노노키에게 베니구치 가에 대해 조사해 달라고 하는 동 안,

②나와 시노부가 베니쿠자쿠짱을 찾는다.

③유괴사건이었을 경우에는 경찰에게 맡기고, 깔끔하게 발을 뺀다.

중요한 것은 ③이다.

주의하지 않으면, 나는 간단히 선을 넘는다.

"어라? 저는 ①이나 ②에 협력하지 않아도 괜찮은 건가요? 신 인데."

"해 달라고 하고 싶은 참이지만, 베니쿠자쿠짱의 집이 이웃마 을인 것은 확실한 모양이니까. 너는 이 마을의 신이니까, 이곳 에서 너무 멀리 벗어나는 건 바람직하지 않잖아?"

산책을 좋아해도 한도가 있을 것이다.

여행이 되어 버리면 위험하다.

신이 된 것으로 인해 그 부분의 자유도는 오히려 내려갔을 테고… 뭐, 괴이의 세계도, 그런 시스템은 인간 사회와 같다고 말할 수 있을지도 모른다.

출세의 계단을 뛰어 올라가는 것으로 인해, 운신이 힘들어지는 것 같은.

"움직이려고 생각하면 움직일 수 있겠지만요. 오는 10월에는 제대로 이즈모에 얼굴을 비칠 생각이고요. 이즈모까지 걸어서 갈 거예요."

왜 출세하기 전보다도 풋워크가 가벼워지려고 하는 거야.

그런 녀석이 사실은 성가시다고.

자유도를 높이려고 하지 마.

"하지만 모처럼 아라라기 씨의 배려를 받게 되었으니, 여기서는 그 마음을 마음 이상으로 받아 두고 싶네요. 또 지옥에 떨어지는 것도 뭐하니까요. 신답게, 몸을 뒤로 쭉 젖히고 무게 있는 모습을 보이자는 생각이에요"

"그렇게 해 줘. 어드바이스를 받는 것만으로도 큰 도움이 돼."

뭐, 할 수 있다 없다는 제쳐 두더라도, 그야말로 옛 일본에서 신이 없는 달이라고도 불리던 10월이라면 모를까, 그렇게 쉽게 이 키타시라헤비 신사를 비우지는 않는 편이 좋다고 생각한다. 이곳이 오랫동안 공석이었던 탓에, 이 마을에 얼마나 많은 재앙이 초래되었던가.

그 비극은, 떠올리기에는 아직 이르다.

"훗. 그렇구먼. 나도… 철혈이자 열혈이자 냉혈의 흡혈귀, 키스샷 아세로라오리온 하트언더블레이드라는 재앙도, 이 신사가 공석이었기에 초래된 것이었으니 말이다."

"아니, 시노부, 너는 됐어. 네가 와 준 것으로 나의 인생이 얼마나 풍요로워졌는지 몰라. 자, 무릎 위에 앉을래?"

"응? 그런가, 네 녀석이 그렇게까지 말한다면 어쩔 수 없구면."

"는실난실하지 말라고, 멍청아."

오노노키로부터 결정타가 들어왔다.

감시의 눈은 엄하다. 무표정이라도.

"무릎을 잘라 버릴까 보다."

"그런 무서운 괴이였던가, 오노노키는…."

"무섭지는 않아, 오히려 자상할 정도야. 귀신 오빠의 다른 사람 돕기라는 도락에 이렇게 어울려 주려 하고 있으니까. 뭐, 감시 역이자 식객인 나를 잘 이용하려고 하는 자세에는 호감을 가질 수 있어."

"호감을 가지고 있구나."

"그야 나는 식신이자 츠쿠모가미, 요컨대 도구니까. 잘 사용해 주면 기쁜 법이지."

그렇구나, 그것은 알기 쉬운 이론이다.

그런 의미에서는 폭력음양사인 카게누이 씨나 전문가들의 관리자 가엔 이즈코 씨는 오노노키라는 뛰어난 도구를 최고의 퍼포먼스로 사용하고 있다고 말할 수 있을 것이다.

나에게 그 정도 레벨을 요구해도 곤란하지만. 뭐, 할 수 있는 만큼은 하기로 하자.

"그러면 귀신 오빠와 연애 바보 유녀가 신에게서 신탁을 받고 있는 동안, 나는 먼저 베니구치 가의 조사에 들어가기로 할까."

이러쿵저러쿵하면서도, 그리고 무표정이라서 알기 어렵지만, 본래의 업무와는 동떨어진 것이라 해도 할 일이 있다는 게 기쁘다는 오노노키의 말은 사실인지, 그런 의욕을 보여 주었다.

그런 상황에 찬물을 끼얹게 되는 것은 가슴 아프지만,

"미안, 오노노키. 이웃마을이라는 점은 확실하지만, 그 베니구치 가의 자세한 주소까지는 몰라서…."

라고 말하지 않을 수 없다.

미토농의 중학교 시절 선배의 여동생이라는 정보로부터 추측하기로는, 이 마을 밖이라는 점은 일단 틀림없다는 정도밖에 말할 수 없다. 히가사는 옛 팀메이트로서, 미토농의 주소라면 알고 있을 테니까.

베니구치 가는 쇼노 가와 같은 학구 내에 있을 테고… 하지만 이웃마을이라고 해도 상하좌우, **어느 쪽**의 이웃마을인지를 특정할 수 없다.

이웃마을 측에서 보자면 우리 마을 쪽이야말로 이웃마을이니…. 게다가 어쩌면 친구의 친구처럼, 이웃마을의 이웃마을일지도 모른다. 중학교가 사립이라면 이 추론도 맞을 거라고 단정할 수 없고, 극단적으로 말하면 그 선배가 열여덟 살이 되어서 자립한 뒤에 베니구치 가가 이사했을 가능성도 있다.

"괜찮아…. 나는 프로야, 귀신 오빠."

믿음직스러웠다.

아무래도 사람 찾기의 노하우를 가지고 계신 모양이다.

옛날에 오기와 페어를 이루어 미스터리 같은 일을 벌인 적도 있었는데, 사실은 이 아이가 가장 탐정 같지.

"그래, 한 집 한 집, 문패를 보고 다닌다는 노하우가…."

"엄청 고생이잖아."

탐정이 아니라 형사 같다.

우리 부모님에게 표창을 받을 수 있을지도.

"거짓말이야. 하지만 사람 찾기가 나의 특기 분야인 것은 사실이야. 이런 식으로 입에서 입으로 전해지는 '소문 이야기'를 역으로 거슬러 올라가는 것도 말이지. 알아낸 것이 있으면 즉시 연락할게."

"응. 메일로 해 줘."

"공교롭게도 내가 가진 어린이용 휴대전화는 메일이 불가능해…. 통화하는 것도 서투르니까, 착오가 없도록, 정보를 얻으면 직접 알리러 올게."

으음…. 그것도 수고스럽지 않은가?

왔다 갔다 하게 만들게 되고, 내가 그때마다 어디에 있는지도 오노노키가 알 수 없다.

식신을 도구라고 한다면 도구가 도구를 사용하는 것에 서투르다는 점은, 뭐, 이해할 수 있다고 해도… 그러고 보니 확실히, 오노노키가 무기를 사용하는 모습은 거의 못 봤네.

"별것 아냐. 귀신 오빠하고 연애 바보 흡혈귀가 있는 곳은 지구 뒤편에 있더라도 잘 알 수 있어."

"는실난실한 것은 사실이니까 한 번은 흘려들어줬다만, 네놈, 한 번 더 나에 대해 연애 바보 흡혈귀라고 부르면 먹어치워 버리겠다."

"존재감이 다르다, 오라가 느껴진다고 칭찬할 생각이었는데. 그렇다면 다음에는 연애 바보는 연애 바보더라도 금빛 연애 바보 흡혈귀라고 불러 줄게."

"그건 조금 멋지구먼."

야, 마음에 들어 하지 마.

그런 닉네임을.

금빛이라는 단어만으로 홀라당 넘어갔잖아.

"그리고 귀신 오빠, 나에게 이동하는 건 수고가 아니야. 왔다 갔다 라고 해도 별것 없어, 갈 때처럼 올 뿐이니까."

"갈 때처럼이라니, 어떻게?"

"이렇게."

시체 인형, 오노노키는 갑자기 일어서는가 싶더니,

"'언리미티드 룰 북'."

그렇게 말하며. 발밑부터 날아갔다, 마치 로켓처럼.

007

그러고 보니 오노노키는 카게누이 씨에게 주로 '이동수단'으로서 사용되고 있었음을 떠올렸다. 그렇다면 육체(시체)의 일부를 폭발적으로 거대화시키는 스킬인 '언리미티드 룰 북'을 이용한 로켓 스타트를 필두로 하는, 조사를 위해 이쪽저쪽 돌아다니는 풋워크 스킬은 엑스퍼트의 필수 테크닉인지도 모른다.

뭐, 언제라도 의지할 수 있는 아이는 아니므로 이런 식으로 거들어 주는 것은 어디까지나 이레귤러라는 사실을 잊어서는 안 된다. 그것을 꼭 마음에 담아 두어야 한다.

정의가 아니라 자애를 위해서라고 해서, 주위의 힘을 빌리는 것이 당연한 일이 되어 버리는 것은 그것대로 위험하다는 기분도 든다. 오노노키는 행동경제학의 논리로 나의 행동을 이야기해 주었지만, 그래도 어느 정도 나중 일도 생각하지 않으면 나자신의 파멸을 부르게 된다.

적지 않게 불렀고 말이지.

그렇다고는 해도, 나중 일을 생각하기에는 이미 되돌릴 수 없는 곳까지 발을 들였다. 더 이상 꾸물거리지 말고 이 일에 제대로 대응한다.

앞뒤는 생각하지 않더라도 후회는 하지 않는다.

그렇게 마음먹고 움직인다, 오늘 밤을 사용한다.

"오노노키 씨에게 지고 있을 수 없겠네요. 저도 미아의 프로로서, 아라라기 씨를 컨설턴팅하도록 할까요."

오노노키의 출발(발사?)을 보고, 하치쿠지가 그렇게 자세를 새로이 했다.

"뭐, 수색 범위를 어디까지 넓히는가, 혹은 좁히는가에 달려 있으니, 우선은 오노노키 씨가 베니구치 가의 주소를 알아내 주시는 것이 먼저겠지만, 기초 중의 기초부터 강의하자면요. 이번 케이스에서는 상대가 초등학교 5학년 어린아이라는 점을, 부디 잊지 말도록 하자고요."

"잊을 방법도 없어, 그 사실은. 상대가 인간인 초등학교 5학년이니까, 단 한 번의 실수로 사회에서 말살될지도 모르니 말이야."

"흡혈귀나 유령이나 시체였다면 허용된다는 듯한 말투인데 말이다."

"제가 지금 말하고자 하는 것은, 여아인 베니쿠자쿠짱은 '어디에라도 숨을 수 있다'라는 점이에요. 몸집이 작으니까요."

아하.

의외로 맹점일지도 모른다. 저렇게 작은 수풀 속에 인간이 숨을 수 있을 리 없다, 라고 단정하면 간단히 허를 찔리는 경우도 있는 법이다.

가출이라고 한다면, 우리가 해야만 하는 일은 숨바꼭질 같은 것이 되니까. 이거야 원, 이제는 어린애도 아닌데, 술래를 연기하게 될 줄이야.

"그러한, 단순한 사이즈 감각에 대한 것도 있지만요. 초등학생은 좀처럼 믿기지 않는 경로로 이동하는 경우가 있어요. 신이 되기 전의 마요이우시 시절, 저는 초등학생도 많이 길을 잃게 만들어 왔습니다만."

"나는 너를 줄곧 무해한 괴이라고 생각해 왔는데, 그런 말을 듣고 보니 의외로 그렇지도 않구나."

"초등학생은 담벼락 위 같은 곳도 아무렇지 않게 걸어 다니고, 용수로라든가, 산길이라든가, 펜스 같은 곳에도 전혀 두려움을 느끼지 않으니까요. 눈 하나 깜짝 안 한다는 건 그런 걸 두고 하는 얘기겠죠."

아아….

그러고 보니 옛날에 칸바루가 그런 방법으로, 이른바 마요이 우시 현상을 회피하고 있었지…. 그것은 칸바루이기에 할 수 있는 특수한 회피법이라고 생각하고 있었는데, 초등학생이라면 같은 일이 가능할지도 모른다.

초등학생의 어빌리티이기에 가능한, 가벼운 풋워크다.

"옷이 더러워지는 것을 전혀 개의치 않으니까요. 괴이를 찾는 것보다, 가출소녀를 찾는 쪽이 더 어려울지도 모르겠네요."

"그런가… 그러네. 적어도 어른을 찾는 것하고는 조금 다르다는 느낌이 들어."

"뭐, 베니쿠자쿠짱은 트랜지스터 슬렌더는 고사하고 초등학생 치고는 발육이 좋아서 패션에도 신경을 쓸 수 있는 조숙한 꼬맹이일지도 모르지만요."

내가 조금 약해진 것을 알아차리고, 그런 위안의 말을 해 주는 하치쿠지.

위로이겠지만, 그러나 신장 170센티미터의 여자 초등학생도 없는 것은 아니므로 그 가능성도 머리에 넣어 두지 않으면 시작부터 실수하게 될지도 모른다.

"고양이 찾기 같은 것이 참고가 되지 않겠느냐? 내 주인님아."

그렇게 거기서 시노부가 입을 열었다.

고양이 찾기?

그것도 탐정이 자주 하는 일…이라기보다, 탐정이 자학할 때 자주 쓰이는 문구다. '어릴 적부터 명탐정을 동경하고 있었지만, 막상 되고 보니 현실의 탐정에게 오는 의뢰는 불륜 조사나 애완동물 수색 정도다'라는 느낌의.

다만 아무리 그래도 가출소녀 찾기와 고양이 찾기를 비슷하게 이야기하는 것은 안 좋지 않을까. 아무리 괴이가 하는 말이라도….

"아니, 그게 아니다. 고양이 찾기라고 해도, 그 고양이다. 우리가 잘 아는 그 고양이란 말이다. 행방불명되었던, 뭐든지는 모르는 그 고양이를, 네놈의 연인이 하룻밤에 걸쳐서 찾아냈다는 이야기가 있지 않았더냐?"

008

그러고 보니 그런 이야기도 있었다. 아니, 그것이야말로 전해들은 이야기라고 할지, 나중에 듣고 등골이 오싹해지는 종류의 이야기라서 확실하지는 않지만…. 자택에 화재가 발생해서 집에 있을 수 없게 된 하네카와가 폐허에서 홀로 숙박하고 있던 것을, 히타기가 집념 어린 수색으로 찾아냈다는 이야기였다.

뭐, 그 폐허, 즉 학원 옛 터의 폐 빌딩은 그 뒤에 하네카와의 자택과 마찬가지로 전소되었으므로 그곳에서 베니쿠자쿠짱이 숙박하고 있을 일은 없겠지만, 그러나 그것과는 다른 폐허를 임시 숙소로 이용하고 있을 가능성은, 농후하다고는 하지 않더라도 분명 있을 법한 일이다.

그 무렵의 하네카와의, 뭐라고 할까, 위기감 없는 모습은 보기에 따라서는 순진무구한 어린아이의 그것과 통하는 구석이 있는지도 모른다.

"그렇다기보다, 원래 그곳은 오시노가 잠자리로 삼고 있었지. 그 녀석하고 연락을 취할 수 있다면, 이 근처에 그 밖의 어떤 폐허가 있는지 알려 달라고 할 수 있었을 텐데."

"폐허의 전문가처럼 이야기되고 있지 않느냐. 뭐, 우리가 그 덕에 목숨을 건진 적이 있는 것도 사실이다만…."

"그러네요. 비바람을 피하기 위해, 지붕이 있는 장소를 거점으로 삼고 있을 가능성도 생각해 볼 수 있겠어요."

비바람이라…. 이웃마을의 날씨는 모르겠지만, 그것만큼 인간의 체력을 빼앗는 것도 없을 테지.

그때의 하네카와의 동향… 돌아가야 할 집이 불타 버렸다고는 해도, 그것은 그것대로 일종의 가출이었지….

그 후에 폐허에서 골판지 박스를 덮고 자는 모습을 발각당한 그 녀석은, 센조가하라 가와 아라라기 가를 전전하게 되었던가… 어떨까?

초등학교 5학년 여자아이가 혼자 노숙하며 서바이벌 생활을 하고 있다고 생각하는 것보다, 의외로 평범하게 이해력 있는 친구의 집 같은 곳에 신세를 지고 있을 가능성은?

마요이우시 현상을 회피하는 수단으로서 '이웃집에 신세 진다'라는 것은….

"약간 금지된 수법 같습니다만… 뭐, 좀 더 간단한 해결책이 있었음을 생각하면, 그런 방법도 통하겠지요. 정말 인간이라는 생물은 비기를 생각하는 것에 도가 텄네요."

"신처럼 발언하지 마. 지금은 마요이우시인 너에게 인터뷰를 하고 있다고."

"하지만 베니쿠자쿠짱은 딱히 마요이우시 현상의 피해를 입고 있는 것이 아니니까, 제가 다 안다는 듯이 말할 수는 없습니다."

저는 신이 되었습니다만, 모든 것을 아는 신은 아니니까요, 라고 그야말로 하치쿠지는 하네카와 같은 말을 늘어놓았다.

뭐든지 아는 것은 아니야, 알고 있는 것만.

"……."

그렇지만, 조금 이해할 수 없네.

어째서 시노부는 여기서 갑자기, 그 전 반장의 움직임이 참고가 되지 않겠느냐는 말을 꺼낸 거지?

거의 반강제로 협력하게 되었는데 어드바이스 같은 말을 하는 것이 이상하다는 소리는 아니다… 어떤 의미에서 시노부의 부루퉁한 듯한 태도는 늘 있는 일이라고 할 수 있으니까.

하지만 이왕 어드바이스를 하려면 전 반장 외에, 좀 더 참고가 되는 과거의 에피소드가 있지 않았을까?

나도 지금 듣고서야 간신히 그렇게 깨달았으니 잘난 듯이 말할 수는 없지만, 그러나 시노부는 나보다 일찍 알아차려도 괜찮았을 것이다. 어쨌든, **자신이 겪었던 일**이니까.

가출이라고 할까, 미아라고 할까.

자아 찾기 여행이라는 말도 듣고 있었지만.

국가 클래스의 가출을 반복하고 있던 키스샷 아세로라오리온 하트언더블레이드의 영락한 몰골, 오시노 시노부가 행방불명되었던 적이 과거에 있었다. 이 유녀의 실종으로, 당시에 나는 몹시 당황하며 온 마을 안을 뛰어다녔다.

그렇게 찾아다닐 때에, 그야말로 나는 사와리네코와 함께 행동하지 않았던가. 그것은 지금과 달리, 사람 찾기에 적합한 포진이라고는 도저히 말할 수 없었지만.

아니 뭐, 마지막에는 그 고양이가 시노부를 찾아 준 것이나 다를 바 없는 상황이었으니, 최적이라고 하자면 최적이었을까. 적재적소….

어쨌든 자기 자신이라고 하는, 이보다 더할 수 없는 전례를 가지고 있으면서도, 어째서 시노부는 그때의 에피소드가 아니라 하네카와가 노숙하고 있던 에피소드를 끄집어낸 것일까?

혹시 그것은 내가 이 마을에서 벗어나 있었을 때의 에피소드이니까, 아직 모를 수도 있다고 생각한 것일까?

실제로 나는 또 한 명의 당사자인 센조가하라 히타기로부터 들었지만, 굉장한 무용담으로서.

봤느냐, 나와 하네카와의 이 인연!

…이라는 느낌으로 들려주었다.

그것은 둘째 치고… 뭐, 하지만 시노부가 행방불명이 되었을 때의 은신처를 베니쿠자쿠짱의 은신처로 사용할 수 있는가 하면 그것은 당연히 아니고, 시노부 입장에서 보면 그 '자아 찾기 여행'은 지금은 부끄러운 추억 쪽으로 카테고라이즈된 기억일지도 모르므로 다시 끄집어내지면 곤란하다고 의식적으로 언급을 피한 것뿐일까.

그러면 깊이 들어가지 않는 편이 좋겠네.

지금은 베니쿠자쿠짱이다.

시노부가 입을 다물어 버려서 그 뒤에는 하치쿠지의, 미아의 프로로서의 미아에 대한 강의가 재개되었다.

"너무나도 공허했다고 생각했던 그 10년을 넘는 지박령 생활이, 설마 이런 모습으로 활용되리라고는 생각도 하지 못했어요."

그런 말을 가만히 중얼거렸다.

왠지 모르게 말한 것뿐이겠지만 하치쿠지가 그렇게 생각해 준다면 상담을 의뢰한 보람도, 다른 의미에서는 있었다고 할 수 있을 것이다.

생전의 하치쿠지 마요이는 약 11년 전 어머니날에, 같이 살던 아버지의 집에서 이혼한 어머니의 집으로 향하려고 혼자서 외출했을 때에 교통사고를 당했다. 조금 전에 했던 시노부의 말과 달리 베니쿠자쿠짱과 같은 케이스라고는 도저히 말할 수 없다고 해도, 그러나 같은 결과를 부르게 될 가능성은 생각해 볼 수 있다.

유괴된 것이 아니라는 가능성에 기대를 하면서 나는 이제부터 움직이려는 것인데, 베니쿠자쿠짱이 살아서 돌아올 수 없다면 결국 무슨 행동을 한 건지 알 수 없게 된다.

집에 돌아오지 않더라도, 살아서 돌아오는 것은 중요하다… 라고, 하치쿠지의 협력에 보답하기 위해서도 내가 그런 식으로 결의를 새로이 다지고 있던 그때,

"'언리미티드 룰 북'."

그렇게.

오노노키가 경내로 돌아왔다. 초필살기의 역분사로 스커트를 펄럭이면서 부츠의 굽부터 깔끔하게 착지했다.

엄청 빠르잖아!

부메랑 같은 감각으로 귀환했잖아!

"다녀왔어. 알아냈어, 베니구치 가의 주소."

009

오노노키가 너무 우수해서, 혹시 이대로 있다가는 내가 할 일이 없어져 버리는 게 아닐까 하는 생각까지 들었지만(그렇게 된다면 그보다 나은 일은 없다. 절대 없다), 그러나 아직 현재는 '베니구치'라는 명패를 확인하고 온 것뿐, 그 속사정까지 조사를 마친 것은 아닌 모양이다. 본래대로라면 경과보고 단계조차 아니라는 것이 동녀의 주장이다.

"하지만 이번 경우에는, 귀신 오빠 쪽이 병행해서 트랜지스터 슬렌더 찾기를 해야만 하니까 말이야."

"끝내는 나를 모델 스카우터처럼 이야기하기 시작했구나."

"주소가 필요할 거라고 생각해서 서둘러 돌아왔어. 바로 다시 출발할 거야. 집 안에 들어가 보겠어."

정말로 '다녀왔'구나.

이 기동력을 가지고 있다면, 휴대전화라는 문명의 이기에 의지하지 않고 활동할 수 있는 것도 고개가 끄덕여진다. '어디라도 문'을 가지고 있는 것이나 다를 바 없잖아.

혹은 주문 '루라*'인가?

사람 찾기의 노하우를 가지고 있다는 듯이 말하고 있었는데, 의외로 정말로 수수하게, 한 집 한 집 명패를 보고 다녔는지도 모른다. 이렇게 단시간에 돌아올 수 있는 방법이라고 하면, 오히려 그 방법 정도밖에 떠오르지 않는다.

"확실히 이웃마을이었어. 나는 그 정보부터 꽤 의심스럽다고 생각하고 있었거든. 그렇다기보다, 귀신 오빠의 의욕을 깎기도 뭐해서 입 밖에 내지는 않았지만, 그런 '여기서만 하는 이야기' 자체가 존재하지 않는 게 아닐까 하는 가능성도 의심하고 있었어. 다만, 적어도 베니구치 가는 존재하고 있었어. 그리고 쿠자쿠라는 여자애도, 히바리雲雀라는 언니도."

"응? 왜 거기까지 알고 있는 거야?"

※루라 : 게임 〈드래곤 퀘스트〉 시리즈에 등장하는 이동 주문.

"그것도 명패에 적혀 있었어. 히바리라는 이름이 두 줄 선으로 지워져 있어서, 그게 독립했다는 언니 쪽이라고 추측할 수 있었지. 부모의 이름도 알려 줄까? 이름을 알고, 구체적인 개인으로서 그 부모를 의식해 버리면, 귀신 오빠는 중간에 끼어서 옴짝달싹 할 수 없게 될지도 모르지만."

"중간에 낀다."

그렇게 될지도 모르겠네.

나란 녀석이니 '부모는 부모 나름대로 고생이 많았구나'라든가, '부모에게도 자식을 신경 써 줄 수 없는 사정이 있었구나'라든가 하는 말을 금세 꺼낼지도 모른다. 물론 필요한 시점이지만, 그것은 오노노키가 말하는 내일의 1만 1천 엔이다.

우선은 오늘의 1만 엔을 획득하지 않으면, 내일은 찾아오지 않는 것이다.

"뭐라고? 초등학교 5학년 여자애를 1만 엔으로 산다는 이야기를 하고 있는 거야?"

"안 했어. 그러겠냐?"

초등학교 5학년을 매매한다는 것은 논외지만(그런 아라라기 군과는 바이바이다), 그러나 오늘까지만 살 수 있는 상품이 있을 때, 내일의 1만 1천 엔은 역시 기다릴 수 없다. 그 1천 엔은 내일, 다른 수단으로 버는 것이 정답이라는 기분이 든다.

그렇게 생각하기는 했지만,

"아니, 부모의 이름도 알려 줘. 뭔가 도움이 될지도 모르니, 머릿속에 넣어 두고 싶어."

그렇게 나는 오노노키에게 부탁했다.

잘난 듯이 말하고 싶은 것은 아니지만, 지금까지 '미토농의 중학교 시절 선배'라는 직함일 뿐이었던 그 사람에게 베니구치 히바리라는 이름이 붙은 순간, 그것이 생명을 얻은 것처럼 느껴졌기 때문이다.

이야기에 리얼리티가 늘어났다.

지금에 이르러도 왠지 모르게 먼 세계에서 일어나고 있는 것처럼 생각되던 사건이, 상像을 맺은 듯한 느낌이 들었다. 그러니까, '뭔가에 도움이 될지도 모른다'라고 말하고 있지만 베니쿠자쿠짱의 부모의 이름이 앞으로 힌트나 단서가 될 일은 없다고 생각하면서도 일단 들어 두기로 한 것이다.

게다가 만일을 위해서라는 보험은 되지 않을지도 모르지만, 일단은 브레이크… ABS는 될지도 모른다.

누군가 한 사람을 걱정한 나머지 다른 일이 머리에 들어오지 않게 되어 버린다는 전개도, 나는 신물이 날 정도로 되풀이해 왔으니… 뭐, 오노노키가 말하는 트랜지스터 슬렌더를 걱정한 나머지 다른 누군가를 해칠지도 모르는 상황이 되었을 때, 그 아이의 부모를 '아버지', '어머니'라는 직함이 아니라 각각의 인간으로서 판단할 수 있을지도 모른다… 그렇다.

그때와 달리.

"응, 옳은 생각이라고 봐. 귀신 오빠. 만약 여기서 묻지 않겠다고 대답했다면 죽였을 거야."

"왜 그렇게 나를 못 죽여서 안달이야. 이 빈도로 죽음의 이지선다二枝選多를 강요받다 보면, 확률론적으로 나는 오늘 밤쯤에는 죽을 거라고."

"'육아포기'나 '아동방치', 혹은 '가정 내 폭력' 같은, 그런 강렬한 단어는 그 강렬함 때문에 어딘지 모르게 가공의 판타지처럼 취급되고 마는 경향이 있는데, 현실과 이어져 있다는 점을 이해해 두어야만 해. 아버지의 이름은 베니구치 미키요시紅口幹吉고, 어머니의 이름은 베니구치 토요코紅口豊子야."

부모의 이름은 평범하네.

김이 샌다기보다… 두 딸에게, 히바리雲雀라느니 쿠자쿠孔雀라느니 하는 이름을 붙여 놓고… 어라, 잠깐? 의붓동생이었지?

두 사람 모두 새의 이름이고 또한 한자 두 글자이며, 양쪽 다 '참새 작雀'자가 들어가 있어서 왠지 모르게 쌍둥이 자매의 이름 같다고 생각했는데… 그건 단순한 우연인가?

"아직 거기까지 조사하지는 않았어. 하지만 이렇게 생각할 수 있지. 각자 아이를 가진 싱글 파더와 싱글 마더였고, 서로의 아이의 이름이 비슷한 것이 계기가 되어서 가까워지고 결혼하기에 이르렀다, 라고."

"…생각할 수 있지만 그건 조금, 결혼의 이유로는 너무 성급하지 않나? 나 같은 애송이에게 듣고 싶지 않겠지만, 결혼이란 인생의 중대사니까, 나였다면 히타기에게는 진지하게 장래를 생각하고 프러포즈하겠는데."

"안 할 거라고 생각해."

"안 할 거라고 생각해."

"안 할 거라고 생각해."

또다시 동녀와 유녀와 소녀가, 세 방향에서 딴죽을 걸었다. 비겁하다고, 그 포메이션.

세 번 딴죽을 걸면, 아무리 나라도 아무 말도 할 수 없게 된다. 나를 침묵하게 만들지 마.

"하지만 성급하다는 건 딱 그 말대로야."

그렇게, 내가 격침된 것을 보고, 오노노키는 다시 이야기를 시작했다.

"**그래서** 가정이 붕괴되어 버린 게 아닐까? **그래서** 아이가 얼른 독립하고 싶어질 만한, 그런 가정을 만들어 버렸던 게 아닐까?"

"……."

"뭐, 그건 지금부터 조사하겠지만. 의붓자매가, 실은 피가 이어져 있다는 패턴일지도 몰라. 가계도 계열 미스터리."

"가계도 계열 미스터리라니."

어감은 괜찮지만, 그런 말은 없잖아.

사실은 혈연관계다?

뭐, 놀라운 진상이 되기야 하겠지만 이름이 그 복선이라는 건, 아무리 그래도 너무 알기 쉬운 것 같은데….

부모가 어떤 식으로 의기투합했는가는 제쳐 두고, 그러나 미토농의 선배가… 베니구치 히바리가 나이 차가 나는 여동생과 나름대로 사이가 좋았으며 지금도 걱정하는 눈치인 것은, 서로의 이름에 공통점이 많았기 때문이라는 점도 있을지 모른다.

"그러네. 오노노키斧乃木와 아라라기阿良々木, 나와 귀신 오빠도 서로 이름에 '나무 목木'자가 들어가 있어서 이렇게 사이가 좋아진 거니까."

"그런 이유는 아니었어."

그렇다면 나는, 어딘가의 사기꾼과도 사이가 좋아져 버린다.

그런 상황은 좀 봐주라.

애초에 나와 오노노키가 정말로 사이가 좋아진 건지 어떤지는 의심스럽다. 반 시간에 한 번꼴로, 나에게 죽음의 이지선다를 강요해 오는 시체 인형이다.

동녀 형태가 아니었다면, 여동생의 물건이더라도 한참 전에 버렸을 저주받은 인형이다.

"그러면 나는 이만 가 볼게. 목적지는 똑같으니, 타고 갈래?"

"아니, 차를 타고 왔으니까…."

그렇지 않더라도, 동녀의 허리춤에 매달린 고속고공이동에 지금의 내가 버텨 낼 수 있는가 하면, 어렵다고 대답할 수밖에 없다.

예전에 나의 두 여동생과 칸바루 스루가가 납치되었을 때, 그 방법을 썼다가 괴로운 경험을 했다. 고산병 일보 직전 정도까지 갔다.

그때는 흡혈귀 체질이, 운 좋게라고 할지 운 나쁘게라고 할지 일정 이상으로 높아져 있었기 때문에 무사히 넘어갔지만… 지금의 컨디션으로 오노노키의 '언리미티드 룰 북'에 동승하면, 농담이 아니라 정말 죽어 버릴지도 모른다.

"지금 아무렇지도 않게 말했지만, 그러고 보니 네 녀석의 여동생이나 후배도 과거에 유괴된 적이 있었지."

아.

그러고 보니.

그것으로 기억났는데, 하네카와도 납치되어서 인질이 된 적이 있었다. 양쪽 다 괴이에 얽힌 사건이어서 깜빡 예외로 생각하고 있었는데, 그러나 피해자가 여아가 아니었다고 해도 유괴사건임은 다르지 않다.

이렇게 놓고 보니 겁쟁이인 내가 그렇게 생각하고 싶지 않을 뿐, 이번 일도 역시 평범한 유괴일 가능성이 높은가?

뭐, 그렇다고 한다면 마땅한 방법으로 대처할 뿐이지만… '③ 깔끔하게 발을 뺀다'이다. 이제 와서 방침은 바꿀 수 없다. 오히려 나에게도 경험이 있어서 다행이라고, 긍정적으로 생각하자. 안 좋은 경험이었지만… 도움이 된다면 뭐든 좋다.

"이대로 진행하면 되는 거지? 그러면 나는 베니구치 가에 잠입해서 가계도를 해명하겠어. 명탐정 긴다이치 코스케처럼 말이야. 이제부터 나를 요다이치 코스케라고 불러 줘."

"은근히 알아듣기 어렵네…."

하지만 조금 전에도 '집 안에 들어간다'라는 말을 했는데, 그런 불법침입이 가능할까? 이런 심야에, 이웃이나 학교에 탐문하고 다닐 수도 없을 테니, 가택수색을 하지 않고는 베니구치 가에 대한 정보를 얻을 수 없다는 점은 분명하지만….

"괜찮아, 괜찮아. 나는 흡혈귀가 아니니까, 집주인의 허가가 없어도 밀실로 잠입할 수 있어. 밀실 트릭을 마구 사용할 거야."

"그만둬, 밀실 트릭을 마구 사용하는 건."

굳이 말하자면 그것은 이미 빈집털이의 테크닉이고 말이지…. 그러나 돌이킬 수 없는 실수를 피하기 위해서는, 베니구치 가의 내부사정을 꼭 알고 싶은 참이다.

부모가 지금 어떤 상황인가.

잠들지 못하고 밤을 지새우고 있는가… 아니면.

"실은 이미 움직이고 있던 대對 유괴범죄 수사반이 거실에서 숨을 죽이고 유괴범으로부터의 연락을 기다리고 있다는 케이스도 당연하지만 생각해 볼 수 있겠는데, 그때는 나의 발군의 반사신경으로 봉제인형인 척할 거니까 괜찮아."

"괜찮을까…?"

이런 말을 하는 건 미안하지만, 그건 상대가 내 여동생이니까 아슬아슬하게 통하는 의태라고 생각하는데 말이야….

뭐, 좋다.

맡기로 결정했다.

의지한 이상, 전권위양이다.

"그러면 나중에 봐. 나는 잊혔을 무렵에 찾아올게. '언리미티드 룰 북'."

그렇게 말하고 오노노키는 다시 밤하늘을 향해 날아갔다. 거의 아무런 예비동작 없이 발동되는 필살기라, 볼 때마다 깜짝 놀라게 된다. 심장에 안 좋다.

그러면 하치쿠지 프로 님께 어드바이스도 듬뿍 들었으니, 수다는 이 정도로 하고 우리도 슬슬 전선으로 출발하기로 할까. 오노노키에게 들은 주소는 이웃마을 중에서 한 번도 가본 적 없는 곳이었다.

하긴 평소 이웃마을 주택가에 대체 무슨 용무가 있겠냐만, 뭐, 스마트폰 지도 앱으로 어떻게든 되겠지. 물론 스마트폰을 들여다보면서 운전은 할 수 없으니….

"시노부, 내비게이션을 부탁할게."

"그건 상관없다만, 저기, 내 주인님아. 이 기회에 제안하겠는데 조수석의 차일드 시트, 슬슬 떼지 않겠느냐?"

010

기뻐하고 있을 줄로만 알았는데, 아무래도 시노부는 나의 애차인 폭스바겐 뉴 비틀의 조수석에 설치된 그녀 전용 차일드 시트에 앉는 것을, 그리 유쾌하게 생각하지 않는 모양이었다.

색이 마음에 안 드나?

그러나 이 다급한 상황에는 시트를 떼는 시간도 아쉬우므로, 오늘 밤은 참아 달라고 하는 수밖에 없다. 쇼 머스트 고 온이다.

"아니, 그냥 뒷좌석에 태우라고."

"아, 미안. 뒷좌석은 이런저런 짐들이 쌓여 있으니까."

"네 녀석의 인간성과 같은 수준으로 페이로드 제로가 아니냐"

전 흡혈귀에게 인간성에 대한 설교를 받아 버리면, 아라라기 코요미도 끝장이다. 그렇게 되어서 하치쿠지에게 고맙다는 말을 하고 키타시라헤비 신사에서 하산한 나와 시노부는, 그대로 자동차를 타고 이웃마을로 향했다.

한밤중의 산길을 빠른 걸음으로 걷는 것은 도저히 권할 수 없는 위험행위이지만, 그 부분은 둘 다 밤눈이 밝은 편이므로 넘어지지 않고 뛰어 내려갈 수 있었다. 역시나 목말을 태우고 뛰어 내려가는 것은 밸런스로 볼 때 불안했으므로 임기응변으로 안아 드는 스타일로 바꾸었지만.

"그렇다고 해도 하치쿠지에게 의지하기를 잘 했네. 히가사의 '여기서만 하는 이야기'를 듣고 충동적으로 움직여 버린 구석이 있었지만, 이것으로 부모 곁을 벗어나서 홀로 모습을 숨긴 가출 소녀를 찾아내기 위한 노하우가 완전히 몸에 배었다는 실감이 느껴져."

"엄청 위험한 발언이 되었다고."

"그런데 시노부, 나에게 뭔가 하고 싶은 말이 있는 거 아니었어?"

"말하고 싶은 건 확실히 많이 있지만, 그리고 지금도 하나 늘어난 참이지만, 대체 어느 것 말이냐?"

"장난치지 마. 몇 년을 알고 지낸 사이라고 생각하는 거야."

"실은 아직 1년 좀 넘은 정도다."

그런가.

12년 정도 사귀고 있다는 기분이라고.

"어쩐지 묘한 타이밍에 하네카와에 대한 이야기를 억지로 끼워 넣었잖아. 가출한 사람을 찾는 데 참고가 어쩌고 하면서. 그 자리에서 지적할 정도로 억지스러운 건 아니라 흘려들었는데, 이렇게 차 안에서 단둘이 있게 되고 보니 문득 새삼스레 신경 쓰이기 시작했어."

"한 번 흘려들었다면 그냥 잊어라. 내 주인님은 이상한 곳에서 점착질이구먼."

"괴이에 관한 일에 대해 숨기지 않겠다고 약속했었잖아?"

"그 약속을 한 건 다른 여자겠지. 어느 여자와 착각하고 있는 게냐."

하필이면 히타기 씨였다.

물론 오늘 밤의 비합법 수사는 히타기 씨에게는 보고하지 않았지만, 이것은 괴이에 얽힌 사건이 아니므로 OK일 것이다.

"상당한 그레이존이라고 생각한다만… 유괴당한 것은 인간이라도, 수사팀의 4분의 3 이상이 괴이이지 않느냐."

"그래서, 어떤 거야? 하네카와에 관해 신경 쓰이는 것이라도 있어?"

"흠."

나의 집요한 추궁에 기분이 언짢아졌는지, 처음부터 그렇게 얼버무릴 생각은 없었는지 시노부는,

"300미터 앞의 교차로에서 오른쪽이다."

라고 스마트폰 화면을 따라 내비게이션을 맡아 주면서,

"신경 쓰이는 점이 있는 것은, 네 녀석 쪽이겠지?"

그렇게 말했다.

차일드 시트의 강력한 안전벨트를 답답하다는 듯 잡아당기면서.

"'단둘이 있게 되고 보니 문득 새삼스레 신경 쓰이기 시작했다'라고 말했는데, 나는 그 반대로 인형 계집애와 미아 계집애… 옛 **미아 신** 앞에서 그리 깊은 이야기를 할 것은 없다고 생각해서 그런 우회적인 표현을 썼을 뿐이다. 변죽 울리는 것으로 생각하게 만들었다면 미안하게 되었구먼."

"……? 하치쿠지나 오노노키 앞에서는 하기 어려운 이야기였어? 혹시, 내가 요전에 너의 미저골尾骶骨로 개발한 새로운 놀이와 관계된 이야기야?"

"일절 아니다. 십일절 아니다."

"1천억분보다는 알기 쉽지만, 그건 이야기가 1절로 끝나지 않는다는 얘기처럼 들리는데?"

"들려도 상관없다. 애초에 미저골 이야기라면, 그 두 사람 앞에서도 할 수 있겠지."

할 수 있을까….

두 사람 중 한쪽은 신이고, 다른 한쪽은 나를 죽일 권리를 가진 감시 역인데….

"단순히 '그것'은 그 둘이 네 녀석과 알게 되기 전의 사건이기 때문이다. 그 자리에서 화제로 삼은들, 인형 계집애와 미아 신은 전혀 감이 오지 않을지도 모른다고 생각해서 내가 연장자로서 배려한 것이다."

유녀와 소녀와 동녀, 겉모습 연령으로 말하면 시노부가 가장 연하로 보이지만(유녀＝8세. 소녀＝10세. 동녀＝12세), 그러나 실제 나이를 계측하면 확실히 시노부가 가장 연장자가 된다(유녀＝600살 조금 못 됨. 소녀＝약 21세. 동녀＝추정 120세 전후? 가엔 씨가 대학생일 무렵에 만든, 백 년 전 시체의 식신이라고 하니).

하지만 그런 배려를 하는 녀석이었던가.

겉모습에 이끌릴 것도 없이, 정신 연령은 역시 그 트리오 중에서 가장 어린 것으로 생각되는데… 아니 뭐, 그건 됐다.

오노노키나 하치쿠지와 알게 되기 전의 사건… 이라면, 상당히 한정된다.

오노노키와 알게 된 것은 작년 여름방학이고 하치쿠지에 이르면 어머니날, 즉 5월 중반쯤이다.

그 시점에서 나는 센조가하라 히타기와도 접촉한 적이 없다. 시노부, 즉 키스샷 아세로라오리온 하트언더블레이드와의 조우가 봄방학이므로, 즉 4월 초순부터 5월 상순에 걸친 사건.

그렇게 말하면, 그것밖에 없다.

그렇다. 하네카와 츠바사, 최초의 사건이다.

'사와리네코'… 그리고 블랙 하네카와.

그렇구나…. 확실히 오래 알고 지냈다고는 아직 말할 수 없다 해도, 모든 의미에서 생사를 함께했던 파트너다.

오래 알고 지내지는 않았더라도, 깊은 사이.

훤히 들여다보고 있었던 건가.

아니면 훤히 들여다보는 것이 특기인 그 중년 알로하에게 받은 가르침이 시노부의 금색 눈을 날카롭게 연마한 것일까?

"악몽 같은 골든위크 무렵에는, 아직 너는 입을 꼭 다물고 있었던가. 그때 내가 뭘 하고 있었는가에는 흥미가 없을 거라고만 생각하고 있었어."

"중요한 상황에서 내 힘을 빌려 놓고 무슨 소릴 하는 게냐. 뭐, 그때와 달리 처음부터 나를 의지하는 것을 보면 네 녀석도 학습을 한 모양이구먼. 카캇."

그런 것이 아니더냐?

그렇게 말하면서 시노부는 웃었다. 처참하게 웃었다.

오래간만이네, 그 표정.

"'그때와 같은 실패를 반복하고 싶지 않다'. 네 녀석은 그렇게 생각해서 이번 일의, 얼굴도 모르는 여아에게 전 반장을 겹쳐 보고 있는 것이지? 그때 구할 수 없었던 한 마리의 고양이를 이번에야말로 구하고 싶다고, 그렇게 결의하고 있는 것이 아니냐?"

고양이 찾기.

고양이 찾기란 말이지… 뭐, 그러네.

부정할 수 없다… 마음속 어딘가에서 무의식적으로 그렇게 생각하고 있었다는 레벨이 아니라, 나는 처음부터 그 부합에 관해 어느 정도 자각하고 있었다.

그야말로 오노노키의 불법침입에 대해 이러쿵저러쿵할 수 없게 되지만, 나는 골든위크에 하네카와 가의 실상에 아무런 각오도 없이 흙발로 성큼성큼 발을 들였고… 그 결과, 어마어마한 충격을 받았다.

자업자득이다.

그러기는 고사하고, 나는 전력을 다해 도망쳤다.

하네카와 츠바사와, 피가 이어지지 않은 그녀의 부모와의 관계성에 완전히 겁에 질려서 나는 울면서 도망쳤다.

고등학생에 지나지 않는 나 같은 것은 그런 '가정 사정'을 해결할 수 있을 리 없다며, 멋대로 발을 들여놓고서 내팽개쳤다. 오시노 메메에게 그대로 떠넘겼다고 할 수 있다.

내가 고등학교 3학년 무렵에 해 왔던 수많은 임시방편 중에서도, 그 골든위크는 극한이라고 말할 수 있을 것이다.

아무것도 해결되지 않았다.

결국 하네카와 츠바사는 그 가정 사정을, 5월부터 세어서 4개월 뒤, 고양이에 대한 것도 포함해서 자력으로 구제했던 것이다. 나는 아무런 도움도 되지 못했다.

그것으로 족하다.

봄방학에 나를 구해 주었던 은인인 하네카와 츠바사를, 어떻게 해서라도 나는 구하고 싶었다고 말하는 것은 아니다. 그런 마음이 없었던 것도 아니었음은 인정하지만, 어디까지나 최우선은 하네카와의 안전과, 자유와, 행복이다.

…뭐, 하네카와가 고등학교 졸업 후에 확실시되고 있던 진학을 취소하고, 해외로 정처 없는 방랑 여행을 떠나 버린 것이, 얼마나 안전하고, 어느 정도로 자유로우며, 어떤 척도라면 행복인지는 또 따로 논의해야겠지만.

어쨌든 그 집에서 나올 수 있었다면 그것보다 나은 일은 없다. 베니구치 히바리가 집을 나온 것과 마찬가지로.

그러니까 내 마음이 술렁이지 않을 리 없다.

베니구치 히바리가 본가에 홀로 남겨 두고 온 어린 여동생을 신경 쓰지 않을 수 없는 것처럼… 물론, 베니쿠자쿠짱과 하네카와 츠바사가 다른 사람이라는 것은 알고 있고, 그런 이야기를 하자면 그런 상황에 처한 아이는 베니쿠자쿠짱뿐만이 아니라는 사실도 잘 알고 있다.

똑같은 경우 따윈 없고, 괴로움에 입장 따윈 없다. 불행한 가정은 각각 불행하다.

하지만… 어쩔 수 없이 생각하게 되고 만다.

고등학생 시절에는 할 수 없었던 일을.

마주하지 못했던 일을, 도망쳤던 일을.

지금의 나라면, 할 수 있는 것이 아닐까 하고. 마주하고, 도망치지 않는 것이 아닐까 하고.

나도 조금은 성장했다고, 그렇게 실감하고 싶다.

"웃어 줘. 스스로를 돌보지 않으며 다른 사람을 돕는 게 아니야. 나는 과거의 실점을 만회하려고 하는 거야. 그때, '나 같은 어린애한테는 무리다'라고 생각한 스스로를, 죽이고 싶을 뿐이야."

"뿐, 이 아닐 터인데. 여아를 원하는 네 녀석의 마음도, 또한 진짜다."

"여아를 원한다…?"

"실례, 혀를 깨물었어요. 여아를 구원하기를 원하는 네 녀석의 마음도, 또한 진짜다."

멋진 대사를 말하다가 깨물지 마.

실례, 혀를 깨물었어요, 라니…. 하치쿠지가 제대로 말하지 못했다고 해서 네가 말하지 말라고, 그 대사.

굳건한 동맹을 맺고 있잖아.

"아니, 괜찮지 않을까? 나는 아무것도 나무라지 않는다. 중요한 일이니 말이야. 그런 것도. '할 수 없다'라고 도망친 기억은 언제까지나 들러붙으니 말이다. 그런 기억을 짊어진 채로 앞으로의 일생을 보내는 것은, 재미없겠지."

"시노부…."

"뭐, 그러니까 내가 하고 싶었던 말은, 그것을 나무라든가 트집을 잡는다든가 이때라는 듯이 비판하든가 하는 것이 아니라 말이다."

아주 구체적인 예가 많은데, 그런 의도도 있었던 거 아냐?

"질리지도 않고 부탁받지도 않은 남의 가정에 또 고개를 들이밀어서, 새로운 트라우마가 네 녀석의 말랑말랑한 하트에 새겨져 버릴지도 모른다는 가능성을, 노파심에서 이야기해 두려고 생각한 게다. 노파심에서… 유녀심에서. 말해 두겠는데, 그 전반장의 케이스도 가정문제로서는 최악의 케이스는 아닌데 말이다?"

과연 600년에 걸쳐 인류와 함께 살아온 괴이는 말하는 게 다르다. 뭐 그것은 하네카와 가가 특수하다기보다 하네카와 개인이 특수했으니 말이야.

"대학교 1학년으로는 아직 이르지 않겠느냐? 네 녀석의 쓰라린 기억을 극복하는 것은, 조금 더 시간이 지난 뒤라도 괜찮을지 모른다고?"

"여아는 기다려 주지 않잖아."

"그야 여아의 성장은 멈출 수 없으니 말이다."

"아니, 그런 의미가 아니라 여아는 나의 성장을 기다려 주지 않잖아. 그도 그럴 것이, 지금 여기서 일어나고 있는 문제니까. '여기서만 하는 이야기'야. 쓰라린 기억 같은 건 유치처럼 저절로 빠지지 않아. 열여덟 살이 지나면, 인간은 억지로라도, 성장해야만 해."

억지로라도, 강해져야만 해.

011

모두 어렴풋이 깨닫고 있을지도 모르지만, 내가 타고 있는 자동차는 내가 산 것이 아니다. 지금까지 오랫동안 열심히 아르바이트를 해서 오래된 구닥다리 중고차를 적당한 가격에 입수하고, 수리에 수리를 거듭해서 내 취향에 맞게 완성시켰다고 주장해 왔지만, 허세를 부려 왔음을 여기서 인정하겠다.

부모님이 사 주신 새 차다.

사실은 거짓말을 계속할 생각이었지만, 나라는 남자가 19년간 부모님에게 어리광을 부리며 양육되어 온 녀석이라는 점을 인정하는 의미에서, 용기를 내어 그렇게 고백해 두자.

자전거에 대한 애정이 거짓이 아니라는 점도 빠짐없이 덧붙여 두겠지만, 그것을 진지하게 이야기하기 시작하면 아주 길어지므로 대폭 생략하기로 하고… 뭐, 부모님이 사 준 자동차를 타고 다니는 도련님이 그 탈것에 어떠한 기대를 하는가 하면, '강력한 이동수단'으로서라는 것이다. 과장이 아니라, 이것으로 세계가 넓어졌다고 생각했다.

실제로, 넓었다.

이것만 있으면 어디라도 갈 수 있다는 기분이 들었다. 응, 뭐, 물론 카게누이 씨가 타고 다니는 교통수단인 오노노키 요츠기의 예외 쪽이 많은 규칙, '언리미티드 룰 북' 정도는 아니라고 해도.

카게누이 씨의 경우에는 지면을 걸을 수 없다는 제약을 가지고 있으므로, 나와 같은 기준에서 말할 수는 없지만… 그 사람이야말로, 어쩌면 칸바루 이상으로, 초등학생도 아니면서 담벼락 위를 걷는 데 달인일 것이다.

그렇게 되어서, 눈 깜짝하는 사이에 이웃마을에 도착했다.

고등학생 시절이라면 이 시작 지점에 도달할 때까지 상당한 시간이 걸렸을 텐데… 응, 이것만으로도 할 수 있는 것이 늘어났음을 실감한다.

다만, 아직 나는 자신의 노력으로 쟁취했다고는 도저히 말할 수 없는 이 탈것을, 카게누이 씨가 오노노키를 타고 다니는 것처럼 마스터하지는 못했다… 그렇다기보다, **제대로 세우지** 못했다.

그렇다.

편리함에는 어떤 종류의 제약이 따르기 마련이다. 자동차는 이 자동차 사회의 왕이지만, 그러나 자동차인 이상 주차해야만 한다.

어디에 세우면 되지?

자전거를 타고 다니던 시절에는 그다지 조우하지 못했던 고민이다… 아니, 물론 자전거도 정해진 장소에 주차해야 하는 경차량이기는 하지만, 자동차가 되면 사이즈가 다르다.

좋아, 저 부근에 적당히 세우기로 할까!

라는 느낌으로 해결되지 않는다.

주차위반으로 견인당하거나, 면허증을 압수당하는 것도 뼈아프고, 도둑맞는 것도 무섭고… 고등학교에서는 가르쳐 주지 않는 고민이 수수하게 쌓여 간다.

그래도 밤중이라서 키타시라헤비 신사를 방문했을 때에는 도로변에 세워 둔다는 긴급수단을 사용했는데(키타시라헤비 신사는 신이 강림한 신사이므로, 광대한 주차장 따위는 인접해 있지 않았다), 그것은 산 근처라는, 자동차가 다니기는커녕 사람도 거의 다니지 않는 장소라 가능한 일이었다.

하지만 주택가가 되면 말이지?

보도도 가드레일도 없는 장소에 적당히 주차해 놓고 가 버리면, 한밤중이라고 해도 신고가 들어갈지도 모르고(여아의 실종이 신고되지 않았는데 내가 신고를 당한다는 건, 참으로 얄궂다), 그렇지 않더라도 그런 주차가 교통사고로 이어질 가능성이 높아진다.

자동차에 치인 적이 한 번 있지만, 그건 비극이다. 다른 누군가에게 체험시키고픈 사고가 아니다.

그렇게 되어서, 베니쿠자쿠짱 찾기를 시작하기 전에 우선은 주차장 찾기였다. 24시간 영업하는 모터풀을 찾아서 그곳에 주차한다.

일본에서 모터풀이라는 단어를 '주차장'으로 사용하는 건 오사카 지역 한정이라는 점은 알고 있지만, 좋아한다고, 이 어감.

모터에 풀, 모터풀Motor Pool이라니까?

주차장에 자동차를 세운다는, 이 잘 이해되지 않는 지출…. 고등학생인 나였다면 날뛰었을지도 모른다.

그 돈이 어디에서 나오냐고?

나는 아르바이트를 하지 않고, 그리고 본가에서 살고 있다. 이거야 원, 베니구치 히바리를 자신과 오버랩시키고 있었는데, 그건 정말 어마어마한 착각이었다.

내가 고등학생 시절에 부모님과 사이가 나빴던 것 자체는 거짓말이 아니라고 해도…. 이런 흐름으로 이동 이외의 부분에서 조금 시간을 잡아먹기는 했지만, 그래도 종합적으로 걸린 시간은 30분 남짓.

아직 밤은 길다.

시작하자, 수색활동을.

"그래서, 어디부터 시작할 생각이지? 내 주인님아. 미아 신에게 받은 어드바이스를 듣기로는, 만약 여아가 의도적으로 '숨바꼭질'을 하고 있다면 찾는 것은 극히 어려워 보이던데….''

상식에 사로잡히지 않은 만큼 생각지도 못한 장소를 거점으로 삼기도 한다, 라는 이야기였다. 그렇지만 그것은 어디까지나 하치쿠지에게 받은 어드바이스의 전반일 뿐이다.

전반이자, 도입부다.

"흠. 그렇다는 얘기는, 후반이 있었던가?''

"안 듣고 있었냐. 너, 그 자리에 있었잖아.''

"스킵하고 있었다.''

남에게 듣는 조언을 스킵하지 말라고 생각했지만, 뭐, 시노부는 당사자가 아니므로 어쩔 수 없다. 당사자는 고사하고, 이 녀석은 인간도 아니니까.

시노부는 나를 신경 쓰는 일은 있어도 베니쿠자쿠짱을 신경 쓰는 일은 없다. 그것이 이 믿음직스러운 파트너의 선 긋기다.

벽이라고도 말할 수 있다. 성벽이라고도.

그 이야기를 하자면 나 또한 엄밀히 말해 전혀 당사자가 아니지만, 당사자라는 생각으로 임하지 않으면 이 '숨바꼭질'에 승산은 없다.

'숨바꼭질'이었을 경우의 이야기지만….

"어른의… 까지는 아니어도, 틴에이저가 되어 버린 나 같은 '예전 어린애'의 상상을 초월한 시점에서 '가출한다'라는 것이 여아의 발상력의 유연함이며, 담벼락 위라느니 용수로라느니 하며 수색 범위를 넓히지 않을 수 없는 요소라고 한다면, 반대로 수색 범위를 좁히기 위한 어드바이스도 있었어. 그것은 **교통수단**이 없다는 점이야."

"교통수단."

"자동차는 고사하고 자전거도 타지 않았을 거야…. 그렇게 많은 돈을 가지고 있다고는 생각되지 않으니까, 택시는 물론이고 전철이나 버스도 사용할 수 없어. 요컨대 자기 집에서 걸어갈 수 있는 범위 안에 숨어 있을 거야."

이것은 과언일지도 모른다.

우편함에 유치를 집어넣은 것이 행방불명된 지 이틀째라고 단정한 제2가설의 연장선이다. 하지만 초등학교 5학년의 다리로, 그렇게 멀리까지 걸을 수 있을 리 없다는 것도 분명하다.

"자전거를 선택지에서 제외한 근거는? 초등학생이라면 자전거 정도는 탈 수 있지 않느냐."

"반드시 그렇다고 단언할 수는 없지만, 그래도 학교에서 하교 중에 행방불명되었다며. 일단 집에 돌아와서 자전거를 타고 가출했다, 라는 상황이었다면, 역시나 그것은 '여기서만 하는 이야기' 속에 등장할 만한 정보라고 생각해."

베니쿠자쿠짱의 자전거가 없어졌다는 모양이다, 라는 한마디가 포함되어 있어야 했다. 좀 더 따져 보자면 초등학교에 자전거로 통학하고 있었을 가능성이 있을지도 모르지만, 중학교나 고등학교라면 모를까, 자전거 통학이 가능한 초등학교가 있다는 말은 배움이 부족해서인지 아직 들은 적이 없다.

"물론 단정한 건 아니야. 베니쿠자쿠짱은 근처에 버려져 있던 자전거를 주워서 이용했을지도 모르고, 씩씩하게도 지나가던 차를 히치하이킹했을지도 몰라. 가능성을 생각하기 시작하면 끝이 없지만, 우선은 수색 범위를 최대한 좁혀서 찾아볼 거야."

전체를 부감하고 서서히 범위를 좁혀 나가는, 이른바 스탠더드한 사람 찾기의 수순과는 정반대지만, 인해전술을 사용할 수 없는 나에게는 이 방법밖에 없다.

어림잡은 기준으로는, 베니구치 가를 중심으로 반경 수 킬로미터 정도일까?

"지리감각이라는 관점으로 봐도 그런 법일까. 만약 무관심한 부모가 걱정하게 만드는 것이 여아의 목적이라면, 더더욱 낯선 지역에 가려고 생각하지는 않았을 테고… 하지만, 너 말이다."

그렇게 시노부는 말했다. 여아 찾기에 흥미가 없는 것은 명백하지만, 일단 협력은 해 주는 모양이다.

여생의 시간 때우기라는 것일까

"여아의 활동거점이 자택뿐이라고는 할 수 없지 않느냐? 활동 범위가 좁은 것은 틀림없지만, 이야기를 듣기로는."

듣지 않은 주제에.

"자택보다도 학교 쪽이, 생활의 중심이 되어 있던 것이 아니냐?"

"아아, 그런가…. 그건 맹점이었네. 나는 초등학교 같은 곳, 제대로 다니지 않았으니까."

"불량아인 척하지 마라."

초등학교 시절에는 성실했습니다.

수업을 빼먹기 시작한 건, 고등학교에서 낙오한 뒤부터다.

"그러면 베니구치 가를 중심에 둔 수색 범위와는 별개로, 초등학교를 중심에 둔 수색 범위를… 아니, 그게 아니지."

학교가 얽히면 이야기가 복잡해진다.

시노부에게 그 말은 간접적으로 빈정거린 것일지도 모르지만, '고양이 찾기'를 참고한다는 어프로치를 모색하던 중에 '친구의 집에 숨겨 달라고 한다'라는 아이디어가 나왔었다.

현실적으로는 어려운 일이라고 생각한다.

있을 수 없는 일이란 생각까지 든다.

다른 가정의 어린아이를, 설령 보호가 명목이더라도 멋대로 자택에 숨기거나 하면 유괴죄가 성립되고 만다. 오이쿠라의 경우에 분명 그 부탁을 들어줄 거라고 믿을 수 있는 것은, 그 녀석이 옛날에, 그야말로 아라라기 가에 숨어 지낸 적이 있기 때문이다.

그 보호도, 우리 부모님이 경찰이었기에 허락된 특별조치에 지나지 않는다. 그리고 그 시대이기에 허락되었다고밖에 말할 수 없다.

요즘에 같은 행동을 하면, 아마도 부모님이 직업을 잃는 레벨의 큰 문제가 되겠지…. '옛날이 좋았다'라는 말을 기본적으로는 싫어하지만, 지식이 늘고 이것저것 편리해짐에 따라 인간사회로부터 너그러움은 완전히 상실되어 가고 있다.

물론 그런 너그러움이 가정 내 폭력이나 학대를 계속 간과하게 만들었다는 측면이 있다고 해도….

"하지만 설령 숨겨 주지 않았더라도, 만약 학교 친구의 집에 자주 놀러 간 적이 있다면 그 주변의 지리감각은 있다고 생각해야겠지. 혹은 같은 반 친구들과 자주 놀았던 공원이라든가… 쳇, 초등학교 시절에 친구와 같이 놀았던 적이 없어서, 완전히 맹점이었네."

"그건 불량아인 척하는 게 아니라, 진짜 같구먼."

"주로 여동생의 친구들하고 놀았지."

"그 당시부터 그런 녀석이었느냐."

그런 말을 듣는 것은 뜻밖이지만… 확실히 요즘에 내가 가장 많이 만난 상대는, 대학에 다니는 연인도 친구도 소꿉친구도 아닌, 모교 후배의 친구다.

이거 안 되겠네, 좀 더 메이코와 놀아야겠는걸.

오이쿠라의 하숙집에도 좀 더 자주 찾아가자.

히타기 씨하고는, 어차피 에필로그에서 만날 수 있겠고….

"나의 교우 범위는 둘째 치고, 베니쿠자쿠짱의 교우관계 범위에 따라서는 도보권 내를 기준으로 한다고 해도 수색 구역을 나름대로 크게 넓혀야만 돼… 교구 내, 정도라고 해야 할까?"

"뭐, 그런 얘기가 되겠지."

다니는 학교가 공립이라고 가정한다면, 스마트폰 지도 앱으로 아마도 금방 특정할 수 있다. 그리고 남은 것은 그 학교의 교구 내를… 교구의 범위는 오노노키에게 조사해 달라고 할 것도 없이 나라도(역시 스마트폰으로) 조사할 수 있을 것이고, 그렇다면 필연적으로 베니구치 가도 수색 구역 안에 들어갈 것이다.

다만 한계까지 수색 범위를 줄였다고 생각했는데, 생각했던 것보다 넓은 범위를 수색하게 되어 버렸네⋯. 하룻밤 안에 다 조사할 수 있을까?

어려울지도 모른다.

U턴해서 자동차를 가져오는 편이 좋을까⋯ 아니, 자동차에 탄 채로 창밖을 보며 여아를 찾는 것은 무리가 있다. 어드바이스의 전반이다. 여아는, 자동차는 고사하고 맨몸의 어른조차 들어갈 수 없을 만한 곳을 이동 루트로 삼을지도 모르니까.

"뭐, 착실하게 찾아보는 수밖에 없어⋯. 챌린지다. 우선 베니구치 가보다 먼저, 초등학교에 가 볼까. 베니구치 가에서 오노노키와 마주치는 것도 껄끄러우니."

"조금 전에 작별 인사를 했던 사람과 엘리베이터에서 다시 동승하게 되어 버린 듯한 말을 하고 있구먼."

구체적인 비유를 이야기하고 있구먼.

자동차에서 내린 뒤에도 스마트폰 조작은 시노부에게 맡기고 있었다. 유감스럽게도, 현대문명의 진보에는 이 유녀 쪽이 유연하게 대응하고 있다.

012

어쩌면 초등학교 안에 베니쿠자쿠짱이 거점을 두고 있는 것이 아닐까? 라는, 얄팍한 노림수도 있었지만, 도착해 보니 그 초등학교, 시립 제4초등학교는 대체 무엇의 어떠한 제4인지 묻고 싶어지는 그 애정 없는 네이밍과는 반대로, 보안 의식이 아주 철저해 보였다.

요즘 같은 시대이니 문에 방범 카메라가 설치되어 있는 것 정도는 상정하고 있었지만, 벽 위에는 철조망이 둘러쳐져 있었다. 설마 그런 일은 없을 거라 생각하지만, 이 위용과 박력은 철조망에 고압전류가 흐르고 있는 것이 아닐까 하고 생각하게 만드는 모습이었다.

아무리 초등학생이 날렵하고 두려움을 모른다고 해도, 이곳에 침입해서 지내자고는 생각하지 않을 것이다. 뭐, 이미 이 추리가 상식에 사로잡혀 있는 것이겠지만, 그러나 시작부터 경보를 울리게 만드는 것도 바라는 바는 아니다.

달려온 경비원에게 어떻게 설명해야 좋을까. 특히, 목말 태우고 있는 금발금안의 유녀를.

"목말은 그만두는 게 좋지 않겠느냐?"

"그 높은 위치에서, 뭔가 보이는 거 없어?"

"핑계 삼지 마라. 목말을, 수색활동인 척."

오노노키의 조사활동도 그렇지만, 목격 증언에 의지할 수 없다는 것은 커다란 역 어드밴티지다.

오시노는 이럴 때, 대체 어떻게 하고 있었을까? 내가 사는 마을에 체재하고 있을 무렵 그 녀석은 괴이담을 수집하고 있었을 텐데…. 그 볼품없는 아저씨가, 어떻게 '여기서만 하는 이야기'를 모으고 있었을까?

"뭐, 어쩔 수 없지. 이 시립 제4초등학교의 교구 에어리어를 바깥쪽부터 빙글빙글 나선모양으로 체크해 나가도록 할까. 아무리 활동 범위가 좁다고 해도, 그 한정된 범위 내에서 베니쿠자쿠짱은 가능한 한 집에서 벗어나고 싶다고 생각할 테니 말이야."

멀지도 않고 가깝지도 않게… 이다.

미스터리 마니아인 오기였다면 조금 더 효율 좋은 수색법을 떠올렸겠지만, 나에게는 이 정도밖에 떠오르지 않는다… 수색하는 동안 만에 하나라도 다른 수단이 떠오르면 그쪽으로 이행하기로 하자.

후우. 하룻밤 동안 어디까지 살펴볼 수 있을까…. 날이 밝을 때까지 최대한 할 수 있는 일을 할 생각이었는데, 이래서는 내일 낮 시간도 사용해야 할지 모른다.

"고등학교에서 발병했던 땡땡이 병이, 전혀 안 낫지 않았느냐."

"이 병은 평생 간다고. 평생 붙어 다니는 거야."

"평생 붙어 다니는 것은 나만으로 충분하겠지. 어차피 그 츤데레 계집애와도 재학 중에 헤어질 테고."

"재수 없는 소리 하지 마. 확실히 그 녀석, 요즘에는 학업에 열중하며 자신이 해야 할 일, 나아갈 길을 대학에서 발견했다는 느낌이었는데."

"자기 자신을 잃고 있는 네 녀석과는 딴판이로구먼."

"잃지 않았어. 여아보다도 먼저 자기 자신을 발견하라는 소린 하지 마."

"아직 말하지 않았는데 말이다. 음, 내 주인님아. 네 녀석의 우직한 발상은 싫지 않고 노예인 나는 그 방침에 따를 뿐이다만, 그 나선상 어프로치를 하기 전에 나의 힘을 사용해 보지 않겠느냐?"

"응? 너의 힘이라니? 뭐였더라, 대퇴골에 관계되는 그거 말인가?"

"네 녀석이 어째서 유녀의 골격에 흥미진진한지 알 수 없어서 무섭구면. 어떤 어둠을 품고 있는 게냐."

오기 같은 어둠이다.

생각해 보면, 그것도 무서운 이야기다.

"그 미스터리 마니아라면 효율 좋은 수색법을 떠올렸을 거라는 소릴 하는 거라면, 나의 아이디어도 들어 주시어요."

"주시어요?"

"확실히, 인형 계집애의 '언리미티드 룰 북'에는 지금 네 녀석의 피지컬이 견뎌 낼 수 없겠지만, 그러나 그런 안전성을 일절 고려하지 않은, 시체이기에 가능한 고속고공이동이 아니라면 수색 구역의 전경을 하늘에서 내려다보는 것 정도는 가능하지 않겠느냐?"

부감이 아니라, 차라리 조감이라고 해야 할까.

하지만 오노노키는 고속고공이동밖에 불가능하지 않나…. 다소의 미세조정은 가능하더라도, 애초에 오노노키는 이 자리에 없고.

"나도 하늘 정도는 날 수 있다. 잊었느냐?"

아.

그랬다, 전 흡혈귀인 시노부는, 박쥐같은 날개를 돋아나게 할 수 있는 것이었다. 오노노키 같은 무식한 로켓 비행이 아니라, 흡혈귀는 익룡처럼 날 수 있다.

애초에 철혈이자 열혈이자 냉혈의 흡혈귀, 키스샷 아세로라오리온 하트언더블레이드는 그렇게 이 나라로 찾아온 것이다.

두 번에 걸쳐.

건너온 것이다.

레버 넣고 대점프로 남극까지 날아갔다는 에피소드도 가지고 있다, 이 녀석은… 정말 많은 것을 뛰어넘는 철새다, 이중의 의미로.

"그렇구나, 내가 목말로 시점을 높이는 게 어떠냐고 한 말을 듣고 떠올린 거구나. 정말이지, 뭐가 좋게 작용할지 알 수가 없네. 목말도 역시 해 봐야 하는 법이야."

"그런 게 아니고, 목말은 언제나 하고 있다."

"그런가, 대퇴골이 아니라 견갑골에 관계되는 그거였을 줄이야."

"견갑골을 변화시켜서 날개로 만들고 있던 건 아니다. 네놈의 생각이 불건전하다."

실제로는 등 부분의 살을 변화시켜 날개로 만들고 있는 것일까…. 그렇다면 익룡이나 조류의 날개와는 달리, 곤충류의 날개에 가까울지도 모른다.

등의 살이라느니 곤충이라느니 하는 소리를 들으면 화를 낼지도 모르므로, 어디까지나 박쥐의 날개, 박쥐날개라고 표현해 두겠지만.

"게다가, 너무 기대해도 곤란하다. 알다시피 나는 지금 힘의 대부분을 잃고 있으니 말이다. 인형 계집애 정도로 높게도 날 수 없고, 빠르게도 날 수 없다. 바람을 이용해서 활공하는 글라이더라는 물건 같은 거다. 임기응변이 가능한 대신에 교통수단으로서는 그저 그렇지. 하지만 지금의 네 녀석에게는 그쪽이 좋지 않겠느냐?"

확실히 그 말대로다.

고속고공이동은 죽을 위험이 있지만 그런 온화한 비행이라면… 뭐, 잠깐의 리버스 번지점프 정도라는 각오를 하면 극복할 수 있겠지.

날 수 있겠지.

상공에서 마을을 내려다보는 것으로 지도에서는 보이지 않는 사각을 없앨 수도 있을 테고, 설령 베니쿠자쿠짱이 숨바꼭질의 명수라도 상공에서의 시점은 계산에 안 넣지 않을까?

흡혈귀의 스킬을 빌린다는 것은 미스터리적으로는 물론 언페어하지만, 여아의 안전이 걸린 일이 되면 여기는 반칙을 해도 되는 국면…이라고 생각한다.

누군가를 상처 입히려는 행동이 아니니까.

반칙을 하는 김에 말하면, 시노부의 박쥐날개와 마찬가지로 나의 시력이 도움이 되는 국면이기도 하다. 시력이 강화되었다는 나에게 남은 수수한 후유증이, 밤의 산길을 뛰어내려 올 때

이외에도 도움이 되는 때가 온 것이다.

보통의 경우에는 설령 교구 전체를 조감하더라도 단시간으로는 도저히 시야가 닿지 않는 곳이 생기겠지만, 나의 시력을 최대한으로 발휘하면, 상당한 구역을 커버할 수 있을 것이다.

여기서 고등학교 시절의 나였다면,

"좋았어! 나의 시력을 더욱 강화시키고, 그러면서 박쥐날개로의 비행기록을 아슬아슬하게 연장하기 위해서 시노부, 나의 피를 빨아! 급혈(흡혈) 스케줄은 엉망이 되겠지만, 그런 건 내 알바 아냐!"

라는 말을 꺼낼 상황이지만… 뭐, 역시나 학습하고 있다. 목숨을 걸면서까지 다른 사람을 도와서는 안 되는 것이다. 기본적으로는.

완전히 학습하지 못했나?

어쨌든 그런 짓을 했다는 것을 들켰다간 무표정한 감시 역에게 죽을지도 모르므로, 나와 시노부는 현재의 컨디션으로 임할 수밖에 없다.

"그러면 포메이션 체인지로군. 내가 네 녀석을 목말 태우고 레버 넣고 대점프, 그 뒤에 공중에서 내가 네 녀석을 끌어안는다. 아마도 조감 타임은 1분 정도가 한도겠지. 그야말로 나선상으로 지정 영역을 종달새처럼 빙글빙글 돌아 볼 테니, 전력을 다하는 게 좋을 게야."

"은혜를 입게 되겠네. 유녀가 태워 주는 목말을 타게 될 줄이야."

"그런 은혜는 입지 마라."

종달새처럼, 이라.

히바리雲雀와 쿠자쿠孔雀. 종달새와 공작.

뭐, 공작은 나는 것이 특기인 새는 아니니 말이야. 적어도, 하늘 높이는 날 수 없다.

그 아름다운 날개는, 장식이다.

013

항상 교양을 바탕에 깔고 가는 이야기꾼으로서는 물론 아름다운 날개가 장식인 것은 수컷 공작이라는 점을 언급해 둬야만 하겠지만, 그러나 여자아이인 베니쿠자쿠짱이 그렇게 알기 쉬운 표식을 펼쳐 주고 있으면 얼마나 좋을까, 하고 바라지 않을 수 없었다.

그러나 상공 수백 미터(정도라고 생각한다. 참고로, 오노노키라면 성층권 정도까지 여유롭게 날아오른다. 아마 마음만 먹으면 정말로 우주까지 뛰어오를 수 있는, 무시무시한 로켓 스타트다)에서 내려다보기로는, 알 수 있는 것은 이웃마을의 평화로움 정도였다.

조감鳥瞰이 아니라 귀감鬼瞰이라고 말해야 할 느낌의 시점으로 보면, 참으로 평온한 심야를 맞이하고 있다. 주택가의 조명은 대부분 꺼져 있고, 빛나고 있는 것은 기껏해야 가로등 정도다.

사람 한 명 찾아볼 수 없다.

당연하지만 다른 사람에게 목격될 리스크도 있으므로 유녀에게 안긴 채로 공중을 활공하는 몸으로서 이것은 몹시 안심이 되는 상황이지만, 이 '사람 한 명' 중에는 목적하는 여아도 포함되어 있으니 세상은 정말 생각대로 굴러가지는 않는다.

아니 뭐, 가출해서 흥에 겨운 초등학교 5학년이 공원이나 골목길에서 연회라도 벌이고 있다면 그것으로 사건은 해결되었겠지만, 그것은 그것대로 다른 사건을 일으키게 되는 것이고, 그렇게 순조롭게 진행되지는 않았다. 됐다고 치자.

대강이기는 하지만 이 교구 에어리어의 구조를 파악한 것만으로도 충분한 진전이다. 남은 것은 완전 영상 기억 보유 능력자가 아닌 내가, 지금 본 상공에서의 시점을 어디까지 유지할 수 있느냐에 달려 있다.

뭐든 잘 잊으니 말이야.

시노부는 박쥐날개를 능숙하게 컨트롤해서, 교구 에어리어의 바깥 둘레 아슬아슬한 위치의 도로에 착지해 주었다. 골격도 좋지만, 그 날개의 얇은 막 같은 부위에도 발전성이 있어 보이네, 하고 나는 생각했다.

"땡큐, 시노부. 많은 참고가 됐어. 자아, 하지만 지금부터가 여아 찾기의 메인 게임이야. 도보로 빙글빙글, 마을을 걸어 다녀야 해."

"마치 달팽이 껍데기 같구먼."

날개를 수납하면서 시노부는 말했다.

조금 지친 기색이 엿보인다. 안 그래도 힘을 잃고 있는데, 거기에 사람 한 명을 안고서 하늘을 난다는 것은 간단한 일이 아닐 것이다.

이러쿵저러쿵하면서도 수고를 끼치고 있다.

"마요이우시…였던가. 나였다면 에스카르고로 끝나겠지만."

"지쳤으면, 잠시 동안 그림자 안으로 돌아가 있을래?"

목말보다도 그쪽이 편하겠지. 게다가 막상 불심검문을 받을 경우, 금발금안의 유녀를 데리고 있을 때와 그렇지 않을 때에 경찰 아저씨가 받는 인상도 달라진다.

"그렇게 하도록 할까."

아무래도 나는 오늘 밤 시노부에게 상당한 무리를 하게 만든 모양인지, 유녀는 웬일로 얌전하게 내가 권하는 대로 순순히 그림자 속으로 가라앉아 갔다.

괴롭네.

급혈(吸血) 스케줄을 엉망으로 만들 수는 없지만, 내일 특별히 도넛을 제공하는 포상은 역시 있는 편이 좋을지도 모른다. 지금은 어떤 행사를 하고 있더라?

이야기 상대가 일단 없어져서 외롭기 짝이 없지만(심야에 낯선 마을의 고요한 주택가에 서면, 누구라도 같은 기분이 될 것이다), 그러나 혼자가 되었기에 가능한 일도 있다. 기행이라는 의미가 아니라.

유녀를 데리고 있지 않더라도, 설령 평화로운 일대라고 해도 한밤중에 대학생이 배회하고 있어서는 수상쩍음도 만점이다.

경찰의 불심검문은 물론이고, 인근 주민에게 불안을 주는 것도 내가 바라는 바가 아니다.

농담이 아니라, 그런 목격담이 무시무시한 괴이담으로 이어져 버릴지도 모르니까. 옛날부터 있는 괴이도 있거니와, 새로 태어나는 괴이도 있다.

밤이면 밤마다 여아를 찾아 헤매는 괴이.

공포 그 자체다.

지금까지 심야에 걸어 다녀도 '뭐, 그런가 보다'라며 간과되고 있었던 것은, 내가 고등학생이었기 때문이다.

그러므로 여아를 찾아 헤매는 모습을 건전하게 보이게 하기 위해, 나는 양보하기로 했다. 요컨대 걸어서 하는 탐색을 포기했다.

걷는 것을 양보하고.

질주하기로 했다.

즉 조깅을 가장하기로 한 것이다. 트랙을 달리는 것처럼 나선 궤도를 그린다.

건전하게 보이게 하는 것이라면, 조깅 이상으로 건전한 취미는 없을 것이다. 후배 중에 하루에 10킬로미터를 2세트 달리는 불건전한 변태도 있지만, 그것은 굳이 카운트하지 않기로 하자. 아니, 그 변태도 그런 일과를 보내는 것으로 아슬아슬하게 세상에 받아들여지고 있는 것은 아닐까.

다행히 나의 현재 옷차림은 스니커에 하프 팬츠에 얇은 점퍼라는… 뭐, 운동복 정도는 아니어도 그럭저럭 스포티한 패션이었다.

솔직히 실내복과 잠옷의 중간 정도인 옷이라… 가까운 사이인 신을 만나러 가기에도 조금 경의가 부족했는지도 모르지만, 그러나 그 옷차림이 이 상황에 활용된 것이다.

체력에는 자신이 있다. 왜냐하면 흡혈귀 체질이라 강화되어 있으니까. 이것도 반칙이지만, 인간의 길을 벗어나지 않고 정당하게 살았다는 이유로 체포당할 바에야, 나는 기꺼이 조깅을 하겠다.

시노부가 그림자 속으로 가라앉지 않았다면 할 수 없는 일이었다. 그 녀석의 원피스는 심야의 조깅에 적합하다고는 도저히 말할 수 없다.

하늘하늘하다.

이 위장 플랜에는 그 밖에도 메리트가 있다. 당연하지만, 걸어 다니며 찾는 것보다 압도적으로 시간을 단축할 수 있다.

표리일체의 디메리트로서 세세한 부분의 탐색을 대충 넘기게 될지도 모른다는 위험도 있지만, 그 부분은 후유증으로서의 흡혈귀 시력, 이 경우에는 동체시력으로 극복하자.

극복할 수 있다.

가볍게 준비운동을 하고서(흡혈귀 파워에 의지할 생각이므로 이것은 기분 문제다. 중요한 문제다), 나는 달리기 시작했다. 설마 인생의 첫 자발적 조깅이 이러한 형태가 될 줄이야, 오래 살고 볼 일이다.

달팽이 껍데기를 연상시키는 나선 궤도를, 그것도 뛰어서 그리려고 한다는, 모순을 지적하지 않을 수 없는 행위는 일단 제쳐 두기로 하고.

014

두 시간 걸렸다.

이웃마을을 한 바퀴…는 고사하고 체감상으로는 열 바퀴 정도 돌았고(트랙의 원주가 주위째로 작게 줄어들어 가는 나선 궤도), 대학 마라톤 팀에 들어갈까? 라고 생각할 수 있을 정도의 기록을 냈다고 생각하지만(물론 그것은 언페어 라인을 넘고 있다) 성과는 없었다.

이것을 진전이라고 부르기는 어렵다.

베니쿠자쿠짱이 교구 에어리어 내에 없다는 것을 안 것만으로도 땀에 젖은 이 조깅에는 의미가 있었다고 주장하고 싶은 참이지만, 그러나 이것으로 모든 방법이 바닥난 것이나 마찬가지니까.

하치쿠지의 어드바이스에 따라, 평소 같으면 그냥 넘겨도 괜찮을 만한 구석까지 빈틈없이 살펴봤다고 생각하지만… 정말로 고양이를 찾아서 어쩌려는 거냐, 라는 느낌의 조깅 코스가 되어 버렸다.

교구 에어리어 내에 없다면 수색 범위가 사실상 무한히 넓어진다. 말하고 싶지는 않지만, 완전히 나 혼자 감당할 수 없는 사태가 된다.

요컨대 손쓸 수 없는 상황이다.

"하지만 그 얼굴은, 아직 포기하지 않았다는 얼굴이네, 귀신 오빠."

조깅의 골인 지점으로 설정하고 있던 베니구치 가 앞에서, 오노노키와 합류했다. 그렇다기보다, 나의 골인을 그녀가 하이터치로 맞이해 주었다.

무표정으로 그런 말을 해도 말이지.

포기하지 않았다는 얼굴, 하고 있는 걸까~?

"연애 바보 유녀는? 그림자 속에서 자고 있어? 그 녀석, 그런 구석이 있지. 남이 노력하고 있을 때에 쉬는 것을 전혀 주저하지 않는다고 할지."

"시노부도 열심히 노력해 줬다고. 오노노키는? 가택수색은 끝났어?"

"끝났으니까 여기서 기다리고 있었던 거야. 귀신 오빠가, 이곳을 목표로 나선 궤도로 달릴 것이라고 예상하고 있었으니까."

진짜로 훤히 들여다보이고 있었구나, 나의 위치정보.

나쁜 짓은 못 하겠는데.

"뭐, 동녀에게 감시당하고 있다고 생각하면서 야한 책을 사는 스릴이 또 각별하지만 말이야."

"각별한 느낌이구나, 귀신 오빠. 동녀에게 감시당하고 있다고 생각하면서 연상녀의 야한 책을 사지 마. 진짜 깬다고."

"진지한 얘기인데, 18세의 대학생이 되어서 그런 아이템을 간단히 입수할 수 있게 된 이래, 인생이 조금 재미없어졌다는 건 확실해. 그것도 잃어버린 것 중 하나네. 그러니까 오노노키에게서는 좋은 자극을 받고 있어."

"크리에이터 간의 라이벌 관계처럼 말하지 마. 감시자와 감시 대상이니까. 보호관찰 처분으로는 부족해. 수감되는 편이 좋겠어."

괴이형무소 같은 게 있는 거야?

"그래서, 좀 어땠어? 솔직히 기대하고 있는데."

기대하고 있다는 표현은 성실하지 못할까…. 베니구치 가의 속사정을 알아봐 달라고 했으니, 나의 조깅과는 달리 그쪽으로부터는 아무것도 나오지 않는 게 가장 바람직하니까.

'소문 이야기 따윈 믿을 것이 못 되네'가 이번 결말이라면 그렇게 멋진 이야기도 또 없겠지…. 하지만 오노노키의 표정은 그리 밝지 않았다.

뭐, 언제나 무표정이라 그런 의미에서 밝고 어둡고의 차이는 없지만,

"바람직하지 않네."

라는 단적인 대답이, 그녀의 속마음을 나타내고 있었다. 시체에 마음이 있다면.

"나는 전문가고, 프로페셔널이고, 이런 은밀한 조사며 서포트는 식은 죽 먹기이지만, 그렇게 말해도 각종 요괴의 전문가이자 괴이 현상의 프로페셔널이니까 말이야. 평소와 같은 컨디션으로 일하고 있었는데, 싫은 것을 보게 되어 버린 느낌이야."

"싫은 것?"

"적어도 좋은 것을 보았다고는 말할 수 없겠네. 이 빚은 크다고, 귀신 오빠."

바람직하지 않다고 말하면서, 바라는 게 있다는 듯한 말투네…. 베니구치 가의 내부가, 어떤 참상을 보이고 있었다는 거야.

그 반응에, 나도 모르게 떠올리고 말았다.

내가 하네카와 가에, 부탁받지도 않았는데 멋대로 숨어 들어가서 멋대로 쇼크를 받고 멋대로 당황하고 착란을 일으키고, 그리고 멋대로 도망쳐 나왔을 때를….

"뭐, 인간의 가정이 어느 곳이나 그 나름의 문제를 품고 있다는 것 정도야 알고 있었지만 말이지. 그렇게 불안해 보이는 얼굴을 하지 않더라도 차차 말할 거야… 길을 가면서. 우선 이곳을 벗어나자. 그리 오래 있고 싶지 않아."

"으, 응…."

풀 마라톤을 뛰고 온 정도의 피로감이 느껴졌고, 그것으로 얻은 소득도 없어서 헛수고만 했다는 기분도 있었기에 가능하면 잠시 휴식을 취했으면 했지만, 확실히 베니구치 가 근처를 어슬렁거리는 것은 피하는 편이 좋다.

이 집에서.

겉보기에는 그럭저럭 유복해 보이는, 커다란 단독주택 내부에서 무슨 일이 일어나고 있는가를 이야기하려면, 우리는 그 부근을 배회하는 수상한 자여서는 안 된다.

건강하게 조깅을 하는 사람인 이상, 또 어딘가로 달려서 떠나

가야… 한다고는 해도, 나는 일단 명패를 확인했다.

오노노키가 말한 대로 부모의 이름과 두 딸의 이름이 적혀 있었다. 베니구치 히바리와 베니구치 쿠자쿠.

히바리의 이름이 두 줄 선으로 지워져 있다.

…이것도 상당히 험한 취급이네. 굳이 지울 것까지는 없잖아.

머지않아 베니쿠자쿠짱의 이름에도 두 줄 선이 그어지는 걸까, 하고 한순간 생각해 버렸지만 그런 망상은 곧바로 머릿속에서 털어 냈다.

우선은 여기서 벗어나자.

"그러면 오노노키. 잠깐 다리 좀 벌려 봐. 그 사이로 지나갈 테니까."

"왜 한신의 과하지욕*을 스스로 재현하려는 거야. 이 시리어스한 장면에서. 머리가 이상해진 거야? 아니, 머리는 원래부터 이상했던가. 증상이 악화될 정도로 달리지 말라고."

딴죽 거는 말이 길었다.

표면으로는 나타나지 않았지만, 역시 컨디션이 무너져 있는 것 같아서 걱정이 된다.

네 쪽이 더 걱정이라는 말을 들을 것 같지만.

"아니, 지나간다고 해도 뒤에서, 그것도 머리만이라니까? 목말을 태우려고 생각한 거야. 이동한다고 그래서."

※과하지욕(袴下之辱) : 바짓가랑이 밑을 기어가는 치욕. 옛 중국의 장군 한신이 출세하기 전, 불량배와의 싸움을 피하기 위해 상대의 가랑이 밑을 기어갔다는 고사에서 나온 말. 큰 뜻을 지닌 이는 쓸데없는 일로 남들과 다투지 않는다는 뜻.

"그런 짓은 연애 바보 흡혈귀에게나 해. 무엇 하나 복습이 되지 않았네, 귀신 오빠."

나는 교통수단이니까 누군가에게 운반되지는 않아, 라고 오노노키는 말했다.

"그런가. 그러면 오노노키에게 목말을 태워 달라고 할까…. 조금 전에 시노부가 해 줬던 것처럼."

"잠깐 눈을 뗀 사이에 무슨 일이 있었던 거야. '언리미티드 룰 북'으로, 화성으로 추방해 줄까?"

그런 일도 가능하냐.

괴이담이 SF가 되어 버리잖아.

"스페이스 오페라에는 흥미가 있지만… 사양하도록 할게. 그러면 서로, 자기 다리로 걷기로 하자고."

"가능하면 따로따로가 되고 싶어. 여기서 해산했으면 좋겠어. 어디로 갈 거야?"

"모터풀. 자동차를 거기에 세워 뒀거든. 시간당 요금인 주차장이니까, 할 일이 끝났으면 일찍 회수하고 싶어."

"좀스럽네."

"좀스럽다고 하지 마. 부모님에게 받고 있는 용돈을 변통하고 있는 대학생 입장도 되어 보라고."

"될 수 없어. 아르바이트를 해."

"그런 식으로 일하라는 소릴 쉽게 한당께, 다들."

"아니, 당연히 일을 해야지. 어설픈 사투리도 은근히 짜증 나. 언니에게 그냥 퇴치되어 버려."

오노노키도 아까 했었잖아.

싫구마잉.

"아르바이트라면 언제든 가엔 씨가 소개해 줄 거라고 생각하는데. 요전의 '미라 사건' 때처럼."

"그 사람에게 부려 먹히는 건, 몸이 편하지 않을 것 같아서 말이야⋯."

"몸이 편하려고 하지 마. 일이 있는 만큼 고맙게 생각해."

엄하네, 직장인은.

무엇보다 그 '미라 사건' 때에 나눈 약속으로, 가엔 씨는 내가 대학생일 동안에는 모습을 보이지 않겠다고 약속해 주었다. 나를 성가신 일에 휘말리게 하지 않겠다, 라고.

전혀 모습을 보이지 않게 되자 조금 쓸쓸하기도 해서 마음이 복잡하고, 그것은 여차할 때에도 도와주지 않겠다는 의미로도 받아들일 수 있고⋯ 하지만 이 상황에서 이쪽에서 의지하거나 하면 뭐든지 알고 있는 누나의 노림수에 걸려든다는 기분도 들고 말이지.

뭐, 어찌 되었든, 이 일은 다망한 가엔 씨에게 상담을 하러 갈 만한 사안은 아닐 것이다.

그 사람도 오노노키와 마찬가지로 괴이의 전문가이지 인간의 전문가는, 하물며 여아의 전문가는 아니니까.

오노노키는,

"애초에 나는 가엔 씨가 그런 약속을 성실하게 지킬 거라고는 생각하지 않지만."

그렇게 불길한 예언을 하면서 걷기 시작했다. 나에게 안내받을 것도 없이, 모터풀이 있는 장소는 머릿속에 들어 있는 모양이다.

뭐, 하긴 그럴까. 속도는 달라도 오노노키는 이 마을에 날아왔으니까, 한 번이 아니라 상공에서 전경을 관찰하고….

"……."

"응? 왜 그래? 귀신 오빠, 갑자기 멈춰 서고. 알았어. 그렇게까지 말한다면 지나가도 좋아. 내 다리 사이를. 스커트를 들어올릴 테니까 잠깐만 기다려."

"그게 아니라. 한 가지, 잊고 있었어."

"상식? 양심? 윤리?"

"수색 포인트."

015

하치쿠지의 어드바이스를 따라서 보통은 찾지 않을 만한 장소까지 체크해 왔다고 생각했는데, 시작 지점인 모터풀을 조사하는 것을 잊고 있었다.

다른 사람도 아닌 내가, 라고 해야 할지, 참으로 나답다고 해야 할지.

어떻게 말한들 뉴 비틀을 주차하고 바로 밖으로 나왔으므로, 그 24시간 영업의 입체 주차장을 내가 제대로 보았다고는 말할 수 없다. 시작 지점은 시립 제4초등학교라고 생각했지만, 가만히 생각해 보면 그 모터풀이야말로 수색의 시작점이었던 것이다.

나는 '초등학교 5학년'과 '자동차'를 연결해서 생각할 수 없었던 것이다. 등잔 밑이 어둡다고 그렇게나 하치쿠지에게 주의를 들었는데, 이래서는 어드바이스를 받은 의미가 없다.

그런 주제에 조깅 중에는 그 모터풀을 '이미 체크가 끝난 장소'로서 넘겨 버렸으니 정말 구제불능이다. 만전을 기했다고 생각했지만 못 보고 넘어간 곳이 있었다.

이래서는 아마 이 모터풀 외에도 확인하지 못한 포인트가 상당수 있을 것이다. 역시 아마추어에게 사람 찾기는, 설령 반칙을 하더라도 어렵다는 뜻일까.

"하지만 괜찮지 않을까? 숨을 곳으로서의 주차장이란 곳. 사각도 많아 보이니 어린아이의 '숨바꼭질'에는 안성맞춤이야."

"안성맞춤인지 어떤지는….."

사각이 많아서 그곳에 아이가 숨어 있다면, 단지 그것만으로도 자동차 사고의 요인이 너무 많다고도 할 수 있다. 공교롭게도 마을에서 떠나기 전에 아슬아슬하게 떠오른 후보지였지만 가능하면 빗나가 주는 편이 고마울 만한, 이것은 직감이기도 했다.

그런 곳에 숨지 말았으면 한다.

다만 베니구치 가에서의 거리감도, 혹은 학교에서의 거리감도 꽤 이상적인 위치인 것은 사실이다.

모터풀.

조금 더 상세히 설명하면 지상 2층에 지하 1층인 입체 주차장으로 무인관리… 사용하는 것은 주로 인근 주민들일 것이다.

베니구치 가가 사용하고 있었는지 어떤지는 확실치 않다. 조금 전에 본 자택에는 차고가 없었던 것 같은데….

"차고 자체는 집 뒤편에 있었어. 그곳에 자동차도 세워져 있었고. 폐차 같은 자동차가."

"폐차?"

"오랫동안 타지 않은 분위기의, 그러기는커녕 손질조차 되지 않은 느낌의 자동차… 틀림없이 차량보험은 들지 않았겠지."

똑바로 걸으면서 말하는 오노노키.

주차장의 위치는 알고 있을 테니 오노노키는 나를 두고 먼저 가 있을 수도 있었겠지만('언리미티드 룰 북') 그러지는 않을 모양이다. 어디까지나 행동의 주체는 나에게 맡긴다는 것일까.

나로서도 지금 당장, 다시 한번 뛰어서 주차장으로 가고 싶다는 충동은 있었지만, 체력 게이지가 바닥나서 엔진이 거의 멈춘 상태다. 뛰어 봤자 주차장에 도달하기 전에 퍼지게 될 것이다.

뭐, 충동적으로 행동하기 전에 한 번 냉정을 찾는다는 의미도 포함해서, 컨디션을 조정하면서 먼저 오노노키에게 정보를 들을까.

이미 베니구치 가에서는 꽤 멀어졌으니.

"그러니까 그 폐차가 상징적인데 말이지. 집 안에 들어가 보니, 정말로 이곳에서 사람이 생활하고 있었는지 의심스러울 정도였어. 정말, 뭐라고 해야 할지."

"혹시, 쓰레기집 같은?"

쓰레기집이라고 하면 나에게는 칸바루 스루가의 방이 떠오르지만, 그것은 기본적으로는 방 하나뿐이다. 만약 그 엉망진창의 카오스가 집 한 채에 걸쳐 퍼져 있다면, 확실히 그것은 눈을 돌리고 싶어질 정도로 비참한 광경일 것이다.

부엌 같은 곳은 눈뜨고 볼 수 없을 테지.

하지만 아이를 방치해 버릴 만한 부모라면, 자식 외에도 모든 것을 '방치'해 버리는 경향이 있더라도 그리 위화감은 없다…는 이야기인가?

다만, 오노노키는.

"쓰레기집하고는 달라. 텅 비어 있을 뿐이야. 기분 나쁠 정도로."

"텅 비어 있다."

"갓 이사한 신축 주택과는 분위기가 달라. '방치'라는 표현만 놓고 보면 제대로 짚은 것인지도 모르겠네. 신축인 상태로 내버려 두었다는 느낌. 알겠어?"

알겠냐고 물어본다면 모르겠다고 대답할 수밖에 없다. 그런 기묘한 건물은 본 적도 들은 적도 없으니까.

새것인 채로 낡아 버린 단독 주택.

집은 사람이 살지 않으면 금방 손상된다는 이야기가 있는데… 하지만 베니구치 가는… 4인 가족은, 거기서 생활하고 있었잖아?

"생활은 하지 않았다, 라고 해야 할지도 모르겠네. 생활의 거점은 따로 있었다. 별장 취급을 하고 있었던 게 아니라… 그렇지, 직장이나 학교 쪽이 생활의 주체였다는 느낌으로."

"……."

베니쿠자쿠짱의 주체는 초등학교 쪽에 있었던 것이 아닐까 하는, 이른바 넘겨짚기는 그렇게까지 빗나간 것이 아니었다는 이야기인가.

아니, 그렇게까지는 고사하고… 제대로 적중했다는 느낌이다.

전혀 기쁘지 않지만.

"텅 비었다고 해도, 뭐, 아무것도 없었던 건 아니야. 하지만 귀신 오빠. **물건이 적은데 어질러져 있다**는 거, 어떤 느낌인지 알아?"

어지간히 끔찍한 광경을 보고 말았는지, 오노노키는 교과서 읽기 어조로 나에게 질문해 왔다… 억양이 없는 어조는 평소와 똑같지만, 그래도 어쩐지 원망이 느껴지는 듯 들린다.

물건이 적은데 어질러져 있다.

심상치 않다는 느낌이 드네.

칸바루의 방은 물건이 많아서 어질러져 있는 것인데, 그 반대 상황이란 것은 솔직히, 상상하기 어렵다.

내가 자기 눈으로 그런 집을 보고 말았다면, 또다시 공황상태에 빠졌을지도 모른다.

"응. 그렇다는 건, 오노노키. 그 부모님은 집을 비우고 있었던 거야? 마주치거나 하지 않았지?"

"자고 있었어. 침실에서. 침실인가? 그게. 텅 빈 방에, 휴대하기 편리해 보이는 얇은 이부자리가 깔려 있었고. 아버지와 어머니는 각자의 방을 쓰고 있었지만."

듣기만 해도 등골이 서늘해져 오는 정보였다. 딱히 괴담인 것도 아닌데, 오싹하다.

각자의 방. 그런 것을 가정 내 별거라고 부르던가? 아니, 그렇게 결부시키는 것은 아무리 그래도 성급한 생각이다. 부부라고 해서 무조건 같은 방에서 자야만 한다는 법은 없다. 그러니까 이 경우에 문제는.

딸이 유괴당했을지도 모르는, 적어도 행방불명인 상황인데도 새근새근 자고 있고, 불법침입자도 깨닫지 못한다는 그 행동 쪽이… 아니, 행동하고 있지도 않다.

그도 그럴 것이 자고 있으니까.

"……."

"사각 이야기가 나와서 말인데, 숨을 수 있는 사각이 없어서 잠입수사는 어렵겠다고 생각했었는데, 전혀 그렇지 않았어. 맹점 같은 건 없었어, 들키지를 않았는걸. 다만 조사할 대상도 없어서 조사가 순조로웠다고는 말할 수 없겠네. 하지만 이 정보만이라도 충분하다면 충분하겠지?"

응, 충분해. 1천억분이야.

그래서 나의 조깅을 하이터치로 맞이해 준 것이었다. 그만큼 조사가 일찍 끝난 이유가 있었다.

그렇게 되면 우편함에 들어 있던 앞나라는 것이 행방불명 첫

날에 던져 넣어진 것일 가능성이 높아지기 시작하나…. 그런 생활을 하고 있던 일가라면, 우편함 속을 매일 꼼꼼하게 체크하지 않았을 가능성도 있다.

발견은 이틀째라도 집어넣은 것은 첫날…. 그렇다고 하면 모터풀을 조사하는 의미가 약해지지만.

"…확인하겠는데, 부모님의 침실이나 거실뿐만이 아니라 딸들의 방도 거의 비어 있었다는 거지?"

"응. 자매가 같은 방을 쓰고 있었던 흔적도 있어."

두 딸에게는 방이 주어지지 않았다는… 그런 상황은 아닌 건가, 복도에서 자고 있었던 것도.

물론 그것은 그다지 위로가 될 만한 요소도 아니다. 다만, 자매가 같은 방에서 지냈던 것 같다는 말은, 조금 위안이 되는 기분도 들었다.

각자의 방에서 자고 있던 부모.

함께 지내고 있던 자매.

히가사에게 들었던 인상보다도, 어쩌면 더 사이가 좋은 자매였는지도 모른다.

"그렇게 되면 여동생을 남기고 언니가 집을 나간 것이 어떠한 방아쇠가 되었는가가, 초점이 될지도 모르겠네. 그런데 귀신 오빠. 트랜지스터 슬렌더 관련 자료는 전혀 모으지 못했는데 히바리 언니 쪽의 주소는 알게 된 건지도 모르겠어."

"어? 하지만 언니에 관한 정보야말로 얻을 수 없을 거라 생각했는데. 이미 집을 나갔으니까."

약간의 소지품이 있었다 해도 독립하며 가지고 나갔을 것 같다… 아니면 남기고 간 뭔가가 있었던 걸까?

"자료라기보다, 그것도 역시 흔적이었지. 방의 벽에, 벽보의 흔적이 있었어."

"벽보? 포스터 말이야?"

"조금 달라. 귀신 오빠에게는 그런 기억 없을까? 올해 봄까지 수험생이었잖아? '목표! 편차치 25!'라든가, 종이에 써서 붙여 놓지 않았어?"

"목표가 너무 낮잖아."

그렇지만, 그런 벽보인가.

뭐, 일종의 부적 같은 것이지… 나는 부적에는 별로 좋은 기억이 없어서 그런 자기암시 같은 짓은 하지 않았지만, 하고 있는 수험생은 많겠지… **수험생**?

"그러면, 자매의 방에 그런 벽보가 남아 있었다는 얘기야?"

"벽보 자체는 떼어져 있었어. 하지만 마르기 전에 붙였던 건지, 글씨가 벽지에 흐릿하게 배여 있었어. 히바리 언니는 좀 덜렁이었던 모양이야."

"…하지만 그런 격려문구의 종이를 붙였다가 떼고서 나갔다는 건, 베니구치 히바리는 수험생이었다는 얘기지? 요컨대…."

취직했다거나 여행을 떠난 것이 아니라, 지금은 어딘가의 대학에 다니고 있다? 뭐, 입시에 실패하고 화가 나서 벽보를 찢어 버렸다는 케이스도 생각할 수 있지만….

다만, 대학생이 되었다고 해도 어느 대학인지는 알 수 없다.

일본에는 700개 이상의 대학이 있다고 들은 적이 있다. 해외의 대학일 가능성도 제로가 아니라고 하면, 특정은 불가능하다.

　미토농에게 물어볼 수밖에 없을까…. 되도록이면 그런 방법은 쓰고 싶지 않지만. 내가 단독으로 움직이고 있다는 것은 알려지지 말았으면 하고 미토농을 말려들게 하고 싶지도 않다.

　"미토농이란 닉네임이 정착되어 가고 있다는 점은 제쳐 두고, 그러지는 않아도 될 거라고 생각해, 귀신 오빠. 합격했는지 어떤지는 모르지만, 지망한 학교는 아니까."

　"어째서?"

　"벽에 배여 있던 문장이, 이랬거든. '목표, 마나세 대학!'이라고."

016

　파이브 서클에서 친구의 친구의 친구 정도의 포지션이었을 베니구치 히바리가 같은 대학교 학생…일지도 모른다는 우연에, 나는 당황하지 않을 수 없었다.

　괴담의 맨 마지막에 '너다!'라는 말을 들었을 때 같은 불편함이 있다. 현실은 소설보다 기구하다고는 말하기 어렵다.

　기구하다기보다 기괴하다.

　뭐, 고등학교가 같았다면 모를까, 대학은 학생 수도 많고 학부까지 같다고는 단정할 수 없으니 그 정도의 우연은 있을 수 있다고 하면 있을 수 있지만….

다만, 집을 나간다고 호언장담하고 있던 것치고 마나세 대학은 조금 어중간한 거리라고도 할 수 있다. 차라리 대도시에 자리 잡는 것이 나을 텐데. 마나세 대학은 이 마을에서도 마음만 먹으면 자택에서 통학할 수 있는 거리다.

자동차 통학은 도락의 범위고, 나도 언젠가는 자취를 시작할 생각이니 이상하다고 할 정도는 아니지만… 혹시 그것은 여동생이 걱정되기 때문일까?

집에서는 나오고 싶었지만 너무 멀리 떨어지는 것도 내키지 않았다. 무슨 일이 있었을 때에는 돌아올 수 있을 정도의 타협점이, 마나세 대학이었다면.

"'스프가 식지 않을 정도의 거리'라는 건가. 뭐, 집안은 한산해서 이보다 더 썰렁할 수 없었지만 말이야. 자, 도착했어, 귀신 오빠."

의외로, 그것도 기분 좋다고는 말할 수 없는 오노노키의 조사 결과를 듣는 동안, 어느샌가 우리는 모터풀에 도착해 있었다.

입체 주차장.

내가 자동차를 주차해 둔 곳은 옥상이지만… 아무리 시간 단위의 요금이 아깝다고 해도, 먼저 자신의 자동차를 밖으로 뺄 수는 없다.

일단 이것이 최후의 조사가 될 테니 신경 써서 체크해야만 한다. 설령 결과가 좋지 않다 해도, 할 수 있는 일은 다 했다고 생각하고 싶다.

왠지 모르게 지하부터일까? 이것은 '숨는다'는 이미지에 끌려가고 있는 것뿐일지도 모르지만….

"이왕 같이 시작한 일이니, 이 장소의 수색만은 나도 거들게. 뭔가 하고 싶어."

베니구치 가의 속사정을 본 것으로 받은 충격을, 일하는 것으로 털어 내고 싶다는 것일까…. 대단한 근로정신이다.

나 같은 건, 하네카와의 집에 숨어든 뒤에는 울면서 여동생에게 위로받았었는데…. 지금 생각해도 그것은 참 한심하다.

거절할 이유도 없어서, 나와 오노노키는 우선 입구 부근에 게시되어 있던 주차장 안내도를 확인하고, 각각의 코스를 정해서 둘로 나뉘어 수색하기로 했다.

여아가 뛰어나오면 협격할 수 있는 헌팅 스타일이다… 아니, 그러니까 이런 표현이 오해를 부르는 것이다.

그렇게 커다란 입체 주차장은 아니지만, 상당한 수의 자동차가 주차되어 있어서 사각이 정말로 많다. 지상 2층, 지하 1층, 플러스 옥상까지 몇 대 정도나 주차할 수 있는 걸까?

한 층에 50대 정도로 치면, 200대?

밤중이니까 만차는 아니라고 해도, 그 자동차들로 생겨난 사각을 전부 빈틈없이 체크하고 다닌다면, 둘이 함께 하더라도 날이 새 버리는 게 아닐까? 아무리 오노노키가 스피디하더라도….

괜찮을까, 새우더라도. 밤 정도는.

성과가 있다고 해도 없다고 해도, 이제 오늘 밤에 할 수 있는 일은 여기까지니까. 그렇다고 해도 심야의 주차장 안, 그것도 지하가 되면 어둑어둑하다는 정도가 아니라 전등도 깜빡깜빡하는 느낌이라 정말 '숨바꼭질'에는 안성맞춤의 시추에이션이다.

처음에 이곳을 수색하려고 생각하지 않았던 것이, 정말이지 이상하게 느껴질 정도다. 등잔 밑이 어둡다.

물론이다.

처음에 찾아봤으면 좋았을걸, 이라고 말하는 것도 아니다. 그랬더라면 베니쿠자쿠짱을 찾았을 거라는 것도 아니고, 그 뒤에 시노부에게 무리한 부탁을 하지 않아도 되었던 것도, 내가 이 마을 안을 뛰어다니지 않아도 되었던 것도 아니다.

아마도 순서가 달라질 뿐, 같은 행동을 했을 것이다. 주차장을 돌아본 뒤에 하늘을 날아다니고 동네를 뛰어다녔을 것이다.

달팽이처럼.

아니, 모터풀의 수색이, 고생만 실컷 하고 결국 아무런 성과도 올리지 못했다고 말하고 있는 것은 아니다.

오히려 성과는 거뒀다.

하지만 그렇기에, 그 뒤에 나는 같은 일을 했을 거라고 생각했던 것이다. 하늘을 날아다니고, 동네를 뛰어다녔을 것이다, **다른 의미에서.**

결론부터 말하면 베니쿠자쿠짱은 모터풀의 2층, 비상계단 에어리어에서 발견되었다. 정확히는 베니쿠자쿠짱의 **일부**가, 소지품과 함께 발견되었다.

2층에서 옥상으로 올라가는 층계참에서 가방과 어린이용 블라우스, 서스펜더가 달린 스커트. 속옷, 양말, 학교 지정 신발과

노란색 튤립 모자, 그리고.

열아홉 개의 유치가, 아무렇게나 굴러다니고 있었다.

017

이거 큰일 났다.

그렇게 깨달은 것은 이미 건드려 버린 뒤의 일이었다. 물론 여아를 직접 건드린 것보다는 낫겠지만, 행방불명된 초등학교 5학년 아이의 소지품을 장갑도 끼지 않고 건드려 버린 것은 어떻게 생각해도 큰 문제다.

하물며, 생으로 뽑힌 이가 되면.

"지문…."

아아, 하지만 늦었다.

확실히 손으로 집어 버렸다.

하다못해 토하는 것은 참자. 이 이상 현장을 어지럽혀서는 안 된다. 현장 보전에 노력해라, 경찰의 아들이잖아.

지금까지, 얼마나 많은 수라장을 겪어 왔지?

흡혈귀와 사투를 벌이고, 고양이와 싸웠다.

게와, 달팽이와, 원숭이와, 뱀과, 말벌과, 사기꾼과, 시체와, 음양사와, 불사조와, 권속과, 인형사와, 전문가들의 관리자와… 신과, 어둠과, 마주해 오지 않았는가.

동요하지 마라, 흐트러지지 마라.

성장한 모습을 보이는 거다.

"여기서는 흐트러져도 괜찮다고 생각하지만 말이야, 귀신 오빠. 아무리 나라도 속이 메슥거려."

오노노키가 별 위로도 아니라는 듯이 그렇게 말했다. 계단에서, 발을 헛디디려고 하는 나를 손가락 하나로 지탱해 준다.

지하에서 옥상까지 입체 주차장을 전체적으로 수색하고, 옥상의 내 자동차가 있는 곳에서 다시 합류한 나와 오노노키는, 마지막에 둘이서 함께 엘리베이터 옆에 있는 비상용 계단을 조사하기로 했던 것이다. 지하부터 순서대로 각 층을 조사하고, 마지막에 비상계단으로 지하까지 내려온다.

처음에 결정한 예정대로였는데, 솔직히 이 무렵에는 거의 포기한 분위기였다. 그러나 삐걱거리는 문을 열고 비상계단에 들어가자마자, 그런 층계참의 모습이 눈에 날아들었던 것이다.

"정말 당당하지만 의외로 맹점일지도…. 2층이라면 모를까, 옥상에 자동차를 세워 둔 사람은, 비상계단 같은 건 비상시 이외에는 사용하지 않을 테고."

2층에서 옥상으로 올라가는 층계참, 이라는 것이 포인트였다. 확실히, 마치 숨을 생각이 없다는 듯 보이지만 사각이라고 하자면 사각이다.

보기로는 비상계단 에어리어에 방범 카메라는 설치되지 않은 것 같으니, 숨을 장소로서는 나쁘지 않다.

하지만 가출소녀의 잠자리가 아니라.

유괴범의 아지트로서, 였다.

생각과 달리, 내가 잘난 듯이 늘어놓았던 추리는 어차피 희망적 관측에 지나지 않았던 것이다. 그도 그럴 것이, 아무리 초등학생이라도 유치가 단숨에 전부, 줄줄이 빠지겠는가?

열아홉 개라니.

합쳐서 스무 개.

베니구치 가의 우편함에 들어 있던 앞니는, 이 많은 것들 중 하나에 지나지 않았던 것이다. 앞으로도 계속 보낼 생각이었을까?

아니, 상황을 보기에 유괴범은 이미 이 거점을 포기했다. 뭐라고 할까, '필요 없는 것을 아무렇게나 버리고 갔다'는 느낌의 현장이다.

필요 없는 것….

베니쿠자쿠짱의 소지품, 의복, 유치.

난폭하게 다루어진 것일까, 가방 안의 내용물은 흩어져 있고, 의복도 이쪽저쪽이 찢어져 있다. 대체 무슨 일이 있었던 거지.

이를 전부 뽑다니, 그 행위에 무슨 의미가 있지? 부모에 대한 협박에 사용하지 않는다면… 오히려 협박 쪽이 덤이 되는 건가?

어린아이의 유치를 뽑고 싶었던 것뿐이라고?

"어떻게 이럴 수가. 가출소녀를 찾을 생각이었는데, 결국 유괴사건임을 증명하고 말았어…. 무슨 짓을 한 거야, 나는."

진정해.

확실히 이 세상의 모든 절망을 보게 된 기분이지만, 그래도 아직 한 줄기 희망이 남아 있다. 흩어져 있던 소지품, 그 열아홉 개의 이.

완전 영상 기억 능력자가 아니더라도 평생 잊을 수 없을 영상 체험이지만, 그러나 나는 아직 여아의 시체를 보게 된 것은 아니다. 마음의 위안으로 삼기에는 정말 위안이 되지 않는 일이지만, 그래도 아직 유괴당한 소녀가 살해되었다고 단정할 수는 없다.

아직 구할 수 있다. 아직.

"하지만 여기서 그만두는 거지?"

그렇게.

이를 악무는 나에게… 악물 이가 있는 나에게, 오노노키가 등 뒤에서 물었다, 무뚝뚝하게.

손가락 하나로 나를 지탱하는 채로.

"그 얼굴도 아직 포기하지 않았다는 얼굴인데. 그런 약속이었지? '여기서만 하는 이야기'가 유괴사건이라는 게 확실해졌을 때는 ③경찰에게 맡기고 깔끔하게 발을 뺀다, 라고 했었지? 그 다음에는 경찰에 신고하고, 끝. 그렇지?"

"하지만 오노노키…."

"그렇지?"

"……."

나는, 아무 말도 할 수 없었다.

018

"그래서? 무슨 일이 있었어, 코요미? 나라도 괜찮다면 이야기를 들어 주려는데?"

"빠르구나! 이번에는!"

다음 날, 국립 마나세 대학 구내의 카페테리아.

나는 고등학교 시절부터 사귀고 있는 연인인 센조가하라 히타기와 함께 점심 식사를 하고 있었다. 메니코와 함께하려고 했지만 보이지 않아서, 어쩔 수 없이 오늘은 혼자 먹으려고 생각하고 있던 참에 히타기 씨로부터 연락이 왔던 것이다.

"그러니까 나보다 먼저 메니코 씨를 부르려고 하는 행동을 멈춰. 얼마나 친구에 굶주려 있는 거야, 너는. 오이쿠라 씨의 하숙집에 드나드는 것도, 나는 결코 기분 좋게 생각하고 있지 않거든?"

요즘에는 칸바루의 옛 팀메이트와도 자주 놀고 있다며, 라고 히타기 씨는 입을 비쭉거리며 말한다.

으음.

그 눈치로 보니, 칸바루가 찔렀구나.

아마도 우리 집에서 히가사와 둘이 여자 농구부의 문제를 해결하기 위한 미팅을 연 것까지.

그렇구나, 그래서 오늘 내가 호출을 받은 건가.

그런 이유로 화를 낸다면 뭐라 할 말이 없다. 게다가 그 뒤에 하치쿠지랑 오노노키와도 논 것은 감추는 편이 좋을 것 같다.

쓸데없는 오해를 부르기 때문이라는 것도 있지만, 함구령이 내려졌으니까… 수사당국으로부터.

벌집을 쑤신 듯한 대소동이 벌어지겠거니 생각했는데, 그러나 나의, 오노노키에게 재촉받은 신고가 들어간 뒤에도 세상은 조용했다. '대소동'.

그렇다기보다, 신문이나 텔레비전 뉴스에서도 이 일은 아직 거론되지 않고 있다. 히가사에게 이야기를 들었을 때에 생각했던 대로, 이것이 '보도협정'이란 것일까.

뭐, 소지품…이나 육체의 일부밖에 발견되지 않은 상태, 말하자면 본인의 소재가 불명이니까, 어찌됐든 간에 '대소동'이 벌어지는 것은 좋지 않다고 판단한 것이겠지.

나도 찬성이다.

베니쿠자쿠짱이 아직 생존해 있다고… 아직 생존시켜지고 있다고 한다면, 흉악하기 이를 데 없는 이 범인에게 약간의 자극도 주어서는 안 된다.

그만한 수의 증거품이 발견되었으니까 머지않아 유괴범은 붙잡히겠지…. 남은 것은 시간과의 싸움이며 여아의 생사에 관련된 문제다.

정보봉쇄에 성공한 것은, 좀 켕기는 일이지만 제1발견자가 나였다는 점도 있을 것이다. 정확히 말하면 부모가 경찰조직의, 그것도 간부 클래스인 나이기 때문에.

거기서는 떨떠름하게 인정하지 않을 수 없다. 그렇지 않았다면 내가 범인 취급을 받아도 이상하지 않은 상황이었다.

봉쇄된 것은 정보가 아니라 나였다.

현장을 어지럽히고, 지문을 남겨 버렸고, 게다가 일부러 이웃 마을까지 와서 사람이 들어갈 것 같지도 않은 입체 주차장의 비상계단에서 여아의 흔적을 발견했다는 상황이니… 차라리 익명으로 신고하고 현장을 벗어나는 것이 좋았을까 하는 생각도 했지만, 그쪽 길은 어떻게 생각해 봐도 더욱 수렁에 빠지는 길이었다.

최악의 경우 하치쿠지나 오노노키, 시노부에게까지 피해가 미친다. 수색에 협력해 준 그 삼인조를 어떻게 설명해야 되지?

소녀에 동녀에 유녀에, 모두 인간이 아니다.

"내가 가엔 씨에게 이야기를 해 두었으니까, 제대로 이름을 대고 신고하는 편이 좋을 거야."

오노노키가 그렇게 말했으니 가엔 씨의 입김이 작용했는지도 모른다. 4년간 모습을 보이지 않겠다는 약속이, 금세 뼈대만 남아 가고 있다.

그렇다기보다 한심한 이야기였다.

부모님의 위광을 빌리고 가엔 씨에게 도움을 받고. 이런 거, 완전히 고등학교 시절과 달라진 것이 없지 않은가.

아니, 불량학생 취급을 받던 고등학교 시절이라기보다는 무궤도한 '정의의 사자 놀이'에 흥겨워하던 중학교 시절로 거슬러 올라간 듯한 상황이다. 츠가노키니 중학교의 파이어 시스터즈도 이미 해산했는데.

뭐가 성장을 실감하고 싶다는 거냐.

어쨌든 증거품에 멋대로 손을 댄 것에 관해서도, 심야에 돌아다니고 있던 것에 대해서도 특별히 이렇다 할 책망은 없이, 나는 발견했을 때의 상황과 연락처에 대한 질문만을 받고, 그 지역 경찰서에서 날이 밝아올 무렵에 해방되었다. 오늘은 1교시부터 수업이 있으니까요, 라며 성실한 대학생인 척을 했던 것은… 뭐, 애교의 범위 안에 있을 것이다.

…그렇지만 지난번의 '미라 사건' 때도 생각했는데, 가엔 씨의 네트워크는 경찰 내부에도 연결되어 있는 건가? 이 유괴사건에 관해서는 특별히 괴이가 얽혀 있는 것도 아닐 텐데, 그 장대한 영향력… 설마 나를 구하기 위해서 착착 준비하고 있었던 것은 아닐 테지.

이상한 일을 꾸미고 있지 않으면 좋겠는데….

"미안해, 히타기. 아직은 말할 수 없어. 진지한 얘기로, 사람의 목숨이 걸려 있거든."

"? 흐응. 그 금발 로리 노예가 얽혀 있는 거야?"

"로리 노예에 관계된 조크는 지금, 웃을 수 있는 기분이 아냐."

"로리 노예 조크에 웃을 수 없다니 어지간한 일인가 보네. 확실히, 내가 등장하기에는 아직 일렀던 모양이야. 다른 사람도 아닌 내가, 의욕이 좀 지나쳤던 걸까."

그렇게 말하고 히타기는 새침한 얼굴로 자리에서 일어섰다. 위험을 느낀 것일까, 깊이 추궁하지 않는 부분은 과연 대단하다.

여자 고등학생이었던 무렵, 2년 이상에 걸쳐 신경을 사방팔방으로 곤두세우며 살아올 수 있었을 만하다. 지금은 꽃다운 여대생으로서 청춘을 구가하고 있는 모양이지만.

"다음 강의가 있으니까 먼저 실례할게. 멀잖아, 고전금융학 수업이 있는 교실은. 잘 쉬다 가. 해결하고 나면 알려 줘. 몸조심하고."

그렇게 말하고 히타기는 오른손으로 만든 피스 사인을 우선 자기 눈에, 그리고 나를 향해 내밀었다. '지켜보고 있다'라는 핸드 제스처다.

해외 드라마를 너무 많이 봤어.

무엇보다, 나에게 감시자는 이미 붙어 있다.

"음…. 하지만 몸조심하라는 말을 들어도 말이지. 나에게 위험이 미칠 만한 이야기는 아니지만."

"하지만."

그렇게 히타기는 말을 이었다.

"이대로, 아무것도 하지 않고 있을 생각은 아니잖아? 왜냐하면, 너는 아라라기 코요미니까."

019

"여기, 비어 있나요입니까?"

히타기가 카페테리아에서 나가고 나서 몇 초 후, 그야말로 옆에서 감시당하고 있던 것 같은 타이밍에, 합석 신청이 있었다.

만석이라 어딘가의 자리가 비기를 계속 기다리고 있었던 걸까? 라고 생각했지만 그렇지도 않다. 점심시간의 카페테리아는 확실히 붐비고 있지만, 아직 공석은 드문드문 있었다.

면접용 정장… 흔히 말하는 리쿠르트 슈트를 입은 여자애였다.

여자애, 는 아닌가?

연상… 같은 느낌이고, 리쿠르트 슈트를 입고 있다는 것은 취업활동을 개시한 4학년… 아니, 조금 어색한 느낌이니까 3학년?

3학년이든 4학년이든, 어느 쪽이든 성인이기는 하니 여자애 취급은 실례일 것이다.

최근의 풍조는 그렇지도 않은가?

어쨌든 히타기가 연기에 실수한 무대 배우처럼 가게 안에서 빠른 걸음으로 떠나간 이상,

"비어 있습니다."

라고 대답할 수밖에 없다.

"감사해요입니다."

꾸벅 고개를 숙이고, 자리에 앉는 리쿠르트 슈트 씨.

착석 허가가 있은 뒤에 앉는 모습이, 역시 한창 취업활동 중인가 하는 생각이 들게 한다.

상급생인가…. 얼마 전에 최상급생에서 신입생으로 잡 체인지한 지 얼마 되지 않아서, 나는 아직 대학 선배를 대하는 법을 잘 모른다.

뭘까, 동아리 가입 권유 같은 건가? 그런 것은 이제 끝났다고 생각했는데…. 자신은 이제 취직할 거니까, 후계자를 찾고 있다든가?

이 사람은 나에게서 대체 어떤 소질을 찾아낸 것일까 하고 안절부절못하고 있는데, 주문을 받으러 온 직원에게 리쿠르트 슈트 씨는 "커피를, 블랙으로 부탁할게요입니다."라고 주문하고서 "처음 뵐게요입니다. 저는 베니구치 히바리라고 해요입니다."

라고 말했다.

베니구치 히바리?

어딘가에서 들은 것 같은… 이라는 이야기는, 아무리 나라도 하지 않는다.

어제 들었던 이름이고, 그 이름이 명패에 적혀 있던 것을 보기까지 했다. 두 줄 선으로 지워져 있었다.

"베니구치… 씨?"

"아, 편하게 부르셔도 돼요입니다. 같은 학년이니 괜찮아요입니다."

그런 말을 들었다. 그렇다, 그랬을 것이다.

나의 후배인 히가사 호시아메의 팀메이트인 쇼노 미토노의 중학교 시절 선배, 베니구치 히바리는, 나와 같은 학년이었을 것이다. 선배가 아니다. 3학년도 4학년도… 아직 완전히 성인도 아니다.

그런데, 어째서 리쿠르트 슈트를?

"취업활동은, 이미 시작되어서요입니다."

그런 대답이었다.

진짜냐…. 나 같은 건 아직 고등학생 기분이 빠지지 않았는데. 생각이 깊다는 것은 이런 걸 두고 하는 이야기인가.

집을 나오기 위한 노력을 해 왔던 인간과 본가에서 안온하게 살고 있는 인간은, 아무래도 이 정도로 다른 모양이다.

그러고 보니 그런 쪽의 세미나나 스터디 모임이 열리고 있다는 이야기를 들은 적이 있다. 방금 전까지 그 자리에 앉아 있던 센조가하라 히타기 양에게 들었던 이야기다.

지금이 최적의 타이밍이라고 생각하므로 히타기가 입주해 있는 여자 기숙사에 대해서 이야기해 두자면, 그 기숙사가 그야말로 그런 장소였다. 숙식하면서 장래를 위해 공부에 힘쓰는, 일종의 사숙이라고 할까.

대학에 다니면서 대학에 살고 있는 듯한 상황이다. 1학년에서 4학년까지 다양한 학부의 학생들과 공동생활을 하며 절차탁마하고 지식과 견문을 높여 간다고 할까.

아아, 그런가.

말했었지, 오노노키가… 베니쿠자쿠짱의 언니는 이 마나세 대학을 지망하고 있었다고….

경사스럽게도 합격했던 건가.

"아라라기 코요미 씨 되세요입니까?"

자신은 편하게 불러도 좋다고 말해 놓고, 경어에 경어를 겹친 깍듯한 경어에, 씨까지 붙여서 부르는 베니구치 히바리. 좀 들쭉날쭉한 인상이다.

그렇다기보다 경어의 수준이 깍듯함을 넘어섰다는 느낌이 든다.

취업활동의 면접이란 그렇게까지 자신을 낮춰야만 하는 건가? 어째서 내 이름을 알고 있는가, 라는 그런 의문보다 먼저 히바리 씨… 굳이 말하자면 베니히바리의, 그런 태도에 대한 의문이 먼저 떠올라 버렸다.

으응?

"다, 당신에 대하여는, 쇼노 미토노 씨에게서 들었어요입니다."

내가 의문을 품는 것보다 먼저, 베니히바리가 설명해 주었다. 나에 대해 알고 있었던 이유를.

그렇구나.

파이브 서클을 역방향으로 더듬어 간 건가.

아니, 그것은 하지만 단순히 나의 프로필을 알기 위한 방법이지, 알려고 했던 이유는 아니겠지?

어째서 나와의 합석을 희망한 거지?

여동생을 유괴당한 언니. 솔직히 말해 좀 더 딱 부러지는 사람이란 이미지가 있었는데, 어쩐지 안절부절못하는… 침착하지 못한 분위기다.

그렇게 생각했지만, 하지만 그럴 만도 한가…. 그도 그럴 것이 어제 내가 발견한 현장, 층계참의 상황을 전해 들었다고 한다면.

유괴당한 것이라고 확정되어 경찰이 움직이기 시작했다고 한다면, 혼자 남겨 두고 온 여동생을 염려하고 있던 언니로서는 평정을 유지할 수 없을 것이다.

아아, 즉 사건에 대해 자세히 알고 싶어서 여기저기 수소문해서 나에게까지? 내가 현장의 제1발견자라는 걸 누군가에게서 들은 건가?

함구령이 내려졌다고 해도 정보는 새어 나갈 만한 곳에서 새어 나간다는 걸까…. 솔직히 그 처참한 현장의 상황을 그것도 피해아동의 친지에게 이야기하다니, 마음이 무거워지는 역할이기는 하지만, 그렇다면 이 '참고인 조사'에는 응하지 않을 수 없다.

그렇게 생각했지만 엉터리 명탐정인 나의 추리는 또다시 헛스윙이었다. 아니, 스치기는 했지만 전혀 핵심을 찌르지는 않았다.

베니히바리는 시선을 이리저리 돌리면서,

"단도직입적으로 부탁드려요입니다만, 아라라기 씨. 도와주시겠어요입니다. 저, 지금 여동생을 유괴한 범인이 아닌가 하고 의심받고 있어서요입니다."

라고 말했다.

020

베니구치 부부가 '딸'의 행방불명을 '이틀째 밤'에 '담임교사'

로부터 알고, 그래도 여전히 수색원도 제출하지 않고, 우편함에 들어 있는 '앞니'를 발견해도 여전히 경찰에 신고하지 않았던 것은 '어차피 가출일 테니까. 걱정하게 만들고 싶어 하는 것이 틀림없으니, 걱정할 것 없다'라고 생각했기 때문은 아니었던 것 같다.

단순히 자신들의 아동방치가 노출되는 것을 우려해서, 경찰이 집 안에 들어오는 것을 꺼렸던 모양이었다. 예를 든다면, 도둑은 자기 집을 빈집털이 당해도 피해원을 제출하기 힘들다, 라는 이야기다.

그때까지 아이를 방치하고 있었으니까.

아이가 범죄피해를 당해도, 방치했다.

정말이지 답답한 이야기이기는 하지만 예상 범위 내이기는 하고, 어쩌면 범인은 오히려 그런 아이를 노렸는지도 모른다. 부모가 피해원을 제출하기 어려울 듯한 아이를.

그렇다면 뽑은 앞니를 우편함에 집어넣는 등의 도발적 행위는, 이후의 협박으로 연결하기 위한 복선일까? 현재로서는 협박장 같은 건 도착하지 않았다고 들었는데….

"저, 저도 같은 죄가 있어요입니다. 왜냐하면 그런 집이라는 걸 알면서도, 아무 일도 하지 않았기 때문이에요입니다."

"……."

그렇다면 나에게도 같은 죄가 있다.

그런 베니구치 부부에게 상담하지도 않고 나는 그 층계참을 발견 직후에 신고했는데, 그러나 그런 독단전행은 본래 히가사에게서 이야기를 들은 시점에서 해도 괜찮았을 것이다.

사실 관계를 확인하고 나서… 라는 교과서적인 대응이 사태의 발견을 늦췄는지도 모르지 않은가. '여기서만 하는 이야기'를 들었던 그때에 바로 신고했더라면, 그 시점에서는 아직 범인과 베니쿠자쿠짱은 층계참에 있었을지도 모르지 않는가?

오노노키에게 그렇게나 거듭 재촉받지 않았더라면, 나는 아직 신고하지 않았을지도 모른다고 생각하니 등골이 오싹해진다.

"지금, 집에는 대소동이 벌어졌어요입니다."

그렇게 베니히바리는 말했다.

대소동이 벌어졌다? '대소동?'

이상하네, 보도협정이 맺어져 있을 테니까 매스컴이 밀어닥치는 사태는 없을 텐데….

"그런 게 아니라, 그, 여, 여동생의 아버지… 친아버지란 사람이, 밀고 들어온 모양이라서입니다."

그런가, 데려온 아이라고 말했었지.

친아버지가 있을 것이다. 친자식이 유괴되었다면, 그쪽으로 연락이 가는 일이 있을지도.

내가 신고한 지 아직 반나절도 지나지 않았는데, 사태는 예상 이상으로 움직이고 있는 모양이다. 일본의 경찰은 우수하다, 라고 말하면 부모님 자랑을 하는 것처럼 되어 버리지만.

"그래서 제가 있는 곳에도 아버지에게 연락이 와서, 질문을 받게 된 거예요입니다. 네가 저지른 건 아니겠지? 라고입니다."

"……."

그런 발상은 하지 못했다. 듣고서야 비로소 생각이 미쳤다.

남기고 온 여동생을 걱정하고 있던 언니… 그런 언니가, 걱정한 나머지 하교 중인 여동생을 데리고 나왔을 가능성.

스토리로서는 있을 수 있다.

그렇게 생각되는 한편. 하지만 그 스토리로는 앞니가 우편함에 들어가 있었다는 복선이 회수되지 않는다.

하물며 층계참의 참상을 들은 뒤에 나올 수 있는 추리는 아닐 것이다. 하필이면 피를 나눈 아버지에게서.

그야말로 명탐정이라면 그 엄하고 드라이한 추리는 칭찬받아 마땅하겠지만, 아버지로서는 어떨까….

여동생의 유괴가 흔들림 없이 확정된 것만으로도 흉보인데, 독립해 나온 본가에서 자신을 의심하고 있음을 알았을 때의 베니히바리의 심경은….

"아니 뭐, 괜찮아요입니다. 그런 사람이라는 건, 알고 있으니까요입니다. 하지만 제가 아는 그 사람이라면, 아버지라면, 분명 같은 말을 경찰 쪽 사람에게도 말했을 거라고 생각이돼서요입니다."

점원이 내온 블랙커피를 한 모금 마시고 나서, 베니히바리는 슈가 포트에서 각설탕을 세 개 집어서 넣었다. 생각했던 것보다 커피가 썼던 것일까, 아니면 마음의 동요가 드러난 것일까.

"조금 생각했던 것도 있지만요, 아, 유괴를 말하는 건 아니에요입니다. 자취를 시작했을 때, 여동생… 쿠자쿠를 같이 데리고 나올 수는 없을까, 라든가입니다."

"……."

말하면서, 베니히바리는 자신의 긴 머리카락을 만지작거린다. 취업활동을 하는 사람치고는 긴 머리를 제대로 정리하지 못한 느낌이다. 뭐, 나 같은 녀석을 상대로 머릿결에 공들일 필요는 없겠지만 이제부터 면접을 보러 갈 예정이라면 제대로 정리하는 편이 좋지 않을까.

아니, 쓸데없는 참견이다.

이런 말을 하고 있다간 또 내가 여성의 머리카락을 자른다는 수수께끼의 전개가 될지도 모른다. 몇 사람째냐고, 대체.

"하, 하지만 저는, 쿠자쿠의 앞니를 뽑거나 하지 않아요입니다. 절대 안 해요입니다, 그런 짓. 네, 할 리가 없어요입니다. 하물며… 그, 아라라기 씨가 발견했다는, 층계참… 그, 아직 자세한 건 못 들었습니다만… 신문 같은 곳에도 실리지 않았고요입니다만…. 하지만 아버지가 말하기로는…."

더듬거리며 베니히바리는 말을 이었다. 어떻게든 평정을 가장하고 있는 듯하지만, 명백히 혼란에 빠져 있었다.

이것이 면접이었다면 한참 전에 떨어졌다. 작금의 취업전선은 험난한 모양이니 말이야.

이렇게 장래를 바라보며 1학년일 때부터 취업활동을 시작하고 있는 것도, 여동생을 위한 행동일까. 텅 빈 집의 같은 방에서 지냈던, 의붓동생을 위해서.

더욱더 마음이 무겁다.

하지만 이렇게 되면 내가 본 것을 이 동급생에게 이야기하지 않을 수 없다. 아버지에게 들었다는 편향된 정보로 옴짝달싹 못하게 되어 버렸다면.

이 일에는 더 이상 관여하지 않겠다고 감시 역인 오노노키와 약속한 상태이지만, 이 정도라면 세이프일 거라고 스스로에게 들려준다. 도와 달라는 말을 들었으니까 도와주는 것이 아니고, 그 이상의 일을 하려는 것도 아니다.

부디 죽음의 이지선다에 몰리지 않기를, 이라고 간절히 기원하지만… 이것은 사람으로서 당연한 일일 것이다. 나는,

"여기서만 하는 이야기인데."

라며 이야기를 시작했다.

물론 극소 괴이 삼인조에 대해 언급할 수는 없지만, 히가사에게서 이야기를 듣고서 가만히 있을 수 없어서 행방불명된 여자아이를 찾아다니다가 모터풀의 비상계단에 이르렀다, 라는 이야기를, 될 수 있는 한 거짓말을 하지 않고, 될 수 있는 한 상세하게 이야기했다.

그러나 이것은 기본적으로는 어제 심야의 경찰서 내에서도 이야기했던 내용인데, 다시 객관적으로 이야기해 보니, 정말 나는 대체 뭘 하고 있던 걸까 하는 생각이 든다. 농담이 아니라, 그대로 체포당해도 이상할 것이 없었다.

"그래요입니까… 그거 정말, 못 볼 것을 보여 드리고 말았네요입니다."

이야기를 다 듣고 베니히바리는 고개를 꾸벅 숙였다. 아니, 당신이 사과할 일이 아닌데.

그래서는 정말로 유괴범 같다.

아니면 못 볼 것이라는 것은 베니구치 가의 속사정을 말하는 걸까? 에이전트 오노노키에 대해서는 철저히 감춰야 하므로 그 불법침입에 대해서는 한마디도 언급하지 않았는데… 뭐, 그 이외의 점에서도, 인가.

"그러니까… 뭐, 그런 수상한 제1발견자인 나도 보다시피 체포되지 않았으니까, 아버지께서 뭐라고 말씀하시더라도 베니히바리가 체포되는 일은 없을 거라고 생각해."

"베니히바리?"

어이쿠.

나도 모르게 입 밖에 내 버렸다.

"미안, 미안…. 처음 만나는 사람에게 별명을 붙이는 게 버릇 같은 거라서."

사실은 히가사의 버릇이지만, 여기서는 내가 떠안고 극복하는 수밖에 없다.

"그러세요입니까…. 초등학교에서는, 저, 베니쇼가*라고 불렸어요입니다."

"베니쇼가?"

"앗차."

그렇게 입을 다무는 베니쇼가…가 아니라 베니히바리.

별로 기쁘지 않은 옛 닉네임을, 깜빡 입 밖에 내 버린 모양이

※베니쇼가(紅生姜) : 적생강. 매실절임을 만들고 남은 붉은 물에 생강을 얇게 잘라 절인 것.

다. 그 이야기를 하자면, 베니히바리도 좀 아니라고 생각하지만, 내가 보기에도.

베니쿠자쿠짱이 너무 입에 착 붙었지.

"베니쿠자쿠짱… 그렇게 불러 주신다면, 분명히 여동생도 기뻐할 거예요입니다."

"…그렇게 말해 주면."

히가사도 기뻐하겠지.

분명히 아직 살아 있을 거예요, 라든가… 당연히 무사하죠, 라든가… 그런 말은, 그 층계참을 봤던 인간으로서는 그렇게 적당히 둘러대는 위로의 말은 도저히 건넬 수 없다.

현시점에서도 상당히 비참한 일을 당해 버린 상태다. 하교 중에 납치되어, 비상계단에 감금당하고, 옷과 소지품을 빼앗기고, 이를 전부 뽑혔다?

불사신의 흡혈귀라도 별것 아니라고 말할 수 없을 만한 고통을 당하고 있는 게 아닐까. 하물며 그런 꼴을 당한 그 이전이, 행복의 절정이었다고 말할 수 있느냐면 전혀 그렇지도 않다.

텅 빈 집. 부모의 아동방치.

방치된 아이. 방치된 인생.

그리고 자매.

"아라라기 씨는, 어떻게 생각하고 계세요입니까?"

"어… 뭘 말인가요?"

여동생은 아직 살아 있다고 생각하는지 어떤지를 질문받는 것이 가장 두려웠지만, 베니히바리의 질문은 그렇지 않았다.

"당신은 전혀 본 적도 없는… 소문으로 전해 들은 정도의 여자아이를 위해서, 이웃마을까지 와 주셨잖아요입니다. 한편으론 딸이 돌아오지 않아도. 설령 그냥 길을 잃은 것이라고 생각했다고 하더라도 아무런 행동도, 하지 않는 부모도 있어요입니다. 그런 세계를, 어떻게 생각하시나요입니까?"

세계라고 나오셨나.

어떻게 생각하는 걸까, 나는.

그런 세계를… 솔직히 말해서 그 층계참을 봤을 때는 세계에 배신당한 기분이었다.

평화롭고, 평온하며, 아무도 상처 입지 않는, 따뜻한 이불에 감싸인 듯한 세계에서 살아왔다고 말할 생각은 없지만. 지옥이나 악몽을 신물 나게 경험해 왔다고 생각했지만, 그래도 나는 아직 마음속 어딘가에서, 이 세계를 믿고 있었던 모양이니까.

안전지대에 있었구나, 하고 절절히 깨달았다. 사람이 죽거나 상처 입거나 피투성이가 되거나 하는 것을, 아직도 어딘가 다른 세계에서 일어나는 일처럼 취급하고 있었다.

그렇다.

괴이를, 세계에서 분리해서 생각하고 있었다. 그렇게 가까이에 있는 것도 또 없다고, 항상 뼈저리게 깨달아 왔을 텐데도.

벽 한 장은 고사하고 종이 한 장도 아니었다.

세계가 넓다는 것은 이런 이야기인가. 아니, 그렇지 않다.

하네카와가 겪었던 일도 오이쿠라가 겪었던 일도, 본질적인 점에서 괴이와는 아무런 상관이 없다… 뭐든지 괴이 탓으로 돌리지 말라고 오시노에게 신나게 잔소리를 듣지 않았던가.

그러니까 고등학교를 졸업하고 처음으로 세상이, 세계가 자상하지 않다는 걸 깨달은 척하는 짓을, 지금 당장 집어치워라.

그야말로 꼴불견이다.

"……."

…오시노는, 그리고 보니 하네카와 가의 문제를 접했을 때 굳이 말하자면 하네카와보다 하네카와를 방치하고 그런 끝에 폭력까지 휘둘렀던 부모 편을 든다는 인상이 있었지.

이래서 어른은 안 된다니까, 라고 고등학생이었던 나는 생각했지만… 그 중용주의자는 부모 실격인 인간을, 단순히 부모 실격이라고 나무라는 것은 잘못이라고 말하고 싶었는지도 모른다.

아직 나는, 그 경지에는 이를 수 없다.

부모의 이름을 물어본 정도다.

"죄송해요입니다. 이상한 것을 물어본 건가요입니까?"

"아니…. 당연한 걸 물어봤다고 생각해."

아까부터 말투가 계속 좀 이상하다고 생각하지만, 취업활동은 고사하고 이력서 한 장 써 본 적 없는 내가, 간절한 구직자의 말투에 트집을 잡을 수는 없다.

오히려 나도 앞으로 쓰도록 할까.

어떻게든 경어를.

"내가 말할 수 있는 것은 '세계는 생각했던 것보다 넓다'라는 정도야. 별의별 일들이 다 일어나지. 고등학교를 졸업한 정도로는, 인생은 끝나지 않아."

"…고등학교를 졸업한 정도로는. 그런 건가요입니까."

하다못해 긍정적인 말을 해서, 하고 많은 사람들 중에서 아버지가 누명을 씌우려 하고 있는 언니의 마음에 위안을 줄 수 있으면 좋겠다고 생각했지만, 베니히바리는 생각에 잠겨 버렸다. 혹시, 대학 졸업 이후에 대해 생각하게 만들어 버렸나?

아니면 고등학교는 고사하고 초등학교조차 졸업할 수 있을지 어떨지 알 수 없어진 여동생에 대해서… '인생은 끝나지 않는다'란 말은 확실히 세심하지 못한 발언이었다.

어떻게든 실언을 만회할 수 없을까 하고 내가 생각할 짬도 없이, 베니히바리는,

"감사해요입니다, 아라라기 씨. 많은 참고가 되었어요입니다."

라고 말하며 고개를 들었다.

이야기를 마무리하려는 건가. 하긴, 나에게 얻을 수 있는 정보는 더 이상 없으니 말이야.

"저기, 계산은…."

"괜찮아, 내가 살게. 결국 아무런 도움도 되지 않았으니, 하다못해 이 정도는 하게 해 줬으면 싶네."

출처는 부모님의 수입인데도 자기가 은혜를 베푸는 듯한 말투다. 나는 정말로 방탕한 아들이구나.

"고마워요입니다."

구직자는 여기서는 순순히 호의를 받아 주었고, 마지막에 다시 한번 "감사했어요입니다."라고 말하고, 옷차림과 마찬가지

로 익숙하지 않은 듯한 펌프스로 휘청거리면서, 하지만 빠른 걸음으로 카페테리아에서 퇴점했다. 나간 것과 동시에, 나는 '응?' 하고 생각했다.

아니, 여동생이 살아 있다고 생각하느냐는 질문을 받지 않았던 것에는 솔직히, 그야말로 가슴을 쓸어내렸을 정도지만… 그 대신 날아온, '그런 세계를, 어떻게 생각하시는지입니다'라는 번듯한 질문은, 전제가 이상하지 않나?

제멋대로 탐정놀이를 하고 있던 나를 수상한 인물 취급하지 않았던 것은, 뭐, 기쁘게 생각해 두더라도… 그 대신 나에게 내민 것은 아동방치를 행한 부모였다.

그런 부모가 있는 세계를 어떻게 생각하는가?

…긍정적인 자세를 가장하지 않고 대답한다면, '변변한 것이 못된다'가 모범해답이 되어 버리는 질문이지만, 하지만 그런 질문을 한다면 대상이 되어야 하는 것은 부모보다도 유괴범 쪽이 아닐까?

아이를 방치하는 부모, 그야 최악이라고 생각하지만 초등학교 5학년을 유괴하고 이를 전부 뽑을 만한 유괴범보다도 베니구치 부부가 흉악한가 하면, 그것에는 역시나 동의할 수는 없다.

장기적 학대와 단기적 학대의 차이는 있지만, 그것을 '같은 폭력이다'라고 단정하는 것이야말로 난폭한 의견이다. 어째서 베니히바리는, 탐정놀이나 하는 놈팡이인 나에 대한 질문으로, 자신의 부모밖에 내밀지 못한 거지?

그런 끔찍한 범죄자가 있는 세계를, 어떻게 생각하느냐고 물어야 하는 것이….

그거 정말, 못 볼 것을 보여 드리고 말았네요입니다.

그래서는… 정말로 유괴범 같다.

"……."

아니아니, 그건 아니다, 그건 아니다.

그건 아니겠죠입니다.

너무 끔찍해서 유괴범에 대해서는 언급하고 싶지도 않았다고 생각하는 편이, 훨씬 설득력 있다. 자기 자신이 흉악한 유괴범이라서 일부러 그것에 대해 언급을 피했다는, 견강부회 같은 착각을 하기보다는.

이래서는 그 자매의 아버지를 전혀 나무랄 수 없지 않은가, 여동생을 걱정하는 마음에 목격자인 나를 찾아내서 만나러 온 언니를 의심하다니, 정신이 나간 거다.

아직 탐정놀이를 계속할 생각이야?

…다만, 여동생을 걱정하는 마음에 나를 만나러 온 것이 아니라, 수사가 어디까지 진전되었는가를 살피기 위해 현장의 제1발견자인 나에게 접촉해 왔다고 생각해도, 이 경우엔 그리 위화감이 없는 것도 사실이었다.

만약 대답할 때 실수했다면, 나는 목격자로서 베니히바리에게 처치당했다…? 혹은 나도 어딘가에 납치되어서… 서스펜스를 너무 많이 본 거다. 그렇게 많이 보지 않았다고 생각하지만, 나도 모르게 어떤 방송에 몰입했던 거겠지, 분명히.

내가 뭔가 그 층계참에서, 혹은 베니쿠자쿠짱을 찾는 동안 범인에게 도달하기 위한 결정적인 증거를 놓쳤기 때문에 나는 이를 뽑히지 않을 수 있었다는 것은, 망상이라기보다는 거의 피해망상이다.

여동생을 걱정하는 언니가, 여동생의 입속에 있는 이를 남김없이 발치할 리 없다고, 바로 5분 전에 그렇게 생각했던 참이 아닌가.

어째서 순순히 동정할 수 없지?

나란 녀석은.

학부 정도는 물어봐 둘 걸 그랬네…. 쓰레기 같다고밖에 말할 수 없는 이런 억측을 불식하기 위해 지금부터라도 그녀의 뒤를 쫓을까 생각했지만, 꾹 참는다.

따져 물으면(과연, 어떻게 따져 물어야 좋을지는 둘째 치고) 납득할 수 있는 답이 나올 것은 틀림없고, 설령 만에 하나라도 그런 답이 나오지 않는다고 해도 이 일은 사법의 손에 맡기기로 결정했다.

결정되어 있다.

지금도, 약속 파기에 아슬아슬한 그레이존에 발을 들이고 있는 상태다. 어떻게 생각해도 수상한 수색활동을 했음에도 불구하고 나를 믿어 준 부모님이나, 감싸 주었을 가엔 씨에게 보답하기 위해서라도 이 이상의 경거망동은 피해야 할 것이다.

만에 하나, 베니구치 히바리가 베니구치 쿠자쿠를 유괴하고 상식을 벗어난 폭행을 가한 범인이었다고 해도… 그것을 심판할 권리는, 나에게 없다.

사람이 사람을 죽인 정도로는.

세계는 끝나거나 하지 않으니까.

021

"너희들에게는 무한한 가능성이 있다는 이야기를 해 줄 수 있으면 좋았겠지만, 유감스럽게도 그것은 불가능해. 변변치 못한 고등학생이었던 나도 이렇게 제대로 진학할 수 있었으니까, 나보다 훨씬 우수한 너희들은 장래를 헛되이 날리지 말았으면 좋겠다는 말을 해도, 설득력은 없을 거라고 생각하고.

"그런 설교를 할 수 있을 정도로 너희들의 선배는 대단한 녀석이 아니야. 칸바루나 히가사에게 무슨 소리를 들었는지는 모르겠지만… 그보다 뭐, 상상은 가지만, 일단 그 헛소문에 대해서는 잊어 줘.

"그렇게 되어서, 인사부터 시작할게.

"나오에츠 고등학교 여자 농구부, 현역생 여러분, 안녕하세요.

"아라라기 코요미입니다.

"작년까지 나오에츠 고등학교에 다니고 있었으니, 학교 안에서 지나친 적이 있는 애도 있을 거라고 생각하지만… 그래, 기본적으로 복도 가장자리 쪽을 걷고 있던 녀석이지. 그때 그 녀석이야.

"고등학교 생활 대부분을 우울하게 보내고 있던 그 무렵의 나를 알고 있다면, 너희들은 틀림없이 '똑같이 생각하지 마'라고 생각하겠지. 너에게 받을 어드바이스 같은 건 없어, 라고.

"아니, 실제로 그 말이 맞아.

"나는 고등학교 선배일 뿐이지 인생의 선배라고는 도저히 말할 수 없어. 인생 경험으로 말하면, 나는 중학교 수준이야.

"너희들 정도로 착실히 청춘을 보내지 않았지.

"정말, 떠올리기만 해도 나 자신이 싫어져. 하지만 그런 한심한 푸념을 들어 줄 거라고도 생각하지 않아.

"바로 얼마 전에 너희들의 동료 중 한 명이, 나에게 이렇게 말했어.

"'청춘의 청은 생각하는 것보다 진하다고요. 암흑 같은 다크 블루예요', '저희들이 꺄아꺄아 하며 청춘을 즐겁게 보내고 있는 것처럼 보였나요? 고민 같은 건 전혀 없는 여고생처럼 보였나요?'

"그건 '그 애'의 본심임과 동시에, 너희들 모두의 목소리를 대표하고 있었다고 생각해…. '우리들' 안에는 농구부원 모두가 포함되어 있었어.

"그 애는 결코 사이가 좋지 않았던 상대까지 포함해서 그렇게 주장했어. 나는 답할 말이 없었지.

"그러니까 이런 역할을 떠맡고 있어. 칸바루에게 부탁받았기 때문도, 히가사에게 부탁받았기 때문도 아니야.

"'그 애'에게.

"그리고 너희들에게 사과하고 싶었어.

"오해하고 있었던 것을 사죄하고 싶고, 우쭐하고 있었던 것을 보상하고 싶어.

"'청춘도 즐겁지 않다'라는 의견을, '부자도 힘들다'라는 얘기 정도로밖에 파악할 수 없었던 것을, 최선을 다해서 없었던 일로 만들고 싶어.

"친구를 만들면, 인간의 강도가 내려가니까.

"자신의 껍데기 속에 틀어박히기 위해 그런 스타일리시한 핑계를 준비하고 있었지만, 친구로 인한 고통이라는 것은 상상한 적도 없었어. 함께 노력하는 동료가 있는 것이, 생명을 소모시키다니.

"아니, 실제로 편했어.

"친구를 만들지 않고 지내는 것은 편했어.

"쾌적했어.

"그 럭셔리함을 알고 있기에, 나는 말하고 싶어. 너희들은, 나처럼 되어서는 안 돼. 나처럼 되었다간, 나처럼 된다고.

"고등학교 시절에 낙오자인 저였지만, 지금은 이렇게 번듯해졌습니다, 라는 얘기는 선전문구로서의 페이크가 아니라, 정말로 불가능해.

"겸손도 자학도 아니야.

"사실이야.

"나는 지금도 이 꼴이고, 대학생이 되어서도 고등학교 시절의 실점을 어떻게든 복구하려고 한창 노력하고 있는 상황이야. 고등학교 생활 3년간을, 아직 '옛날이 좋았다'라며 돌아볼 수 없어.

"한창 재활 중이야.

"경험담을 이야기해 달라는 말을 들었는데, 가능하면 나에게서 배우지 않는 편이 좋을 거야. 실망시킬 만한 이야기를 하자면, 제대로 하는 편이 좋을 거야.

"제대로 하라고.

"공부하고, 놀고, 노력하고, 쉬고, 친구를 만들고, 사랑 이야기를 한다. 전부 내가, 제대로 할 수 없었던 일이야.

"어떻게 되든 상관없다고 생각하면 안 되고.

"죽어도 괜찮다고도 생각하면 안 돼.

"그것도 모자라서 죽고 싶다니… 어차피 사람은 언젠가는 죽으니까, 그날을 내일로 앞당길 필요는 없어.

"그렇지 않으면, 너희들은, 이대로라면 아주 간단하게.

"나처럼 되어 버릴 거야. 괴물처럼 되어 버릴 거야."

022

"네! 감사합니다, 잘 받았습니다!"

그런 커트의 구호와 함께, 히가사는 스마트폰 비디오 촬영 기능의 녹화정지 버튼을 눌렀다. 지금 타이밍이라면, 히가사의 밝은 목소리도 들어가 버리지 않았을까?

사람이 웬일로 농담도 섞지 않고 진지하게 이야기했는데….

"본심을 말하자면 조금 더 긍정적인 이야기를 해 주셨으면 했지만요! 아라라기 선배는 제가 준비한 대본을 쓰고 싶지 않다고 하시니까요~! 거물 VIP를 상대하는 것은 정말 고생이네요~!"

"히가사가 만든 대본, 5초에 한 번 꼴로 BL 조크가 나오는 걸."

"그 대신 20분에 한 번은 멋진 말을 하고 있었잖아요?"

"큰 문제로서, 길이가 너무 길어."

나오에츠 고등학교 여자 농구부, 부흥기획 제1탄 '위대한 선인이 보내온 비디오 메시지 작전'.

메시지 중에서도 이야기한 대로 '위대한 선인'부터가 이미 거짓말이니까, 솔직히 잘될 거라고는 생각되지 않지만, 히가사가 주선한 기획이었으므로 거절할 수 없었다. BL 개그가 넘치는 대본만은 어떻게든 거부할 수 있었다.

참고로 장소는 내 방이 아니다. 히타기 씨에게 단단히 못 박힌 상태이니까. 그렇다고 해서 히가사의 집도 좋지 않을 것이므로 중립지대로 칸바루 가를 선택했다.

물론 칸바루의 방이 아니라(갑작스런 기획이었으므로, 방 정리를 하다간 시간을 맞출 수 없었다), 광대한 칸바루 가의 다른 방을 빌려서 한 촬영이었다.

그러므로 이번 촬영에는 칸바루도 참가하고 있다. 다른 각도에서 내 영상을 찍고 있었다. 1카메라와 2카메라의 영상을 나중에 편집하려는 모양이다… 수작업 느낌이 물씬 풍기는 비디오 메시지인 주제에, 아주 공을 들이고 있다.

참고로 항상 소란스러운 칸바루가 아직 한마디도 하지 않고 있는 것은, 익숙하지 않은 스마트폰(내가 빌려주었다. 칸바루의 휴대전화는 아직 피처폰이다)을 조작하는 것만으로도 벅찼기 때문이다. 녹화를 끌 줄도 몰라서, 나와 히가사의 대화를 계속 촬영하고 있다.

그대로 내보내기라도 했다간 전부 망치게 되겠네.

방송사고 수준이다. 내가 진지하게 늘어놓은 메시지 부분도, 다시 생각해 보면 역시 어두웠으니까 처음부터 다시 찍을까?

"아니, 괜찮지 않았어?"

그렇게, 간신히 녹화를 정지할 수 있었던 듯한 칸바루가 말한다. 끝내 녹화를 정지하는 방법을 몰라서, 아무래도 전원을 꺼버린 모양이지만.

"훌륭한 스피치였어, 과연 내가 존경하는 아라라기 선배야! 이보다 더 마음을 울릴 수 없을 거야! 다만 나는 아라라기 선배처럼 되고 싶지는 않지만!"

"그렇다면 전혀 가슴을 울리지 않았잖아, 나의 스피치."

뭐, 괜찮을까.

어차피 지금 분위기로는 그리 긍정적인 말은 할 수 없고, 원래부터 그렇게 밝은 캐릭터도 아니고 말이야.

뭐든지 까놓고 말한다고 좋은 건 아니지만, 진실을 알리는 것도 소중하다.

"그 이야기를 하자면, 나는 네가 되고 싶어. 인물교체 트릭으로."

트릭은 아닌가.

아무래도 아직 탐정놀이의 후유증이 남아 있는 것 같다… 내가 칸바루인 척하며 후배들을 지도해서 어쩔 거냐는 이야기다.

"저는 아라라기 선배가 되고 싶다고는, 결단코 생각하지 않지만요."

결단코 생각하지 않는 듯한 히가사가,

"하지만 어서 어른이 되고 싶다고는 생각할까요~ 만약 저의 말에, 나이를 더한 설득력이 있다면 후배들도 조금 더 말을 잘 들어 주지 않을까 하는 생각을 하는걸요."

라고 중얼거렸다.

"간단히 말하면, 교복이 방해돼요. 루가도 그렇게 생각하지 않아?"

"그러네. 벗어 던지고 싶어질 때가 있지, 동네 안에서, 충동적으로."

칸바루가 그렇게 생각하는 것은 다른 이유가 아닐까 하고도 생각했지만… 뭐, 그런 기분을 모르는 것은 아니다.

교복도 상징적인 기호이니까 말이야.

대학생이 되어 버리면, 무슨 옷을 입을지 고민하지 않아도 괜찮았던 그 무렵이 그리워지기도 한다.

"아라라기 선배에게 걸음을 옮겨 주십사 부탁드린 것은 그런 이유도 있었어요. 우리 같은 애들에게 대학생의 말은, 무게가 다르다고요."

"속에 든 건 똑같은데?"

이번 일에서도 그 사실을 절절히 통감했다.

시간이 흐름에 따라 사람은 변하지만, 성장하는지 어떤지는 또 다른 문제라는 이야기일까… 반대로 말하면 속에 든 것이 똑같아도, 직함이 달라지면 보이는 것도 달라져 버리지.

"뭐, '대학생도 이 정도인가' 정도로 생각해 주면 그걸로 충분하지만. 아무래도 히가사 쪽의 후배들은 너무 성실한 구석이 있으니 말이야."

"괜찮아요. 이 영상을 동영상 사이트에 올려서 모든 인류와 공유하고 싶은 정도예요."

"그만둬. 그런 영상이 세계를 누비는 하네카와의 눈에 들어가기라도 했다간 부끄러워서 죽고 말 거야."

이런저런 소릴 했지만, 제1탄인 기획으로서라면 나름대로 성립하고 있을 것이다. 아마도 그 애들에게 필요한 것은 그것이 나의 것이어야 하는지 어떤지는 둘째 치고, '외부의 시점'이니까.

좋게도 나쁘게도 강고한 인연으로 맺어진 동료들의 서클 안에 틀어박혀 버리면, 그 안의 룰이 절대적인 것이 되어 버리니 말이야…. 오시노 정도가 되는 것은 지나치다고 생각하지만, 역시 살아가는 이상 가치관의 상대화는 중요하다.

테두리 밖에도 인간이 있다는 것을 알기 위해서라도, 비디오 메시지는 의미가 있을 것이다. …닫힌 고리, 인가.

가정도 그렇지.

누군가에게 이상하다, 특이하다고 지적받을 때까지는 당연한 듯 통용되는 하우스 룰이란 것이 있다.

"여동생들과 중학생 때까지 함께 욕실에 들어갔던 것도, 다른 사람에게 들을 때까지는 당연한 일이라고 생각하고 있었지."

"그건 다른 사람에게 들을 때까지 깨닫지 못한 척을 하고 있었던 것뿐 아냐, 아라라기 선배?"

게다가 막내 여동생과는 고등학생 때에도 입욕했던 나였다. 더욱 넓게 세계를 둘러보면, 가정에서 함께 입욕하는 것이 정말로 당연한 문화권도 있을 테니.

무슨 일이든 일률적으로 말할 수는 없다.

"응? 뭐야, 아라라기 선배. 갑자기 가족 이야기 같은 걸 했는데, 대체 어떻게 연결되는 거지? 확실히 나는 여자 농구부의 모두를 가족처럼 사랑하고 있지만."

그건 조금 부담스럽지 않아?

너의 그런 부분이 후배들에게 악영향을 말이지… 아니, 말하지 않겠다.

후배들이 칸바루를 동경하는 것은 어쩔 수 없고, 그런 동경을 받는 슈퍼스타인 칸바루의 가치관을 바꾸는 것보다는 많이 있는 후배들의 가치관을 바꾸는 편이 그나마 간단하다.

"아아, 요즘 들어 생각하던 게 있어서… 맞다, 히가사."

그렇게 나는 화제를 바꾸기로 했다. 칸바루의 질문에는 대답하기 어려웠고, 게다가 히가사에게 말 그대로 사과해야만 하는 일이 있었다.

"미안해, 멋대로 움직여 버려서. 베니히바리가 만나러 와서 깜짝 놀랐지?"

"베니히바리?"

히가사가 멀뚱한 얼굴로 고개를 갸웃했다.

아차, 베니히바리는 내가 임시로 붙인 닉네임이었다.

"베니구치 히바리. 미토농을 통한 만남이었을까? 그 왜, 어제 이야기를 해 준 '여기서만 하는 이야기'에서 나왔던, 너의 팀메이트의 중학교 시절 선배."

"…만나러 온 적 없는데요?"

어라?

아아, 그런가. 파이브 서클을 반대로 거슬러 올라갔다고 해도, 그 경우에 꼭 히가사나 칸바루를 경유할 필요는 없는 것이다.

미토농과 나는 면식이 있으니까, 반대로 거슬러 올라가면 쇼트커트가 가능하다. 아버지로부터(누명을 뒤집어쓰는 동시에) 들었을 정보를, 후배인 미토농에게 직접 대조하도록 시키면 된다.

"아라라기 선배 안에 '미토농'이 완전히 정착하고 있는 것에, 강한 위기감을 느끼는 사람은 나뿐인가?"

"오늘 낮에 대학에서 만나서, 베니쿠자쿠짱의 언니하고. 나는 히가사에게 듣고 온 줄로만…."

칸바루의 위기감도 확실히 맞는 말이지만, 한편으로 그렇다면 이 이상 이 테마로 이야기를 계속하는 것도 좋지 않다는 생각이 들었다.

히가사에게는 내가 어제 저지른 폭주에 대한 정보가 전해진 줄로만 알았는데, 아무것도 모르는 상태라면 함구령을 위반하게 된다.

설령 그 '여기서만 하는 이야기'를 나에게 흘린 정보원이 히가사라고 해서, '조사해 봤더니 여자애의 이가 하나는커녕, 전부 뽑혀 있었어'라는 리턴을 하고 싶지는 않다. 베니히바리와 달리, 히가사는 피해아동의 친지가 아니니까.

다만 호기심이 강한 여자 고등학생(그것도 성가신 친구도 동석하고 있는)을 상대로, 한번 꺼내 버린 화제를 어떻게 철회할 것인가. 그것에는 신중한 판단이 필요하다.

미토농의 이름을 꺼내 버린 이상, 알려고 마음먹으면 히가사에게는 그럴 수 있는 커넥션이 있으니까.

능숙하게 이야기를 돌려야만 한다… 라고 내가 생각하고 있는데, 그러나 히가사가,

"만날 수 있을 리 없다고 생각하는데요."

라고 말했다.

"응? 만날 수 있을 리 없다니?"

"베니쿠자쿠짱의 언니, 라고 하셨죠? 네, 만날 수 있을 리가 없어요. 아라라기 선배, 누군가 다른 사람하고 착각하고 계신 거 아닌가요?"

"착각… 같은 건 안 했어. 그도 그럴 것이, 베니쿠자쿠의 언니는 나와 같은 마나세 대학의 학생이고…."

"네, 그건 그렇죠. 어째서 아라라기 선배가 그 사실을 알고 계

시는지는 모르겠습니다만, 저도 그 뒤에 신경이 쓰여서 조사했어요. 아라라기 선배에게 제공하는 정보에 '미토농의 중학교 시절 선배'에 관한 데이터가 불확실했던 것을 부끄러워하며, 집에 돌아가서 조사했어요."

"무슨 이야기인지 전혀 모르겠는데, 히가사, 너는 왜 그렇게까지 하는 거야…?"

칸바루에게 그런 질문을 듣자,

"난 말이지, 소년만화에 등장하는 반의 신문부 여자애 같은 포지션을 지향하고 있으니까! 입버릇은 '특종, 받아가겠어요!', 닉네임은 하이에나!"

히가사는 엄지를 꾹 올려 보였다.

어째서 그렇게 인기 없어 보이는 포지션을 지향하지…? 그냥 그대로 농구선수의 아름다운 모습으로 있으라고.

그건 제쳐 두고, 히가사는 나를 돌아보며,

"그 결과, 확실히 베니구치 쿠자쿠짱의 언니는 아라라기 선배와 같은 국립 마나세 대학의 학생이지만, 하지만 지금은 출국신고서를 제출하고 해외에 있을 거예요."

라고 히가사는 말했다.

"해외? 해외라니…."

하네카와?

도 아니고.

진학한 것인가, 취업한 것인가, 아니면 해외로 자아 찾기 여행을 떠난 것인가, 라는 이야기가 있었지만.

"자아 찾기의 여행이 아니라, 단순히 고등학교 시절의 친구와 조금 늦은 졸업여행인 모양이에요. 진학하며 본가에서 나온 것으로 간신히 기를 펴게 되었다… 라는 느낌일까요. 참고로 행선지는 오스트레일리아의 에어즈 록이에요."

아아.

몇 년 뒤에는 등반이 금지된다고 했던가.

아니, 행선지야 가고 싶은 곳을 친구와 의논해서 결정하면 되는 문제지만….

"그러니까 어제 했던 '여기서만 하는 이야기'를 갱신한다면, 자기가 집을 나온 뒤에 일본을 벗어나자마자 여동생이 납치되었다는 상황인 모양이니까요. 그런 메일이 미토농에게 날아왔다, 라고. 자세히 물어보니 그런 느낌이었어요."

요컨대 어찌 행동할 방법이 없는 해외에서 일본 국내의 상황을 알고 싶어서, 고향의 옛 후배에게까지 연락을 취하려고 접촉했다는 이야기…인가?

확실히 아무리 본가와 소원한 관계라도, 여동생이 유괴되었을지도 모른다면… 그것도 앞니가 우편함에 들어가 있었다는 상황이 되면, 역시나 앞뒤 가리지 않고 달려오고 싶어지는 것이 인지상정이다.

졸업 후의 진로가 본가의 주소에서 그리 멀리 떨어지지 않은 마나세 대학이라고 한다면 더욱 그렇다. 하지만, 해외가 되면 좀처럼 생각대로는 움직일 수 없을 것이다.

나도 해외로 나간 경험이 있는 것은 아니므로 이미지로밖에 이야기할 수 없지만, 비행기 편 변경은 그렇게 간단하지 않을 것이란 생각이 든다… 일단 비행기에 자리가 있는지 어떤지의 문제도 있고, 학생여행 패키지였다면 더 말할 것도 없이 그렇다.

위약금인지 뭔지 하는 비용이 지출될 수도 있다.

즉시 달려올 수 없는 상황이니, 가느다란 희망에 의지하고 싶어지는 것은 이해할 수 있다… 미토농 이외에도 연락을 취한 곳이 있으리라는 점은 틀림없다고 해도 그렇다.

한 가지 납득이 갔다는 기분이 들기도 하지만, 그렇다고 하면 좀 더 커다란 수수께끼가 생겨나게 된다. 그러면.

"그러면, 내가 낮에 만났던 그 리쿠르트 슈트 씨는 대체 누구지?"

023

학생증을 보여 달라고 한 것도 아니었고, 베니구치 가의 속사정도 자세히 아는 눈치라 나는 의심도 하지 않고 그 리쿠르트 슈트 씨를 베니구치 히바리라고 철석같이 믿어 버렸지만… 그렇지만 생각해 보면 그 근거는 그녀가 스스로를 그렇게 소개했기 때문에, 라는 이유뿐이다.

오노노키가 잠입수사해 준 것뿐이지, 나는 베니쿠자쿠짱의 언니와 단 한 번의 면식도 없는 것이다. 학부조차 몰랐다.

어제까지는 존재도 몰랐다.

그러니까… 그렇다, 그러니까 그런 사칭에도 보기 좋게 속아넘어가 버린 것인데… 어, 하지만 무엇을 위해 그런 연기를?

빤하다.

나에게서 이야기를 듣기 위해서, 이다. 함구령이 내려져 있더라도, 상대가 피해아동의 친지가 되면 입이 가벼워진다. 마음이 무거워져도 제대로 이야기해야만 한다고 생각한다… 그런 심리의 허점을 찔렸다.

이렇게 되면 베니히바리가… 아니, 베니히바리가 아니다. 그 베니히바리인 척한 녀석이 실은 유괴범 본인이었던 것이 아닐까 하는 그 의심이, 다시 고개를 쳐든다.

만약 유괴범이 언니로 변장하고 찾아왔다고 한다면, 나의 그 피해망상이 부활한다.

입체 주차장의 층계참에서 내가 쓸데없는 것을 보지 않았는지를 확인하기 위해서, 흉악한 유괴범 본인이 일부러 대학까지 숨어들어 왔다. 그녀의 정체가 '여동생을 걱정하는 언니'가 아니었다고 한다면, 여아의 구강에 발치처리를 한 인물이어도 이상하지는 않게 된다.

제정신은 아니겠지만, 이상하지는 않게 된다.

…못 볼 것을 보여 드리고 말았네요입니다.

…그 층계참에, 유괴범이 남에게 보이고 싶지 않았던 뭔가가 있었나? 척 보기에, 필요 없는 물건을 버리고 갔다고밖에 보이지 않았던 그 층계참에….

나는 무엇을 보고.

나는 무엇을 보지 못한 거지?

떠올려라, 위화감은 없었나? 그 비상계단에… 위화감은 고사하고 이상한 점밖에 없었던 그 비상계단….

떠올릴 수 있을 것이다. 그도 그럴 것이, 나는 잊으려 해도 잊히지 않는 그 광경의 제1발견자니까. 잠깐, 잠깐잠깐.

만약 그 리쿠르트 슈트 씨가 베니히바리가 아니라 유괴범이었다고 망상한다면, 현장의 제1발견자는 고사하고, 나는 범인을 목격했다는 이야기가 된다.

여아 유괴범, 범인이자 당사자를.

우선, 잊어서는 안 되는 것은 지나친 경어조의 그 여자가 아닐까. 솔직히 말해서, 그 얼빠진 분위기에 방심하게 되었던 것도 있다.

그러나 얼이 빠졌던 것이 아니라, 내 얼을 빼놓고 있었던 것이라고 한다면… 그렇게 단정하기에는 아직 이른가?

늘 그렇듯이, 늘 그래 왔던 넘겨짚기인가?

평소의 나인가?

하지만 설령 유괴범이 아니라고 해도, 그 베니히바리인 척한 녀석이 베니쿠자쿠짱의 의붓언니가 아니었다는 점만은 확실하니까. 그렇다, 특종을 노린 신문부 여자라든가, 그야말로 부모에게 의뢰를 받은 진짜 명탐정이라든가, 신분을 위장하고 취재나 탐문을… 그 부모가 의뢰하지는 않았겠지. 있을 수 없는 일일 것이다.

좋아, 진정해라. 하나씩 하나씩이다.

모든 것을 단숨에 생각하려고 하지 마라. 우선은 확실한 부분을 확정시키자. 요컨대 나에게 합석을 요구했던 그녀가 베니구치 히바리가 아니라는 부분이다.

"히가사. 아무것도 묻지 말고 들어줬으면 하는 부탁이 있어."

"알겠습니다. 약혼자인 척을 하고 부모님께 인사를 드리면 되는 거죠?"

"그런 전개는 지금까지 1밀리도 없었잖아."

"히가사 너, 나의 아라라기 선배와 너무 친하게 지내지 말라고…?"

칸바루가 절친에게 질투심을 보였다.

슈퍼스타에게도 귀여운 구석이 있다고 말하고 싶은 참이지만, 이 녀석의 질투심은 진짜로 위험하므로(어떤 의미에서 히타기보다도 위험하다) 유의해야만 한다. 나도 딴죽의 수준을 낮추는 편이 좋을 것 같다.

나의 아라라기 선배라니.

이야기를 전환해서, 나는,

"사진 같은 거 없어? 베니구치 히바리 본인의."

라고 말했다.

사진이 있다면, 내가 만난 리쿠르트 슈트 씨가 베니구치 히바리 씨인지 어떤지가 확실해진다. 히가사가 미토농에게서 얻은 정보가 이미 오래되었으며, 사실은 이미 귀국해 있을 가능성도 있다.

최악의 경우, 직행편이 아니더라도 어떻게든 환승을 반복하다 보면 돌아올 수 없지는 않을 것이다. 혼자 자취하는 대학 1학년에게는 그리 현실적이지 않은 방법이라고 해도, 일단 가능성은 있다.

흉악한 유괴범이라는 걸 깨닫지 못하고 마주했다(어쩌면 살해당했을지도 모른다)는 가능성을 생각하고 싶지 않은 것뿐일지도 모르지만, 확인은 해야 한다.

"으음~ 글쎄요~ 미토농에게 물어보지 않으면 뭐라고 대답하기 어렵겠는데요. 옛날 사진이라면 그야 있을 거라고는 생각하는데, 너무 옛날이라면 의미가 없잖아요? 주니어 하이스쿨 시대의 사진을 봐도 말이죠? 게다가 공짜도 아니거든요?"

"어? 공짜로는 안 되는 거야?"

어째서?

어째서 이 대화에서 금전 수수가 발생하는 거야.

"정보상이니까요."

"정보상이 아니잖아."

"원하는 것은 돈이 아니라 말이죠. 네, 실은 미토농은 작년 정도부터 계속 아라라기 선배에게 흐릿한 동경을 품고 있는 모양이니, 한 번 정도 데이트를 해 주시지 않겠어요?"

"그런 중요한 정보를 이런 식으로 까발리지 말라고! 원인은 네 녀석 아냐?! 여자 농구부 내의 관계를 어색하게 만든 원인은!"

"'네 녀석'이라고 불러 주셔서 기쁘네요. 루가는 '네 녀석'이라고도 부르는데 저는 '너'라고만 하셔서, 실은 왠지 모를 거리감을 느끼고 있었거든요~"

의외로 델리케이트한 면을 보이면서, 히가사는 조금 전까지 나를 촬영하고 있던 스마트폰을 척척 조작하기 시작했다. 찍은 영상을 세계를 향해 업로드하고 있는 건 아니겠지?

네 녀석이라고 불리고 싶다면야 앞으로는 계속 네 녀석이라고 불러 주겠는데, 하지만 이런 애가 아니면 칸바루의 절친이란 자리에 있을 수 없는 걸까…. 후배들의 고생이 눈에 보이는 것 같다.

"우와~ 미토농이 엄청 화내고 있어. 제가 아라라기 선배에게 미토농의 숨겨 온 마음을 까발린 걸."

"숨겨 온 마음이 까발려지면, 누구라도 화를 내겠지."

이 각도에서는 보이지 않지만, 화면에서는 장절한 대화가 벌어지고 있는 모양이다. 메시지인가?

"아뇨, 트위터예요."

"트위터로 다투지 마! 전해져 버리잖아, 전 세계에!"

히타기에게도 하네카와에게도, 여자 농구부원에게도…. 동경하던 OB 모임에서 불화가 생겨나고 있는 걸 들킨 뒤에는, 나의 비디오메시지 따윈 1밀리도 마음을 울리지 못한다고!

"알겠습니다. 메시지로 전환하겠습니다… 우와, 가지고 있는 극대노 스탬프를 전부 날리고 있네~"

"…그렇다면, 그렇게까지 화나지 않았다는 얘기 아냐?"

"스탬프를 상형문자로 취급한다면, 현대의 커뮤니케이션은 옛

좋은 시대의 원점으로 돌아갔다고도 말할 수 있다고요?"

그렇게 생각하면 SNS는 미래를 향한 로제타석 같은 요소를 품고 있는 건가.

기계 쪽에 서툰 나와 칸바루는 그런 모습을 안절부절못하면서 지켜볼 수밖에 없었지만, 분노가 식지 않았던 미토농은 그래도 최종적으로는 '베니구치 선배'의 사진을 보내 준 모양이다.

요즘 여자 고등학생은, 싸움도 대화도 스피디하구나.

"자, 보세요. 얼마 전의 사진인데요, 옛날이라고 할 정도는 아니에요. 이게 베니쿠자쿠짱의 의붓언니예요. 짜잔~"

짜잔~ 이라고 해도 말이지….

나는 건네받은 스마트폰의 화면을 들여다보고, 찍혀 있는 인물을 확인한다. 이건… 사진을 휴대전화 카메라로 찍은 사진인가?

아니네, 엽서다.

'이사했습니다'라는 글씨가 들어간 엽서. 본가를 나와 자취를 시작했을 때의… 집을 나올 수 있었던 것이 기뻐서, 저도 모르게 옛 후배에게까지 그런 엽서를 보냈다는 느낌인가?

화질은 그리 좋지 않았지만, 엽서에 프린트된 그 모습은 바로 몇 달 전의 모습이니 참고가 될 것이다. 그렇게 생각하고 화면을 확대해서(화면 확대 정도는 할 수 있다),

"…어?"

그렇게. 나는 그 엽서의, 손가락으로 V를 만들며 미소 짓고 있는 인물의 모습에 말을 잃었다.

"어떻게 된 일이지. 이거…?"

어떻게 된 일이고 뭐고 없다.

설마, 그런 것이었나?

그렇다면, 어제오늘 시작된 일이 아니다.

나는… **우리**는 처음부터 커다란 착각을 하고 있었다는 이야기가 된다. 거의 생각할 수 없을 정도의, 되돌릴 수 없는 거대한 착각을.

…아니,

아직, 있다.

되돌릴 수는 있다. 되돌려내겠다.

베니쿠자쿠짱의 신병도, 그리고 인생도.

"그러면 약속대로 미토농과 데이트를 해 주세요, 아라라기 선배."

"아니, 데이트는 안 해."

"에? 데이트도 하지 않고?"

024

이틀 밤 연속으로 키타시라헤비 신사에, 그것도 같은 멤버로 집합하게 되다니, 역시나 생각도 하지 못했다.

얼빠진 대학생인 아라라기 코요미, 잠에서 갓 깨어난 유녀 오시노 시노부, 무표정한 동녀 오노노키 요츠기, 신이신 소녀 하치쿠지 마요이. 밤이면 밤마다 모이기에는, 사람의 눈을 꺼리는 사인조다.

"미안해. 어제 만나 놓고 오늘 또 찾아와서. 꼭 좀 이야기하고 싶은 게 있거든."

"네, 네. 그래서 귀신 오빠는, 이 중의 누구와 자고 누구와 결혼하고 누구를 죽일 거야?"

"그런 여자 모임의 심심풀이 화제 같은 얘기를 하기 위해 모인 게 아니라고."

죽음의 이지선다가 아닌 죽음의 삼지선다잖아.

게다가 어떻게 대답해도 죽는다. 죽는 것은 아라라기 군이라고.

뭐, 그건 농담이라고 해도, 무표정 교과서 읽기 톤으로 말해서 알기 어렵지만, 오노노키는 그리 기분이 좋아 보이지 않는다. 오늘 밤은 어젯밤과 달리, 내가 빌고 또 빌어서 같이 와 준 것이니.

감시 역인 오노노키는 내가 딱히 부탁하지 않아도 외출하면 뒤를 따라올 가능성이 높았지만, 그러나 그 부분은 제대로 해 두고 싶었다.

분별하고 싶다.

"어제 일이라면, 잔인한 결말을 맞이하지 않았던가요? 아라라기 씨. 오노노키 씨에게서 그렇게 들었는데요."

'여기서만 하는 이야기'가 '이미 끝난 이야기'가 되어 있는 것은 하치쿠지도 마찬가지인 모양이었다. 그렇다는 이야기는 내가 본 층계참의 참상에 대해서도 전해졌다는 뜻이겠지만, 뭐, 이 녀석은 순박한 듯한 소녀로 보여도 한 번은 지옥에 떨어진 적이 있으니 말이야….

하드한 내력의 소유자다.

비참한 이야기에 대한 내성은 의외로 있는지도 모른다… 그리고 지금은 신이니, 한 명의 여자아이를 언제까지나 마음에 두고 있을 수 없는지도 모른다.

시노부에 이르면 말할 것도 없다.

반쯤 자고 있다. 어제 정도의 심야가 아니므로.

그런 의미에서는 누구 한 명 의욕이 없는 집회다. 그렇다, 나도 의욕에 넘치고 있지는 않다.

확실히 말하면, 좀 어색하다.

유괴사건이었다면 깔끔하게 발을 빼겠다고 그렇게나 선언했음에도 불구하고, 이렇게 또, 입술에 침도 마르지 않았는데 전선으로 몸을 내밀려 하고 있으니까.

엄청 꼴사납다.

하지만 한번 알아 버리면 몰랐던 것으로 할 수 없는 것처럼, 한번 깨달아 버리면 깨닫지 못했던 것으로 할 수 없다. 여차할 경우에는, 혼자서 할 수밖에 없다.

"우선은 세 사람 다, 이걸 좀 봐 줘."

나는 그 후에 히가사에게 전송받은 엽서 사진을, 스마트폰 화면에 띄웠다. 키타시라헤비 신사의 경내가 어렴풋이 밝아진다.

이 신사에 전등 같은 건 특별히 설치되어 있지 않으므로, 그렇게 깊은 밤 시간대가 아니어도 밤은 새까만 암흑이다. 그러니까, 스마트폰 화면이 잘 보인다.

물론, 그곳에 찍혀 있는 인물도.

"이건…."

베니히바리, 베니구치 히바리의 모습.

중학교 시절 후배인 쇼노 미토노가 받았던 '이사 알림' 엽서다. 그 엽서에 인쇄된 모습은… 뭐, 고등학교를 졸업한 18세의 여성이라는 느낌이고, 그 엽서 자체에 확실한 위화감이 있는 것은 아니다.

백 사람이면 백 사람, 이 엽서를 봐도 '이게 뭐가 이상한데?'라고 말할 것이다. 소녀와 유녀와 동녀의 반응도 거의 그런 느낌이었다.

나는?

말할 수 있는 것이 두 가지 있다.

우선 이 인물은 내가 낮에 대학에서 함께 차를 마신 리쿠르트 슈트 씨가 아니라는 것이다. 한눈에 봐도 알 수 있을 정도로 용모가 전혀 다르다.

괴이인 시노부는 인간의 구별을 잘 하지 못하지만, 그런 그녀라도 확실히 알 수 있을 정도로 다른 인물이다. 그것은 됐다, 어떤 의미에서 그것은 이미 알고 있는 일이고, 히가사에게 이 디지털 데이터를 넘겨 달라고 한 것은 만일을 위한 확인 같은 작업이었다.

미토농이 그것을 위해 다대한 희생을 치르고 말았지만, 그 점에 대해 내가 해 줄 수 있는 것은 티끌만큼도 없다고 치고… 문제는 예상 외였던, 또 하나의 '말할 수 있는 것'이었다.

미토놓이 받은 그 엽서에 인쇄되어 있던 사진은 마나세 대학의 입학식 때 사진이었다. 대학 교문 앞에서 꽃으로 장식된 입간판을 배경으로, 빙그레 웃음 짓고 있는 신입생의 사진이다.

얼마 전의 사진, 이라고 말했지만.

그야말로 대학 입학식은 '얼마 전'이다.

말 그대로 '새로운 출발'이라는 느낌의 한 장이니, 뭐, '이사 알림'에 셀렉트하기에는 타당한 포토그래프라고 할 수 있을 것이다. 다만, 내 눈에 들어온 것은 마나세 대학의 풍경도 입학식의 입간판도 아니라.

그녀의 모습. 베니구치 히바리의 모습.

좀 더 자세히 말하면, **복장**이었다.

"이 엽서의 베니구치 히바리는 내가 오늘 만났던 베니구치 히바리와는 다른 사람이었지만, 입학식 날 베니구치 히바리가 입고 있던 이 옷은, 내가 오늘 만났던 베니구치 히바리와 같은 정장이야."

인물은 다르지만 패션은 동일하다. 복장은 고사하고, 신발까지 같은 펌프스다. 휘청거리며 걷고 있던 것이 신경 쓰였기 때문에, 잘 기억하고 있다.

"…면접용 정장, 리쿠르트 슈트가 아니었던 게냐?"

시노부의 지당한 의문이 귀에 따갑다.

아니, 대학 구내에서 만났기 때문에 그렇게 생각해 버렸는데,

아무래도 아니었던 모양이다. 그렇다기보다 입학식 때에 입는 정장과 취업활동 때에 입는 정장에 어떠한 차이가 있는지, 나는 모른다.

핑계를 대자면, 처음에는 상급생이라고 생각했고 정장 차림의 대학생을 보면 보통은 그렇게 생각할 것이다.

하지만 확실히 대학생은 입학식 때도 정장을 입는다, 고 한다.

"고 한다… 라니, 왜 말투가 애매모호한가요, 아라라기 씨. 당신도 입학식을 몇 달 전에 경험했을 텐데요."

"아, 아니, 그게 좀. 사연이 있어서 입학식에는 가지 못했거든, 나."

"그러니까 왜 그렇게 하나하나 아웃사이더 티를 내려는 거죠, 당신은."

신께서 기가 막힌다는 표정을 지었다.

딱히 아웃사이더인 티를 내려고 입학식에 빠진 것은 아니지만. 뭐, 그런 이유로 깨닫는 것이 늦었다는 핑계도 가능하다… 그런 시추에이션을 떠올릴 수 없었다.

생각하기에, 그 베니히바리인 척한 녀석에게 취업활동이 어떤 것인가 하는 문제를 던진 것은 나이므로, 저쪽은 그것에 적절히 편승한 것이겠지. 응, 아무리 취업전선이 험난하며 세미나나 스터디 모임이 개최되고 있다고는 해도, 역시나 1학년 때부터 리쿠르트 슈트를 입고 있는 녀석이 있을 리가 없다.

"응? 그럼 어떤 얘기가 되는 거야? 귀신 오빠. 차를 같이 마신 상대는 베니구치 히바리가 아니었지만, 베니구치 히바리의 옷을 입고 베니구치 히바리를 자칭하고 있었다. 변장의 일환이라고 생각하면, 그렇게 이상한 건 아니지 않아?"

"변장한다고 해도 **입학식 때의 정장을 입을 이유는 무엇인가**, 라는 문제야. 이게 여자 고등학생이었다면 이야기는 달라져. 예를 들면 칸바루나 히가사인 척하려고 생각하면 나오에츠 고등학교의 교복을 입수하는 편이 성공률을 높일 수 있겠지. 하지만 베니구치 히바리는 대학생이라니까? 요즘 유행인 타이트한 미니 원피스를 입는 편이 훨씬 그럴싸하잖아."

"대학생이 요즘 유행인 타이트한 미니 원피스를 입을 리가 없잖아."

오노노키는 딴죽을 걸면서도 내가 하고 싶은 말은 이해한 모양이다. 입학식에 입을 만한 정장을 평소에 착용하는 대학생은 없다.

베니히바리인 척한 녀석이 유괴범이며, 만약 대학 1학년으로 변장하려고 했다면 그것은 등신대의 평상복으로 나타나는 편이 훨씬 설득력이 있다. 센조가하라 히타기를 보라.

갈색으로 염색한 머리카락에 매니큐어를 바른 네일까지 포함해서, 완전히 '대학생 스타일'이 되어 있다. 뭐, 스타일이고 뭐고 그 녀석은 정말로 여자 대학생이지만, 어쨌든 원래대로라면 변장에는 그런 방향의 노력이 필요하지 않을까?

그런데도 베니히바리인 척한 녀석은 정장을 선택했다.

자, 어떻게 된 일인가?

"베니히바리 본인이라도 입학식 때 외엔 입은 적이 없는 옷이 아닐까? 그것을 입어 봤자 특별히 베니히바리처럼 보인다고는 생각되지 않아… 이 정장 차림이 베니히바리의 아이콘인 것도 아닐 거 아냐."

"오시노 오빠가 입는 알로하 옷만큼은… 뭐, 아니겠지."

물론, 가능성은 있다.

입학식에 입었던 정장이 몹시 마음에 들어서, 베니구치 히바리가 그 뒤로 평소에도 입고 다녔을 가능성도… 하지만 그렇더라도 내 앞에 그 옷을 입고 나타나는 건 의미가 없다.

왜냐하면 나는 베니구치 히바리의 평소 복장을 모르니까.

베니구치 히바리라고 하면 정장, 이라는 평판이 퍼져 있다면 모를까…. 오히려 그 정장 때문에 베니구치 히바리라고 생각하지 않았을 정도다(상급생이라고 착각했었다).

즉, 베니히바리인 척한 녀석이 입고 있던 그 정장은, 베니히바리를 가장하기 위해 입었던 것이 아니다. 다른 목적이 있었다.

"애초에 어째서 이 엽서의 베니구치 히바리 씨와 같은 정장을, 그분은 가지고 있었던 걸까요? 설마 여동생뿐만 아니라 유괴범은 언니에게까지 손을 뻗…었을 리는 없을까요. 에어즈 록에서 소재가 확인되었으니까요."

에어즈 록에 있는 모습이 확인된 것은 아니겠지만… 뭐, 그렇다. 반대로 말하면, 지금 일본에 없다는 것은 자취하고 있는 자택이 비어 있다는 이야기다.

"…즉, 유괴범이 빈집털이를 해서 정장을 훔쳐 낸 거라고 말씀하고 싶은 건가요, 아라라기 씨는? 기성복을 산 것이 아니라 완전히 동일한, 베니히바리 씨의 그 정장을 입고 있었다고?"

"이상한가? 우연히 패션이 겹쳤다는 것보다는 고려하기 쉬운 가능성이잖아."

옷에 익숙하지 않았던 느낌을 떠올린다.

정장 자체에 익숙하지 않은 느낌으로 보였지만, 그 이전에, 그것이 다른 사람의 옷이었기 때문에 그렇게 어색해 보였던 것이 아닐까? 펌프스도 사이즈가 맞지 않았던 것이 아닐까?

"즐겁네, 여러 가지 상상을 해 보는 건."

오노노키가 교과서를 읽는 톤으로 말했다.

평소보다도 무뚝뚝함이 강했다.

"하지만 결론부터 말해 준다면 좀 더 즐거울 거라고 생각하는데. 어째서 귀신 오빠 앞에 나타난 수수께끼의 여자는 베니구치 히바리가 입학식에 입고 있었던 것과 똑같은 정장 차림이었는가, 애초에 왜 정장을 입고 있었는가. 귀신 오빠가 세운 가설은 뭐야? 귀신 오빠 앞에 나타난 이유도 한꺼번에 알려 줬으면 좋겠네."

"나는 정장 같은 건 입은 적이 없지만, 만약 정장을 입을 이유가 있다고 한다면 그건 역시 **어른처럼** 행동하기 위해서라고 생각해. 그것을 위한 멋 부리기지. 입학식에서 정장을 입는 것에도 아마 같은 의미가 있다고 생각하고…. 그래서 일단은 그렇게 생각했어. 그것은 대학생인 척을 한, 여자 고등학생이 아닐까 하고."

대학생인 척을 한 것이 아니라, 연장자인 척을 했던 것이 아닐까.

이 가설은 요전에 들었던 히가사나 칸바루의 말도 방아쇠가 되었다. 어디까지 진심으로 말한 것인지는 알 수 없지만, 교복 같은 걸 벗어 버리고 빨리 어른이 되고 싶을 때도 있다고 그 두 사람은 말했다.

일본에서는 정장도 일종의 제복 같은 것이지만⋯. 그렇지만 이 여자 고등학생이라는 추측도 단순한 직감이며, 근거는 없다.

딱히 여자 중학생이어도 상관없는 것이다.

좀 더 말하자면⋯ 여자 초등학생이어도.

"⋯⋯? 아니, 잠깐 기다려라, 내 주인님아. 역시나 그것은 무리겠지. 안다니까? 무슨 말을 하려고 하는지는, 거기까지 내비치면 나라도 말이야. 허나⋯."

"그렇다고요, 아라라기 씨. 역시나 무리가 있잖아요, 여자 초등학생이 여자 대학생인 척을 하다니. 설령 아무리 어른 같은 옷차림을 하더라도⋯ 설령."

"설령, 자매라고 해도⋯ 귀신 오빠."

"그러니까 세 사람에게 묻고 싶어."

본래대로라면 혼자서 움직여도 괜찮았다.

어젯밤, 소녀와 유녀와 동녀를 끌어들여서 아무런 성과도 올리지 못하기는 고사하고, 지향했던 것과는 정반대의 지점에 도달해 버린다는 대실패를 보인 나이기에, 이제 와서 무슨 낯으로 소녀와 유녀와 동녀에게 협력을 요청할 수 있겠는가. 하지만 지견이 부족한 나는 물어볼 수밖에 없었다.

열두 살의 외모이지만 100년간 사용된 시체의 츠쿠모가미인 오노노키 요츠기와, 열 살의 외모이지만 사후 11년에 걸쳐 길을 헤매 왔던 하치쿠지 마요이와, 여덟 살의 외모이지만 75배에 가까운 역사를 살아온 오시노 시노부.

결코 **겉모습 그대로의 나이가 아닌** 이 3인조 괴이가 아니면 도저히 확인할 수 없을 만한 점을, 확인한다.

"내면이 초등학교 5학년인 채로, 하룻밤 만에 대학생 정도의 외모까지 성장해 버릴 만한… 1초라도 빨리 어른이 되어서 '집을 나가고 싶다'라고 진심으로 바라고 있는 여자아이의 소원을 이뤄 주는, 그런 **괴이 현상** 같은 거, 있어?"

025

유치가 하나 빠진다. 이것은 있을 수 있는 일이다.

유치가 스무 개, 단숨에 빠진다. 이것은 있을 수 없는 일이다… 라고 생각하지만, 만약 이 아이가 **단숨에** 성장했다고 한다면, 그런 현상도 있을 수 있는 일이 되어 버리지 않을까?

베니히바리인 척한 녀석의 이상한 경어체.

어색했던 정장 차림과 마찬가지로, 생각해 보면 그것도 어떻게든 어른인 척 행동하려다가 실패하고 있는 것처럼 보였다. 어른처럼 블랙커피를 주문했으면서도, 결국 각설탕을 세 개 넣어 버리는 종잡을 수 없는 행동도, 내용물과 겉모습의 나이 차를 느끼게 만드는 것이었다.

애초에, 나 자신이 그다지 커피를 즐기지 않으니까 확실하게 말할 수는 없지만, 그런 가게에서 커피를 주문하면 보통은 굳이 말할 것도 없이 블랙커피가 나오지 않나?

설탕이나 우유는 미리 테이블 위에 준비되어 있고, 스스로 커스터마이즈하게 되어 있으니까…. 명백하게, 적어도 나와 동등 혹은 그 이상으로 카페에 익숙하지 않다.

구직자치고는 제대로 손질되지 않은 그냥 길게 기른 느낌의 롱 헤어도, 기른 것이 아니라 **갑자기** 길어진 것이라고 한다면, 손질하지 못하더라도 어쩔 수 없다.

정신연령이 낮다?

그렇게 말하자면 나도 그렇다.

하지만 그런 것이 아니라, 정신연령은 적절하며 그녀의 육체연령만이 갑자기 높아진 것이라면….

"…여아가 하룻밤 만에 열 살 가까운 나이를 먹었다고 생각하는 근거는, 그것뿐만이 아니겠지? 귀신 오빠."

이런 추리는 일소에 부쳐지고 끝날 줄로만 알았는데, 오노노키는 진지하게 상대해 주었다. 뭐, 무표정한 오노노키는 어떤 바보 같은 의견이라도 비웃거나 하지 않지만, 그래도 들어 주는 것은 고맙다.

딱히 'Make some noise!'라고 하듯 분위기를 띄워 주기를 바란 것은 아니다, 나로서도.

"베니히바리인 척한 녀석이 '못 볼 것'이라고 말했던 층계참의 광경, 그곳에서 뭔가를 못 보고 넘어간 것이 아닐까 해서 곰곰이 떠올려 보았어. 하지만 역시 못 본 것은 없었어. 보인 것 그대로였어. 보이는 그대로인 수많은 유치와, 흩어진 가방과, 그리고… 찢어진 의복이었어."

몸에 걸친 것 전부를 난폭하게 벗겨 낸 것이다, 라고 생각했는데… 그렇지만 아무리 아동복이라고 해도 그렇게 간단히 찢을 수 있을까? 아주 힘센 남자의 완력이 필요해지겠지만, 그러나 내 앞에 나타난 베니히바리인 척한 녀석은… 뭐, 그렇게는 보이지 않는 가녀린 여성이었다.

그런데도 그냥 벗겨져 있던 것이 아니라, 그 아동복들은 **찢어져 있었다**. 가위로 잘려 있던 것이 아니라.

생각하고 싶지는 않지만, 만약 격투 같은 다툼이 있었다고 한다면 유혈사태가 벌어졌어도 이상하지 않았을 텐데, 현장에는 혈흔 같은 것은 특별히 없었다. 있었다면 흡혈귀 비슷한 존재인 내가 깨닫지 못할 리가 없다.

그 아동복은 어쩌면 안쪽에서부터 찢어졌던 것이 아닐까? **입고 있던 어린아이가, 어린아이가 아니게 되었기 때문에** 안쪽에서부터 터져 나간 것이 아닌가? 블라우스 단추가 튀어 나가고, 스커트 호크가 벗겨지고, 재봉한 부분이 찌직찌직 뜯어져 버린 것이 아닐까?

아동복을 대학생이 억지로 입은 듯한 참상. 옷을 제대로 소화해 낼 수 없다는 정도가 아닐 것이다.

등에 메고 있던 가방도 어깻죽지를 파고들어서, 억지로 우격

다짐으로 빼낼 수밖에 없었고, 그 결과 그렇게 내용물이 무참하게 흩어지게 되었던 것이 아닐까. '못 볼 것을 보여 드리고 말았네요입니다'.

그 말은, 그녀가 유괴범이기에 했던 말이 아니라 피해아동이기 때문에 했던 말일지도 모른다고 생각하면 납득이 간다.

"피해아동, 도 아니게 되네. 그 경우에는. 찢어진 의복에도, 발견된 대량의 치아에도 범죄성이 없어지니까."

범죄성이 없어진다.

괴이성을 띠기 시작하는 것과는 반대로.

"즉, 옷이 찢어져 입을 것이 없어져 버려서, 베니쿠자쿠짱은 언니의 옷을 멋대로 빌렸다는 얘기?"

"베니구치 가의 사정을 생각하면, 예비 열쇠를 주었어도 이상하지 않겠지. 그러는 편이 자연스러울 정도야."

어쨌든 여동생을 데리고 나올까 하는 생각을 하고 있었을 정도다. 그것은 베니히바리인 척한 녀석이 했던 대사였던가?

하지만 만약 그 베니히바리인 척한 녀석이 베니쿠자쿠짱의 '변해 버린 모습'이었다고 한다면, 그 대사는 예전에 실제로 의붓언니에게 들었던 말이라고도 생각할 수 있다.

"갑자기 그렇게 성장하게 되어서, 영문을 알 수 없게 된 채로 도와줄 사람을 찾아 언니가 있는 곳으로 향했고, 하지만 집에는 아무도 없어서… 우선 '어른이라고 하면' 정도의 이미지로, 입학식 이래 계속 행거에 걸려 있던 정장을 입었다. 속에 든 것이 어린이라는 걸 들키지 않도록."

그 어물어물하던 모습과 침착하지 못한 태도.

완전히 속아 넘어갔던 내가 말하는 것도 뭐하지만, 거짓말에 능숙해 보이는 타입으로 생각되지 않는다.

"뭐, 아라라기 씨가 아니더라도, 눈앞에 정장 차림의 여자 대학생이 나타났을 때 '응? 사실은 여자아이인가?'라고는 생각하지 않겠지만요. 흐음. 미아나 가출소녀라면 모를까, 이런 것은 전문분야 밖이네요."

신이 초현실적 현상을 전문분야가 아니라고 말하면 어떡해, 라고 생각했지만… 뭐, 신이라도 전문분야라는 것은 있겠지.

전문가라고 한다면….

"잊으셨을지도 모르겠지만, 나는 불사신의 괴이를 전문으로 하는 음양사인 카게누이 요즈루의 식신이니까. 어린아이를 하룻밤 만에 어른으로 바꾸는 괴이를 상대하는 것이 특기라고 말할 수 없어. 굳이 어느 쪽인가를 말하자면, 연애 바보의 왕 쪽이 자세히 알지 않을까?"

"누가 연애 바보의 왕이냐."

시노부가 언짢은 듯이 반응했다.

그러나, 그 말대로다.

오시노 시노부의 전신인 철혈이자 열혈이자 냉혈의 흡혈귀, 키스샷 아세로라오리온 하트언더블레이드는, 전설의 흡혈귀임과 동시에 괴이의 왕이다.

괴이살해자라고 불리는, 모든 괴이의 상위존재였다.

그리고 유녀의 모습이 된 뒤에도, 광범위한 전문분야를 가진 각종 요괴의 오소리티, 오시노 메메에게 지식을 전수받았다.

괴이 측의 지식과, 인간의 지식.

양쪽을 모두 갖추게 된 하이브리드.

나의 여동생인 아라라기 카렌이 벌의 괴이에게 피해를 입었을 때는, 그 작은 몸에 담겨 있던 지식이 큰 도움이 되었다. 잠시 있다가 시노부는 팔짱을 끼더니,

"그렇지만 이것은, 굳이 말하자면 미아 신의 수비범위가 아니겠느냐?"

라고 말했다.

미아 신… 하치쿠지의?

하치쿠지가 오노노키에게 돌리고, 오노노키가 시노부에게 돌리고, 시노부가 하치쿠지에게 돌리고, 뭐야, 이 책임 돌리기는… 하고 생각했지만. 이것은 책임 돌리기가 아니라 소용돌이였다. 이 소용돌이 구조야말로, 이 안건의 중심으로 향하는 나선의 도정이었다.

도달한 중심점이었다.

"우츠로이네지리."

시노부는 그렇게 말을 이었다.

"시간을 비틀고, 소용돌이치고, 비틀어 돌리고. 그런 정도겠지만, 결국 그 정체는… 달팽이다."

달팽이.

소용돌이 형태의 껍데기를 지닌, 육상 복족류 연체동물.

026

진짜 베니히바리, 베니구치 히바리가 혼자 살고 있는 맨션을 밝혀내는 것에는 그다지 고생하지 않았다.

그러기는커녕, 아무런 고생도 없었다.

그도 그럴 것이 미토농이 받은 '이사 알림'에, 당연하게도 이 사한 곳의 주소가 적혀 있었기 때문이다. 엽서를 휴대전화 카메라로 찍은 사진이므로 일부가 잘려 있었지만… 뭐, 맨션의 이름과 몇 호인지만 알면 다른 것은 전부 잘려 있어도 괜찮을 정도다.

한번 놀러 와!

라고 엽서에 적혀 있던 사교 멘트를 진짜로 받아들인 것도 아니지만(무엇보다 그 사교 멘트는 미토농에게 한 것이다), 우리는 우선 그 맨션으로 향하기로 했다.

단서가 있다고 하면 그 부분이다.

어쨌든 베니쿠자쿠짱은 한번은 그 맨션의 실내에 들어가서, 신입생 정장을 빌렸을 테니까.

참고로 말하면 돈도 어느 정도 빌렸을 것이다. 결과적으로는 내가 사는 모양새가 되었지만, 카페테리아에서 그녀는 일단 자기 몫의 커피 값을 내려고 했었다.

뭐, 많은 액수는 아닐 테니 그때 했던 '감사해요입니다'라는 말은 진심이었을 것이라고 생각하지만… 인간의 생활에는 돈이 들고, 인간의 생존에도 돈이 든다.

어쩌면 베니쿠자쿠짱은, 어른이 되면 뭐든지 가능하다고 생각하고 있었을지도 모르지만, 실제로는 그렇지 않다. 기본적으로 돈은 필요하고, 입고 있던 아동복이 찢어져서 알몸이 되어버렸다면, 아마 나였어도 어떻게 해야 좋을지 알 수 없게 될 것이다.

가진 것이라곤 옷 한 벌뿐, 이라는 정도도 아니다.

뭐, 스마트폰이라도 가지고 있다면 이야기는 다르겠지만, 초등학생으로는… 하물며 화제의 그 부모는 어린이 휴대전화조차 자기 자식에게 사 줬을 것이라고는 생각되지 않는다.

예비 열쇠를 쥐고 한밤중의 마을을 알몸으로 이동하는 것은 너무나도 위험하지만, 정상적인 판단이 가능한 상태였다고도 생각하기 어렵다. 나도 흡혈귀가 된 직후에는 가벼운 공황상태에 빠졌었다.

"스트리킹은 둘째 치고, 언니의 주소는 어떻게 알았던 걸까?"

"예비 열쇠를 가지고 있을 정도라면 주소를 적은 메모 정도는 가지고 다녔던 게 아닐까? …아니, 언제라도 갈 수 있도록 지도가 머릿속에 입력되어 있었을지도 모르지."

모순점이라고까지는 말하지 않더라도, 앞뒤가 맞지 않게 되는 세세한 의문점은 그밖에도 얼마든지 떠오르지만(우편함에 들어 있던 앞니는 어떻게 설명하지?) 전부 나중으로 미뤄도 된다. 궁극적으로는 본인에게 물어보면 생각할 것까지도 없는 일들뿐이다.

오노노키는, 이제 나를 말리려고도 하지 않았다. 말려도 멈추지 않을 것을 알고 있었을 테고, 게다가 만약 나의 직감이 웬일로 들어맞는다면 모든 것이 근본적으로 뒤엎어진다.

어젯밤에 내가 발을 뺀 것은 그 층계참의 참상에서, 베니쿠자쿠짱의 행방불명이 유괴사건이었음을 스스로 증명해 버렸다고 생각했기 때문이다. 그것이 명확해지면 신고해서 손을 떼기로, 나는 처음부터 약속했었다.

하지만 만약 내가 낮에 만났던 베니히바리인 척한 녀석이, 눈치를 보러 온 유괴범이 아니라 피해아동이라고 생각되었던 베니쿠자쿠짱 본인이라면, 이것은 유괴사건이 아니게 된다. 사법의 손에 맡겨야 할 흉악범은 존재하지 않는다.

대신 괴이가… '우츠로이네지리'가 존재하고 있었다는 이야기가 되면, 그것은 그야말로, 뭐랄까, 오히려… 그렇다,

"우리들이 나설 차례잖아."

라는 이야기다.

아직 확실한 증거가 있는 것은 아니고, 여전히 여아의 이를 다 뽑아 버릴 만한 흉악범의 존재를 완전히 부정하는 것에는 성공하지 못했지만, 만약 베니구치 히바리의 맨션에서 낮에 만난 베니히바리인 척한 녀석과 재회할 수 있다면, 그것으로 모든 것이 증명된다.

그리고 그녀의 안전도 확보할 수 있다.

생각해 보면, 나의 목적은 그것뿐이다. 진실을 추구하는 것도 수수께끼를 해명하는 것도, 물론 괴이담을 수집하는 것도 아니

다.

그 자리의 기세로, 세세한 의문은 만난 뒤에 해명하면 된다는 말을 했지만, 그것도 본인이 말하고 싶지 않다면 굳이 물으려고도 생각하지 않는다.

폭발적인 성장의 이유가 괴이에 얽힌 것이라면, 괴이살해자인 오시노 시노부가 지금이라면 아직 그녀를 여아로 되돌릴 수 있다. 에너지드레인으로, 하네카와 츠바사로부터 사와리네코를 제거했을 때와 마찬가지로.

칸바루 스루가의 왼팔처럼, 괴이살해자라도 손댈 수 없는 케이스도 있지만, 챌린지해 볼 여지는 있을 것이다.

"하지만 그것은 나의 식욕과의 상성이라기보다, 여아가 여아로 돌아오고 싶어 하는가 어떤가에 달리게 될지도 모르겠구먼."

"? 당연히 돌아오고 싶어 할 것 아냐? 명백히 당황스러워하고, 영문을 모르는 채로 행동하는 느낌이고…."

"하지만 네놈도 말했던 것처럼, 여아는 스스로 원했기에 성장한 것이 아니냐? 언니처럼, 집을 나오기 위해서."

"……."

"지금은 당황하고 영문을 모르는 상태이더라도, 시간이 흘러서 진정하게 되면, 여아는 오히려 돌아가고 싶지 않다고 생각할지도 모른다고? …나도 이제는, 키스샷 아세로라오리온 하트언더블레이드로 돌아가고 싶다고는 생각하지 않는 것처럼."

제행무상이었던 끝에 유녀에 안착한 흡혈귀. 대조적으로 여아는, 어린아이보다 어른이기를 선택할까.

그것도 역시 본인과 만나 보지 않으면 알 수 없는 일이고, 만나 본들 알 수 없는 일일지도 모른다.

027

어젯밤과 마찬가지로 조수석 차일드 시트에 앉은 시노부의 스마트폰 조작에 의한 내비게이션에 따라 내가 목적지인 맨션에 도착하자(자동차는 맨션의 방문객용 주차장에 세워 두었다. 넓은 의미에서는 우리도 손님일 것이다), 역시 어젯밤과 마찬가지로 '언리미티드 룰 북'으로 먼저 와 있던 오노노키가 주차장의 인간용 출구에서 기다리고 있었다. 인간용 출구라는 말도 이 멤버라면 조금 웃음이 나오지만….

하치쿠지도 어젯밤과 마찬가지로, 집을 지키고 있다.

신은 마을을 벗어날 수 없다.

그러면 어젯밤과의 차이를 이야기하자면, 이곳은 한산한 주택가인 것은 아니므로 다소 눈에 띄더라도 '근처의 대학생이 법석을 떨고 있다'는 정도로밖에 취급받지 않는다는 점일까.

다만, 베니히바리가 살고 있는 이 맨션은 학생용으로 특화된 곳은 아닌 것 같다. 오히려 가족 거주에 어울린다고 할지…. 으음, 송금을 받고 있었다고는 도저히 생각되지 않으니, 상당히 무리를 해서 집을 얻은 것이 아닐까?

집이라는 것에 대한 고집… 아니, 반발이, 베니히바리에게 이런 넓이의 맨션을 선택하게 만들었는지도 모른다.

가족용, 인가.

뭐, 가족끼리 거주하는 사람이 적지 않게 살고 있다는 것도, 우리에게는 좋은 조건, 좋은 물건이다.

아이도 살고 있다면, 그 부지 내에 인근 대학생이 금발금안의 유녀를 목말 태우고 있어도 그리 부자연스럽지 않을 것이다.

"그건 부자연스럽다고 생각하는데….'

"오노노키, 이미 집 안의 체크는 끝냈어?"

"아니, 집에 가까이 가지도 않았어. 이번 불법침입의 목적은 조사가 아니라 포획이니까."

"포획이라니….'

"최악의 경우, 퇴치까지 가능해. 실패할 확률은 되도록 낮춰 두고 싶어. 사전조사를 하기보다는 바로 부딪쳐 보는 편이 낫다고 판단했어."

오노노키가 전문가의 눈을 하고 있다. 표정 자체는 눈매도 포함해 무표정 그대로라서 구별은 되지 않지만, 말이 과격했다.

재미있게 받아쳐 줄 것 같지 않다.

이 부근이, 나와는 일선을 달리하는 프로라는 이야기일까. 그렇구나, 봉제인형으로서 우리 집에 식객으로 있는 모습에 익숙해지면 어쩔 수 없이 마비되어 버리지만, 이 시체 인형은 기본적으로 괴이를 퇴치하기 위해 만들어졌다.

퇴치하는 것만을 위해서, 라고 말해도 좋다.

설계사상.

오노노키를 편리한 이동수단으로 사용하는 것은, 말하자면 카게누이 씨의 심술궂은 장난 같은 것이다. 이렇게 업무 모드에 들어가 버리면, 나 같은 녀석으로서는 제어가 불가능해진다.

어젯밤까지는 나의 감시 역이라는 역할을 완수하기 위해 서포트 역할에 전념해 주고 있었지만, 여차할 경우 괴이에 얽힌 일일지도 모르게 되면….

시노부의 말에 따르면 '우츠로이네지리'는 불사신의 괴이는 아니지만, 생명의 모습을 비틀어 왜곡한다는 의미에서는 그것에 가까운 존재이기도 하다는 모양이니, 오노노키의 수비범위에서도 완전히 벗어나 있다고는 할 수 없다.

뭐, 이번에는 가엔 씨로부터 지령을 받고 있는 것은 아니므로 그렇게 무모한 짓은 하지 않을 것이라 생각하지만. 주위에서 영향을 받기 쉬운 것에 비해 그런 부분에서는 오노노키, 융통성을 발휘하지 않으니 말이야….

"돌입할 때에 이쪽에 유리한 점이 있다면, 베니쿠자쿠는 누군가가 집 안으로 돌입할 거라고는 생각 못 할 거라는 부분이야. 많은 사람들이 그렇게 생각하듯이, 이런 불가해한 현상이 일어난 것은 자신뿐이라고 생각하고 있을 테지. 자기만이 특별하다고, 그렇게 자기도취에 빠져 있을 거야."

어쩐지 말에 가시가 있네….

무뚝뚝한 교과서 읽기 어조가, 오히려 그것을 가속시키고 있는지도 모른다.

"그러니까 귀신 오빠와 얼굴을 마주해도, 설마 흡혈귀 체질이라고는 생각하지 않을 테지. 나 같은 전문가의 존재도 예상 밖일 거야. 그 우쭐함의 빈틈을 찌르면 한순간에 제압할 수 있을 거라고 생각해."

이제 와서 하는 얘기지만, 오노노키에게는 하치쿠지와 함께 남아 달라고 부탁하는 편이 나았을지도 모른다. 나로서는 최대한 폭력사태는 피하고 싶은데.

대화로 어떻게든 될 거라고 생각하는데 말이야.

인터폰을 누르고, 도우러 왔다고 말하면 문을 열어 주지 않을까?

"그런 평화로운 전개, 한 번도 없었잖아. 도와주려고 했던 여자에게 스테이플러로 입 안을 찍힌 적도 있었으면서."

하긴 그렇지.

하치쿠지에게 도움의 손길을 뻗었을 때에는 그 손을 깨물리기도 했다. 이상한 일은 아닐 것이다.

구원의 손을 거부하고 싶어져 버리는 마음은 누구에게나 있다. 하물며 공황상태에서라면.

낮에 만났을 때는, 허둥지둥하는 분위기였어도 자기 나름대로 진정하려고 자제하고 있는 것으로 보였는데… 그때 나에게서 들으려고 했던 것은 수사정보일까?

지금 대체, 베니구치 가에 무슨 일이 일어나고 있는가를 알고 싶었던 걸까… 아버지로부터 베니히바리가 누명을 쓰게 되었다는 말은 방편이었을까, 아니면 사실일까?

"뭐, 그렇다면 귀신 오빠는 정면 현관으로 접근해 줘. 희망하시는 대로 인터폰을 울리면서 말이야. 나는 베란다로 진입하겠어. 협공이라는 거지."

어안렌즈에서 보이는 나를 경계하고 베란다로 도망치려고 하는 베니쿠자쿠를, 오노노키가 붙잡겠다는 작전일까.

베니히바리의 집은 307호, 즉 3층인데… 뭐, 확실히 유녀를 목말 태우고 있는 남자가 복도에 서 있다면 고층의 베란다를 통해서라도 도망치고 싶어지겠지….

"인터폰을 누를 때 정도는 목말 태우기를 멈춰라, 내 주인님아. 나를 내려놓아라."

"핫! 그 방법이 있었나!"

"그 방법밖에 없다."

"그러면 시노부에게는, 자동차 조수석에서 기다려 달라고 하고…."

"목말이냐 자동차 조수석이냐의 이지선다밖에 없는 것이냐, 나를 내려놓을 장소는."

오노노키는 '언리미티드 룰 북'…을 사용할 것도 없이, 3층 정도의 높이라면 평소의 손아귀 힘으로 기어 올라갈 수 있을 것이니, 그 협공 자체는 심플하면서도 좋은 작전이라고 생각한다.

다만 베란다로 도망치려 하던 베니쿠자쿠가 오노노키의 '언리미티드 룰 북'으로 날아가 버리는 미래도도 그릴 수 있다.

아니, 아무리 그래도 그런 짓은 하지 않을 거라고 생각할 상황일지도 모르지만, 해 버리는 것이다, 오노노키는.

전에 비슷한 작전을 채용했을 때 그야말로 그런 전개가 되었다.

게다가 시노부를 어깨에서 내려놓은들, 낮에 카페테리아에서 얼굴을 마주했으니 말이야. 어째서 '아라라기 코요미 씨'가 집까지 쫓아왔는가 하고 경계를 사게 되어 버릴지도 모른다.

내가 아니라 시노부가 인터폰을 누르면 되는 건가? 회람판을 가지고 온 이웃집 아이라는 설정으로….

"이런 심야에 회람판을 전하러 온 금발금안의 아이라니, 너무 호러 아니냐."

말씀하시는 대로다.

여기서는 얌전히, 베니쿠자쿠가 인터폰에 응해 줄 가능성에 걸자. 그거라면 '언리미티드 룰 북'이 등장할 차례는 없다.

구실로서는, 낮에 만났을 때에 말하는 걸 잊은 '현장에 관한 중대한 사실'이 기억나서 전하러 왔다… 라는 느낌일까.

속고 있는 척을 계속하는 편이 좋을 거라고 생각한다. 자신이 명탐정이 아님은 충분히 통감하고 있으니, 갑자기 진상을 밝혀낸다거나 하는 멋진 행동은 시도하지 않을 것이다.

바보인 척을 하자.

말해 두겠는데, 그거라면 엄청 특기다.

대학생이 되었다고 해서 똑똑해질 수는 없다. 어른이 되었다고 해서 자유로워질 수는 없는 것처럼.

028

하이츠 '어레인지먼트 플라워 마나세'는(맨션이라기보다는 꽃집 같은 이름이다) 오토 록이 아니었으므로 베니구치 히바리가 빌린 307호실까지는 순조롭게 도착했다. 결국 시노부에게는 그림자 속으로 돌아가 달라고 했다.

뭐, 보통은 그렇게 한다. 바보라도.

이런 것은 망설이고 있어 봤자 소용없다고 생각해서, 나는 도착하자마자 인터폰을 눌렀다. 일단, 같은 층에 사람이 없는 것, 방범 카메라가 각 집마다 있는 것은 아님을 확인하고 나서.

그렇게 주저 없이 인터폰을 눌렀던 것은, 이것으로 혹시나 베니쿠자쿠가 베란다로 향한다고 해도 어쩌면 오노노키가 매복하기 전에 도망칠 수 있는 것 아닐까 하는 얄팍한 계산이 있었던 것일지도 모르지만.

"네~ 지금 열어요입니다~"

인터폰을 통해서가 아니라 문 바로 너머에서 그런 목소리가 들리고… 지나친 경어 말투가 들리고, 그리고 곧바로 철컥 하고 문이 열렸다.

물론, 그 목소리를 들은 시점에서 알고 있었다. 열린 문 너머에 서 있는 것은 오노노키였다.

"제대로 흉내 냈는데. 어미까지."

"제대로 흉내 내지 마. 어미까지."

베니쿠자쿠의 지나친 경어 말투에 대해서는 키타시라헤비 신사에서 공유했으니까 말이야…. 항상 반말인 오노노키의 입을 통해 들어 보니 또 다른 맛이 있었지만, 그 이전에 그것은 다른 이야기다.

어?

어째서 오노노키가?

"베란다로 돌아 들어간다고 말했잖아. 창문으로 들어가서, 이미 가볍게 실내를 물색해 본 뒤에 귀신 오빠의 인터폰에 반응했던 거야."

너무 빠르잖아.

전혀 나를 기다리지 않았다.

어쩌면 매복하기 전에, 라는 나의 약한 마음을 완전히 간파하고 있던 것일까…. 이런 심리전에서 내가 누군가에게 이길 수 있을 리가 없다.

하물며 상대는 프로인 오노노키다.

오노노키 프로다.

으음…. 요컨대 가볍게 실내를 물색했다, 물색할 수 있었다는 것은, 실내에 베니쿠자쿠짱은 없었다는 이야기인가?

부탁이니 그런 것이기를 빌며 물어보니,

"응. 입체 주차장의 비상계단과 마찬가지로, 트랜지스터 슬렌더는 이미 이 아지트에서는 철수한 모양이야."

라고 오노노키는 대답했다.

"자, 들어와. 아무것도 없지만."

"들어오라니…. 집주인도 그 여동생도 없으면 나는 들어갈 수 없어. 그 왜, 흡혈귀잖아."

"흡혈귀 설정을 갑자기 지키려 하지 마. 들키면 위험하잖아, 타인의 집 문지방 너머로 동녀와 이야기하는 모습을, 이웃 사람들에게."

"확실히 동녀와 이야기하는 모습을 들키는 것은, 시기상…."

"타인의 집 문지방 너머 쪽을 중시해 줬으면 좋겠네."

흥이 오르기 시작했나 보네, 라고 말하면서 오노노키는 나를 실내로 끌어들였다. 문을 닫고, 문을 잠근다.

내가 흥이 올랐는가를 로리에 얽힌 조크가 나오는지 어떤지로 측정당해도 곤란하지만… 젠장, 이것으로 불법침입의 공범이다.

아니, 주범인가?

지금은 주도권이 거의 오노노키에게 넘어가 있지만, 이 프로젝트가 나로 인해 시작된 것은 틀림없는 사실이다.

오노노키는 어디까지나 인형이며, 도구이며, 나는 '그 업무는 내가 이루었다'라고 말해 버리는 것이다. '그 업무'의 내용이 괴이에 홀린 여아를 산산조각 내는 것이었다고 해도.

"창문이 잠겨 있지 않았어?"

"깼어. 나중에 연애 바보의 왕에게 고쳐 달라고 해."

"……."

시노부의 물질구현화 능력을 범죄 은폐에 사용하지 말았으면 한다. 오늘 밤은 이후로 오노노키와 개별 행동을 취하지 말자고 결의했다.

"봐. 귀신 오빠."

그런 나의 속마음은 개의치 않고, 오노노키는 나를 현관문에서 거실까지 유도해서 집 안을 보여 주었다. 불을 켜지는 않았다. 두 사람 모두 밤눈이 밝고, 우리는 불법침입자다.

확실히 창문은 깨져 있었다.

'언리미티드 룰 북'을 써서 창틀째 박살 냈을 것을 각오하고 있었는데, 깨져 있는 면적은 최소한의, 자물쇠 부근 사방 수 센티미터 정도였다. 조금 안도했지만 이것은 이것대로 진짜 도둑의 수법이다.

하지만, 그 문제는 일단 제쳐 두자.

그것보다도 실내… 나를 불러들일 때, 오노노키가 말했던 '아무것도 없지만'이라는 말이 겸손이 아니었음을 알았다.

다른 사람의 집에 대해 멋대로 겸손을 논하는 것도 이상하지만… 거실은 텅 비었다고 할 정도는 아니어도, 휑뎅그렁한 느낌이었다.

압도적으로 물건이 적다.

갓 이사 왔으니까 그럴 수도 있다고 말해야 할지도 모르지만, 그러나 자신의 마음과는 상관없이 싫어했던 부모를 닮아 버린 것이라고 해석한다면, 참으로 안타까운 일이다.

다만 오노노키가 보이고 싶었던 것은 실내의 '아무것도 없음'이 아니라, 그런 거실 중앙에 벗어 던져 놓은 리쿠르트 슈트였던 모양이다. 아니, 리쿠르트 슈트가 아닌, 입학식용의 신입생 정장이다.

찢어지지는 않았다.

그냥 벗어 던져 놓았다는 느낌이다.

개어 놓기는 고사하고 정리도 하지 않은, 정말이지 부모에게 제대로 교육받지 못한 어린아이가 옷을 벗어 놓았다는 느낌인데… 예절교육이라.

"예절교육은 강요가 될 수도 있으니까, 예절교육을 받는다고 무조건 좋은 건 아니야… 라고는 해도, 그 가정이라면 말이지."

그렇게 말하는 오노노키.

이어서 나를 욕실로 데려간다.

낮에 만났을… 아니, 현실에서는 낮에 만나지도 않은, 후배의 팀메이트의 중학교 시절 선배라는 관계성일 뿐인 여자 대학생의 집 안을 이렇게 어슬렁거리다니, 유녀나 소녀나 동녀와 노는 것하고는 완전히 다른 변태성이 생겨나 버렸다.

일단 비상계단에서 보였던 추태를 반복하지 않기 위해, 상의 소매를 당겨서 장갑 대신으로 삼고 있지만….

설마 욕실에 언니의 시체가 있다든가 하는 상황은 아니겠지? 그것이야말로 호러 영화 같은 전개이지만….

각오를 하고 들여다보니, 다행히도 욕조에 알몸의 여자 대학생이 죽어 있는 일은 없었다. 그러나 이상한 물체는 있었다.

머리카락이다.

싹둑 잘린 머리카락이 욕실 안에 마구 흩어져 있었다. 원래는 비누나 샴푸를 놓기 위한 공간에, 역시 머리카락이 붙은 가위가 놓여 있었다.

이발용 가위가 아니라 문구용 가위다. 옛날에 센조가하라 히타기가 잘못된 방법으로 사용하던 그것인데, 그러나 이 자리에서도 올바른 용도로 사용되었다고는 도저히 말할 수 없을 것 같다.

흩어진 대량의 치아… 정도는 아니지만, 이것은 이것대로 이상한 광경이다. 아무것도 모르는 상태로 본다면, 범죄성이 있는 현장이라고 생각할 것이다.

그러나 괴이성이 있는 현장이라고 본다면.

낮에 만났던 베니히바리인 척한 녀석의 긴 머리. 역시나 잘린 머리카락들만으로 특정할 수 있을 정도로 나는 과학분석반은 아니지만… 뭐, 단정해도 되겠지.

베니히바리인 척한 녀석은 그 뒤에 이 맨션에 돌아와서, 슈트를 벗고 머리카락을 자른 것이다.

설령 정체가 여자아이더라도, 아무 생각도 할 수 없는 것은 아니다. 여자아이이기에 생각할 수 있다. 그 카페테리아에서의 내 반응을 보고, 자신이 결코 '어른스러운 모습'을 하고 있지 않음을 깨달은 것이겠지. 내 이야기에 맞추며 얼버무리긴 했지만 정장을 입은 것은 이상하다는 걸 깨달았다. 머리카락을 자른 것은 어쩌면 내가 쫓아올지도 모른다고 생각했으니까? 정장을 벗는 김에, 차라리 겉모습을 싹 바꿔 버리자고 생각한 것일까, 아니면 원래부터 하룻밤만에 길어진 머리카락을 다루기 힘들어서 도망치기 쉽게… 도망치기 쉽게?

어디로 도망친다는 거지?

그리고, 어째서 도망치지?

"오노노키⋯ 어라?"

어느샌가 오노노키가 욕실에서 사라져 있었다. 이 뒤에 함께 욕조에 들어가자고 생각하고 있던 것은 아니지만, 갑자기 없어지면 불안해진다.

만난 적도 없는 인물의 영역을 침범한다는 꺼림칙함이, 평소 이상으로 나를 소심하게 만들고 있었다.

"이쪽이야."

그렇게 목소리가 들린 쪽을 향하자, 거실 옆의 이 방은⋯ 서재?

"공부방 같네. 따로 침실도 있어. 즉, 베란다가 딸린 2LDK* 지. 혼자 살기에는 역시 넓어⋯ 본가에서는 두 사람이 같은 방을 썼으니까 넓은 방을 동경한 걸까, 아니면 언젠가 본가에서 그랬던 것처럼 여동생과 함께 살려고 생각하고 있었던 걸까."

지금은 그저 한산한 2LDK이지만, 이라고 오노노키는 분석한다.

나는 어떠냐면, 공부방이 있다는 것에 깜짝 놀라고 있었다. 생각이 깊은 대학생은 자기 집에 그런 공간을 만드는 건가.

뭐, 거실과 마찬가지로 물건이 많다고는 말할 수 없고, 확실히 한산한 분위기임은 부정할 수 없지만, 공부 책상과 일체화한 작은 책장에, 나와는 평생 인연이 없어 보이는 전문서적들이 채

※2LDK : 일본에서 집 구조를 설명하는 데에 쓰는 양식. 숫자는 방의 개수, LDK는 Living Dining Kitchen의 약자이다.

워져 있었다. 외국 책도 있다고요.

친구와 오스트레일리아를 여행 중이라고 했는데, 이 정도라면 통역 없이도 여행을 즐길 수 있을 것 같다. 아니, 어쩌면 그것은 관광여행이 아니라 워킹 홀리데이 같은 느낌의 여행이었던 게 아닐까?

공교롭게도, 라고 말할 수밖에 없지만… 만약 그것으로 인해 도움이 필요해서 찾아온 여동생을, 준비해 둔 집에서 맞이할 수 없었던 것이라고 한다면.

"미안하지만 오노노키, 역시나 침실에는 들어갈 수 없다고."

"그런 선 긋기는 이미 무의미하다고 생각하는데. 뭐, 그런 식으로 자신을 신사라고 생각할 수 있으면 돼. 괴도신사라고 말이지."

셜록 홈스 놀이를 할 생각이었는데, 아르센 뤼팽 놀이가 되어 버렸나.

"괜찮아, 침실도 이미 봤지만 이부자리가 깔려 있을 뿐이었어. 뭐, 잠옷이나 속옷이 조금 흩어져 있긴 했지만."

그 정보도 필요 없었네.

아니, 그렇지도 않은가. 거실에 벗어 던져 놓은 정장을 떠올리면, 의붓자매들의 공통점이 보이기 시작한다.

…하네카와는, 지금 어디서 자고 있을까?

복도에서, 는 아니라고 생각하는데….

솔직히 말하면, 함구령이 내려져 있더라도 하네카와에게 전화해서 이 건에 대해 상담할까 하는 발상이 나의 뇌리를 스치지 않았던 것은 아니다. 경험자로서, 그녀는 정확한 어드바이스를 해 주었을지도 모른다.

그러지 않더라도 하네카와라면, 히가사에게 이야기를 들은 것만으로 여아가 괴이 현상에 조우했다고 간파해 냈을까?

'우츠로이네지리'.

"그것은 아무리 그래도 과대평가라고 생각하지만… 달팽이 스타일로 말하자면, 달팽달팽과대평가라고 생각하지만."

"달팽달팽과대평가는 뭐야."

"하네카와 츠바사라도 딱히 완전무결한 건 아닐 거 아냐. 이번 케이스에 관해서는 귀신 오빠 쪽이 적임이었다고 생각해…. 실패를 알고 있으니까."

"……."

"알고 있는 것뿐인 하네카와 츠바사로는, 베니구치 자매에게도 정론을 들이밀어 버리지 않을까. 그것이야 어쨌든, 내가 보여 주고 싶었던 것은 침실의 속옷이 아니라 공부방의 이거야."

그렇게 말하며 오노노키가 보여 준 것은, 공부 책상 위에 놓여 있던 컴퓨터였다. 종이가 아닐까 싶을 정도로 얇은 노트북 컴퓨터다.

"컴퓨터가 어쨌다는 거야? 이건 베니쿠자쿠짱이 가져온 게 아니라, 이 집의 주인인 베니히바리의 물건이지?"

"어쩌면 트랜지스터 슬렌더가 컴퓨터로 다음 아지트를 찾아봤던 게 아닐까 하고, 살짝 이력을 살펴보자는 생각이 들어서 해 봤어."

철저하네⋯. 그렇구나, 도움을 청하러 온 곳에 언니가 없더라도 인터넷이 연결된 컴퓨터가 있다면⋯ 스마트폰이 없(다고 생각되)는 베니쿠자쿠짱에게는, 가장 고마운 아이템일지도 모른다.

아니, 가장 고마운 것은 의복인가.

정장이든 뭐든⋯ 침실의 상황을 듣기로는 속옷에도 부족함이 없었다고 하니⋯. 머리카락을 자르고, 지금은 어떤 모습을 하고 어디로 향하고 있을까?

"하지만 나는 내 컴퓨터를 가지고 있지 않아서 확실하게 말할 수는 없지만⋯ 이런 물건에는 암호가 걸려 있는 법 아닌가?"

"걸려 있었어. 하지만 풀었어."

"굉장하네!"

창문 유리를 깨는 감각으로 컴퓨터의 패스워드를? 고색창연한 요괴인 츠쿠모가미 같은 얼굴을 하고 있으면서, 극히 현대적인 해커잖아.

"아니, 아니. 나도 컴퓨터에는 서툴러. 말했잖아? 도구인 내가, 도구를 사용하는 것은 어려워. 다만 이번에는 전제가 있었으니까. 만일 이 컴퓨터로 도주할 곳을 검색했다고 가정한다면, 이 컴퓨터의 패스워드는 여동생이 풀 수 있을 만한 패스워드였다는 얘기잖아?"

"아아⋯ 그러면 여동생의 이름이든가, 생일이라든가?"

"아무리 그래도 그건 아니었어. 시험해 봤는데, 꽝이었어. 입력을 두 번 실수해서 앞으로 한 번만 더 패스워드 입력을 실수하면, 컴퓨터 안의 데이터가 포맷되는 시큐리티가 발동해 버려."

어마어마한 모험을 했구나.

다른 사람의 컴퓨터에 무슨 짓을 한 거야.

하지만 풀었다는 이야기는….

"혹시, 베니쿠자쿠?"

입 밖에 내고서 곧 그럴 리가 없다는 걸 깨달았다. 베니쿠자쿠라는 닉네임의 명명자는 히가사이고, 히가사는 베니히바리와 접점이 없다.

"아깝네, 귀신 오빠."

"응?"

"패스워드는 베니쇼가였어."

베니쇼가.

그것은 낮에 카페테리아에서 만났을 때, 베니히바리인 척한 녀석이 가만히 중얼거렸던 닉네임이었다. **자신의 닉네임**으로서.

029

초등학교에서 별로 좋아하지 않던 닉네임을 언니가 패스워드로 사용하고 있는 것을 여동생이 어떻게 생각하고 있었는지는 제쳐 두기로 하고… 브라우저 검색 이력을 더듬어 봐도, 유감스럽게도 그녀의 현재 위치는 알 수 없었다고 오노노키는 말했다.

"응? 즉 베니쿠자쿠짱은 결국, 컴퓨터를 사용하지 않았다는 거야?"

"아니, 사용한 흔적은 있었어. 우선 자신의 몸에 일어난 현상… 증상에 대해 알아내려고 이것저것 검색한 결과가 있었어."

아아, 그런가.

다음 아지트를 찾는 것보다는 그쪽이 먼저겠지. 하룻밤 만에 10년 분량 가까이 성장한 것을, 갑자기 '괴이 현상이다!'라고 생각하지는 않을 것이다.

생각할 리 없다.

"그러네. 하지만 그 뒤의 도주 루트 검색도 포함해서, 생각대로 되지 않았던 모양이야. 컴퓨터를 다루는 데 서툰 나라도 알수 있을 정도로, 검색에 서툴렀어."

"검색에 서툴러?"

"우선은 '성장기', '어른', '이'로 검색했었어."

그래서는 원하는 정보는 얻을 수 없겠네… '이'가 참 쓸데없다.

"다음은 '성장기', '가슴'으로 검색했었어."

"전혀 다른 정보가 튀어나왔겠지."

귀국한 언니가 깜짝 놀랄 거라고, 그런 이력이 남아 있으면.

"도주할 곳에 대해서도 '지도', '도망치는 법', '부탁드려요입니다'로 검색하고…."

그거라면 차라리 '지도'만으로 검색하는 편이 낫다.

'도망치는 법'도 필요 없지만 '부탁드려요입니다'는 뭐냐고…

정중하게 부탁하면 컴퓨터 님께서 잘 검색해 줄 거라고 생각했던 걸까?

하지만 웃어서는 안 된다.

당사자의 진지함이 절절히 전해져 오고, 또 어쩔 수 없는 면은 있다. 요즘 초등학생이라면 컴퓨터를 사용한 적이 없는 경우는 아닐지도 모르지만, 그녀의 가정환경을 생각하면 디지털 리터러시는 촬영기능조차 자유롭게 사용할 수 없는 칸바루 레벨이라고 생각해도 되겠지.

검색 자체에 익숙하지 않다면 이런 느낌이 될까…. 다만, 그런 검색 이력에서도 알 수 있는 것이 있다.

역시 베니쿠자쿠짱은 자기 몸에 일어난 변화에 당황하고 있고, 그리고 도망치려 하고 있다. 이곳에 계속 머무르는 것은 위험하다고 생각했던 것은, 역시 나에게 의심받았다고 생각했기 때문일까.

뭐, 실제로도 의심했고 말이야.

"그러네. 적어도 이것으로 귀신 오빠가 낮에 만난 '리쿠르트 슈트 씨'가 트랜지스터 슬렌더라는 사실은 확정했어. 리쿠르트 슈트는 아니었지만… 그러고 보니 '어른', '패션'이라는 검색 이력도 있었지. 그것으로 정장 차림의 여자라는 약간 빗나간 결론에 도달해 버린 거야. 그밖에도 '누군가 구해 줘', '하느님 구해주세요', '누구라도 좋으니 구해 주세요'라든가. 여러 가지 소득 없는 검색을 반복하고 있었어. 아마도 두 시간 정도, 계속 검색하지 않았을까."

오노노키는 그렇게 말을 이었다.

"하지만 이 정도의 검색 스킬로, 트랜지스터 슬렌더는 어떻게 귀신 오빠에 대해 알았던 걸까? 파이브 서클을 역으로 거슬러 올라갔다는, 귀신 오빠가 추측한 루트는 사용할 수 없는 거잖아? 미토농에게 물어본 것도 아닐 테고."

미토농이 퍼지며 보급되어 가고 있다.

실제로는 히가사조차 정말로 그렇게 부르고 있는지 어떤지 수상한 닉네임이지만… 그러네, 확실히 내가 베니구치 히바리에 대해 알게 된 것처럼 베니구치 히바리 쪽도 나에 대해 알 수 있겠지만, 그렇지만 베니쿠자쿠짱에게는 불가능하다.

그런 식으로 언니로 변장할 수 있었던 것은 어디까지나 나와 베니히바리에게 면식이 없었기 때문이며, 미토농에게 전화를 하면 역시나 들키…….

"오노노키, 검색 이력 말고 메일 이력은 봤어?"

"어? 아니, 아직인데. 역시나 그런 사생활 영역에는 손댈 수 없어."

창문도 패스워드도 돌파해 놓고, 이 아이는 새삼스럽게 무슨 소릴 하는 거지….

"아마도 메일로 미토농과 대화를 했던 게 아닐까…. 아버지와 대화를 했다는 것도 아마도… 오스트레일리아에 있는 언니가 아버지와 나눈 대화를, 이 컴퓨터로 본 게 아닐까?"

언니가 아버지로부터 의심을 받고 있다는 사실은 그것을 통해 알았다. 자신이 어지럽히고 온 층계참의 제1발견자가 누구인지도.

유괴사건이 되어 버렸다는 것도.

"저기…. 나도 잘 모르지만… 그 왜, 메일을 주고받은 것도, 컴퓨터와 스마트폰을 동기화할 수 있잖아?"

지금 우리 팀에 있으면 좋겠다고 절실히 생각하는 것은, 하네카와 츠바사가 아니라 IT팀일지도 모른다. 컴퓨터에 서툰 두 사람이 어떻게든 지혜를 짜내고 있는 현 상황은, 이 방면에 능숙한 사람이 옆에서 듣기만 해도 실소가 나올 상황일 것이다.

SNS로 미토농과 물 흐르듯이 티격태격하고 있던 히가사에게는 결코 알려지지 않았으면 하는 참상, 초등학생 급의 디지털 리터러시다. 하지만 그것은 뒤집어 말하면, 초등학생이라도 내가 떠올릴 정도의 행동은 가능하다는 의미이기도 하다.

"오케이, 확인해 볼게. 귀신 오빠, 잠깐 뒤를 돌아보고 있어 줄래? 여자 대학생의 대화 내력을 귀신 오빠에게 보일 수는 없으니까."

"갑자기 윤리관을 발휘하기 시작했는데, 네가 보는 건 괜찮은 거야?"

"나는 인형이라, AI 같은 것이니까. 바이러스 대책 소프트웨어가 메일 박스를 분석하는 것과 마찬가지라고 생각해."

네, 알겠습니다요.

시키는 대로 뒤를 돌아보면서, 나는 머릿속을 정리한다.

어째서 나를 만나러 대학까지 왔는가.

상당히 리스크가 높은 행동이었을 텐데(실제로 그로 인해 정체가 탄로 났다) 위험을 감수하면서까지 나에게 '발견 당시의 상황'을 물어보려고 한 이유는, 언니가 유괴범으로 의심받고 있다고 생각했기 때문에?

아아⋯. 그러니까, 그래서 도망친 건가, 이 맨션에서.

배경은 전혀 다르다고 해도 요점만을 잘라 놓고 보면, 분명 현재 상황은 행방불명된 여아가 혼자 살고 있는 의붓언니의 자택에 몸을 숨기고 있는 것이니까. 유괴된 것이 아니라 도움을 청하러 달려왔다고 해도, 이곳에 계속 있으면 언니에게 폐가 될거라고 생각해도 이상하지는 않다.

걱정을 끼치는 것도 모자라 폐까지 끼치게 되는 것이 괴로워서, 여동생은 이 '은신처'를 버렸다. 만약 이 상상이 맞는다고 한다면, 솔직히 베니쿠자쿠짱의 자승자박도 이만한 게 없겠지만, 그러나 히스테리를 일으킨 끝에 체육창고에 틀어박혔던 경험을 지닌 나로서는, 주위가 보이지 않게 되어 버리는 심경을 잘 이해할 수 있다.

시야는 넓히려고 마음먹는다고 넓혀지는 것이 아니다. 스스로는 냉정하게 잘 행동하고 있다고 생각하고 있는데도 어느샌가 빼도 박도 할 수 없는 상황에 몰리게 되는 경우도 왕왕 있다.

이 방에서 컴퓨터를 마주하고 있던 베니쿠자쿠짱에게, 만약 가능한 어드바이스가 있다고 한다면⋯ '그냥 언니에게 사실을 전부 말해 버리는 편이 낫다'이지만, 그것이야말로 '나는 하지 못했던 일'이다.

그러기는커녕, 나는 지금까지 가족에게도 괴이에 얽힌 일은 이야기하지 않았다. 괴이에 얽힌 일을 이야기할 수 있는 건 괴이에 관련되어 알게 된 녀석들뿐이다.

내가 베니쿠자쿠짱에게 그런 상대가 될 수 있으면 좋았겠지만, 낮에 만났을 때 알아차려 줄 수는 없었다. 그것이 정말이지 분하다.

히가사에게 사진을 받지 않았어도, 힌트는 그 시점에서 어느 정도 모여 있었는데 말이야. '누군가 구해 줘', '하느님 구해 주세요', '누구라도 좋으니 구해 주세요'란 말이지.

어떤 검색 결과가 나왔을까?

그것으로 카이키 같은 고스트 버스터와 연결되어 버렸다면, 수렁에 빠지는 것에도 정도가 있는데….

"조사해 봤는데, 언니로 변장한 트랜지스터 슬렌더와 미토농과의 대화 같은 건 없네."

등 뒤에서 그런 오노노키의 조사보고… 메일을 사용한 것이 아닐까 하는 예측은, 빗나갔나?

"아니, 귀신 오빠의 추리는 빙고였어. 지금 한 말은 변장한 동생이 아니라 **언니 본인**이 미토농과 그런 대화를 했던 것 같다는 의미였어. SNS ID를 알고 있을 정도의 사이는 아니었는지 메일로 '제1발견자'인 '아라라기 코요미'라는 사람에 대해 묻고 있어."

어이쿠.

자신의 이름이 모르는 곳에서 나오니 괜히 두근두근하네…. 하지만, 그런 것이었나.

"그래서, 이력을 좀 더 거슬러 올라가 보니 언니와 아버지가 나눈 대화가… 엄청 꼬여 있네. 하긴, 작가의 왕복서간 같은 것도 그렇겠지만 활자로 다투게 되면 이야기가 뒤죽박죽이 되기 마련이지."

히가사와 미토농도 다퉜지.

아니, 그건 전화로 이야기해도 다퉜겠지만… 그리고 국제전화는 비싸다는 리얼리스틱한 문제도 있거니와, 전화통화로 직접 이야기할 수 없을 정도로 베니히바리와 부모님의 관계는 악화되어 있었다는 증거이기도 한가.

그 결과, 전해지지 않아도 좋을 정보가 불행히도 베니쿠자쿠짱에게 전해지고 말았다. 뭐, 멋대로 언니의 노트북을 본 여동생을 나무라는 것도, 이 경우에는 가혹한 일이다.

둘러보기로는 물건이 부족한 이 2LDK에는 고정형 전화는 설치되어 있지 않은 모양이니, 어쩌면 원래는 노트북을 이용해 누군가에게 도움을 청하려고 했는지도 모른다. 그리고 검색과 마찬가지로, 실패했다.

실패는 고사하고 쓸데없는 정보를 머릿속에 넣어 버리고 말았다. 정보화 사회의 폐해라고도 할 수 있겠지만, 자신뿐만이 아니라 자기가 찾아온 곳의 언니에 대해서까지 생각해야만 하게 되었다.

그것은 생각해서는 안 되는 것이었는데….

"폐해인가. 뭐, 'Pay해!'라며 넘길 수는 없는 문제겠지."

"이 상황에서도 용케 말장난을 할 생각을 하는구나."

"그러면 장난치지 않고 진지하게. 트랜지스터 슬렌더가 귀신 오빠를 만나러 간 경위, 즉 과거의 사건은 알았지만 현재와 미래에 대한 힌트는 역시 이 컴퓨터 안에는 없어 보여."

그렇게 말하며 오노노키는 노트북 컴퓨터를 닫았다. 전원을 끄고 접이식 커버도 원래대로 덮었다.

"힌트가 없었다면, 없는 대로 생각할 수밖에 없겠지. …요컨대 지금 베니쿠자쿠짱은 정처 없이 한밤중의 마을을 헤매고 있다는 소리잖아? 도주할 곳을 조사하고 있었다는 얘기는, 스스로는 그럴싸한 곳이 짚이지 않았다는 뜻이고…."

좋은 정보라고는 할 수 없다.

정처 없이 밤의 마을을 헤맨다는 구절에, 흥이 오를 만한 부분은 하나도 없다. 이것이 노래라면 참으로 침울한 발라드다.

하지만 완전히 교구 에어리어 밖에서, 즉 지리감각이 없는 이 주택가가 아닌 학생가에서, 그것도 짚이는 곳이 없게 되면 도달하는 곳은 전형적인 은신처가 되지 않을까?

노래방이라든가, 만화 카페라든가, 캡슐 호텔이라든가. 지금의 그녀는 약간의 돈은 가지고 있을 테고… 대학에 숨어들었던 점으로 봐도, 인터넷 리터러시는 낮더라도 행동력은 있는 듯하고.

"적어도 열여덟 살 정도의 외모가 되었다면, 보기에 따라서는 대학 4학년으로도 보일 정도였으니 어젯밤에 생각해야만 했던 틈새공간을 수색 범위에서 제외해도 괜찮을 거야."

"하지만 발상은 초등학교 5학년의 유연함을 가지고 있을 거

아냐? 의외로 도랑 같은 곳에서 자고 있을지도?"

"으~음…."

별로 상상하고 싶지 않은 모습이지만, 뭐, 그럴 수 있을까…. 노래방이나 만화 카페나 캡슐 호텔, 혹은 24시간 영업하는 패밀리 레스토랑이나 볼링장이 '전형적인 은신처'라는 것을 초등학교 5학년이 알고 있는가 하면, 조금 의심스럽기도 하다.

"게다가 돈을 가지고 있다면 멀리 가는 것도 가능하잖아? 이 부근에 있다고 단정할 수는 없지 않을까? 아주 값싼 항공권으로, 언니가 있는 오스트레일리아로 건너갔을지도."

"여권이 없으면 그건 불가능하겠지…."

"모르는 일이야. 밀항했을지도."

밀항은 현실적이지 않지만… 그러니까 오스트레일리아는 현실적이지 않더라도, 이 지역에서 벗어났을 가능성은 꽤 높아 보이네.

도주자금이 어느 정도 있는가에도 달렸지만, 언니에게 폐를 끼치고 싶지 않다면 이 맨션으로부터 되도록 멀어지는 편이 좋다고 생각하려나… 그런 생각을 하면서, 증거은폐를 위해 느긋하게 거실이나 욕실을 정리해도 괜찮았을 텐데… 그래 줬더라면 우리가 늦지 않게 왔을지도 모르는데.

구할 수 있었을지도 모르는데.

그녀가 지금 무엇을 바라고 있다고 해도. 어른인 채로 있고 싶다고 해도, 어린이로 돌아가고 싶지 않다고 해도.

젠장, 이렇게 되면 도움을 받고 싶은 것은 이쪽이다. 팔방이

막힌 것이다. 이제 와서 가엔 씨에게 부탁해도 움직여 줄 거라고만은 할 수 없고….

누군가 구해 줘. 하느님 구해 주세요. 누구라도 좋으니 구해 주세요.

…신?

"저기, 오노노키. 신사일 가능성은 없을까?"

"신사?"

"신사라면, 어린아이도 알고 있잖아. 축제 같은 것이 열리고… 그리고 곤란한 때에 신에게 의지한다는 말도 있잖아? 새전이 될 돈 정도는 가지고 있을 거야."

"나쁜 생각은 아니지만, 하지만 신사라고 해도 많이 있잖아. 좁힐 수 있다고는 말할 수 없어. 그야말로 우리도 방금 전까지… 아."

"맞아. 인터넷 검색으로는 나오지 않을지도 모르지만, 우리가 조금 전까지 있었던 그 신사는… 미아의 신을 모시는, 세상에서 보기 드문 신사잖아."

집에 돌아가고 싶지 않다고 비는 미아만이 만날 수 있는, 달팽이를 모신 신사, 키타시라헤비 신사.

새로운 신.

"한밤중의 마을을 정처 없이 헤매다 보면… 가출소녀가 도착하는 곳은, 하치쿠지 마요이가 아닐까?"

여기에 와서 수사는 출발점으로 돌아간다.

나선을 그리듯이, 소용돌이친다.

030

저는 그것을 계속 당연하다고 생각하고 있었어요입니다.

집에 물건이 없는 것은 '가난'하기 때문이라고 생각하고 있었어요입니다. 그래서 언젠가 제가 어른이 되면 돈을 많이 벌어서, 어머니를 편하게 해 드리고 싶다고 생각하고 있었어요입니다. 저를 키우기 위해 고생을 많이 하는 어머니에게, 장래에 은혜를 갚는 것이 저의 꿈이었어요입니다.

하지만 잘못된 생각이었어요입니다.

우리 집에 없는 것은 돈이 아니라 애정이었어요입니다. 어머니는 저를 키우기 위해 고생 같은 건 하지 않았어요입니다. 집 밖에서 어머니는 맛있는 것을 많이 먹고, 즐거운 일을 많이 하고, 많은 친구들과 매일처럼 놀고 있었어요입니다.

항상 귀가가 늦었던 것은 야근을 하고 있었기 때문이 아니라 '코스 요리'를 먹고 있었기 때문이었고, 귀가하지 않는 날도 있었던 것은 밤에 다른 일을 하고 있었기 때문이 아니라, 술을 엄청 많이 먹었기 때문이었어요입니다.

어머니는 피곤할 때는 호텔에서 자고 있었다고 해요입니다. 집이 아니라, 호텔에서. 집은 어머니에게 쉬는 장소가 아니었던 거예요입니다.

많은 물건이 있으면 '집착심'이 생겨 버린다고, 저는 배웠어요입니다.

요즘 **세상**은 정말로 글러먹었단다.

그 왜, 텔레비전을 보면 알 수 있잖니?

아, 없으니까 볼 수 없나.

다들 휴대전화를 손에서 떼지 않고 있단다. 그런 것을 집착이라고 해. 휴대전화를 가지고 있지 않으면 얼마나 자유로울까 하는 생각이 들지 않니?

생각하지 않아? 그러네, 가지고 있지 않은걸.

그것이 자유라는 것이란다.

나는 쿠자쿠짱을 속박하고 싶지 않아.

전철이라는 탈것 안에서는, 다들 계속 휴대전화를 만지작거리고 있어. 아주 이상한 광경이야. 책을 읽는 사람은 이제 한 명도 남지 않게 되어 버렸어. 어? 책을 읽는 것은 집착이 아니냐고?

어른 말에 말대답하는 거 아니란다.

어머니는 슬프구나.

제가 옷을 두 벌밖에 가지고 있지 않은 것도, 저를 자유롭게 하기 위해서라고 해요입니다. 로테이션을 짜기 쉬우니 어쩔 수 없다고 했어요입니다. 잠옷은 가지고 있지 않아서 잘 때는 알몸이 되었어요입니다. 그것이 제일가는 자유라고 해요입니다.

연필은 한 자루. 지우개는 연필 뒤에 달려 있는 조그마한 것. 노트는 모든 수업에 같은 것을 사용했어요입니다. 신발도 양말도, 어머니는 같은 것을 쓰게 해 주려고 했어요입니다만, 그것은 선생님이 말렸어요입니다.

그 선생님은 불쌍한 사람이란다, 구태의연한 상식에 속박되어 버렸어. 그런 부자유한 어른이 되어서는 안 된단다.

라고 했어요입니다.

그러면 자유로운 저는 어떤 어른이 되는 거죠입니까?

물건에 집착하지 않는 어머니는, 번 돈을 다 쓰기 위해서 열심이었는지도 몰라요입니다.

하지만 집은 텅 비어 있었어요입니다.

집의 욕실에 놓여 있던 것은 비누 하나뿐이었어요입니다. 그것으로 머리카락도 뻣뻣해질 때까지 감아요입니다. 샴푸라는 물건을, 저는 3학년이 될 때까지 몰랐어요입니다. 린스란 것은 지금도 모르는 물건이나 다름없고요입니다. 린스와 컨디셔너는 어떻게 다른 건가요입니까?

늘 뻣뻣한 긴 머리카락은 항상 어머니가 가위로 잘라 주셨어요입니다. 조금 전에 우체통에 들어 있던 편지를 잘랐던 가위로, 1분 만에 잘라 주셨어요입니다.

칫솔은 없었어요입니다. 맹물로 10분간 가글하면 된다고, 책에 적혀 있었다고 해요입니다. 하지만 충치가 생겼어요입니다. 아주 아팠지만 저의 이는 유치라서, 치료하지 않아도 괜찮다고 어머니는 알려 주셨어요입니다.

치과는 아프니까 싫지? 어머니는 네가 싫어하는 걸 하기를 바라지 않아.

이는 내버려 두었더니 아프지 않게 되었어요입니다. 하지만 뭔가가 계속 아프다는 기분이 들었어요입니다.

저는 그것을 계속 당연하다고 생각하고 있었던 거예요입니다.

031

그것은 당연한 일이 아니라고 알려 준 사람은 히바리 언니였
어요입니다.

우리 아버지도 당연하지 않고, 그러니까 쿠자쿠짱의 당연하지
않은 어머니와 재혼한 거야. 우리 집은… 우리들의 집은 이제
틀렸어. 우리들은 빨리 어른이 되어서, 이 집에서 나가야만 해.

얼른 어른이 되어서.

집에서 나간다.

히바리 언니는 그렇게 되뇌고 있었어요입니다. 그것이 마치
주문 같은 것처럼, 마음에서 우러나온 주문처럼.

하지만 히바리 언니가 알려 주지 않아도, 사실은 저도 마음속
어딘가에서 깨닫고 있었다고 생각해요입니다.

어머니가 집착하지 않는 것은, 물건이 아니라 자기 집이고,
그리고 딸인 저였어요입니다.

얼음이 녹아서 없어지듯.

내버려 두면, 자기 딸도 온데간데없이 사라지는 것이 아닐까
하고, 어머니는 생각하고 있던 거예요입니다.

새롭게 생긴 아버지는 자신을 아버지라고 부르는 건 좋지 않
다고 저한테 가르쳐 주었어요입니다.

너의 아버지는 이 세상에서 단 한 명뿐이란다. 그 사람에 대해서 잊어서는 안 돼. 진짜 아버지를 소중히 하렴. 새로운 아버지는 가지려고 하지 않아도 괜찮아. 나는 함께 살고 있는 아저씨라고 생각해 다오.

진짜 아버지가 누구인지 저는 몰랐어요입니다. 어머니가 알려 주지 않았어요입니다.

딸에게 그런 질문을 받다니 나는 정말 불쌍한 어머니야, 라며 울어 버렸어요입니다.

그래서 진짜 아버지라는 말을 들어도, 저는 대체 무슨 말을 듣고 있는지 알 수 없었어요입니다. 확실한 것은, 이 사람은 저의 아버지가 되어 주지 않으리라는 것이었어요입니다.

함께 살고 있는 아저씨였어요입니다.

하지만 히바리 언니는, 저의 언니가 되어 주었어요입니다.

저의 언니.

잠옷을 주고, 지우개를 주고, 샴푸를 알려 주고, 빗이라는 물건으로 머리를 빗겨 주고, 치과에 데려가 주었어요입니다. 봉제 인형을 사 준 적도 있었지만, 그것은 어머니에게 들켜서 버려지고 말았어요입니다.

그 일 이후, 어머니와 함께 살고 있는 아저씨 앞에서는 히바리 언니와는 사이가 나쁜 척을 했어요입니다. 어른에게 거짓말을 한다는 것은, 어쩐지 어른이 된 것 같아서, 가슴이 두근두근했어요입니다.

히바리 언니는 공부를 가르쳐 주었어요입니다. 그때까지는 시험 같은 형식에 갇혀 버리면 안 된다, 자유로운 발상을 길러야만 한다며 우리 집에서는 공부가 금지되어 있었어요입니다만, 히바리 언니의 말로는, 그것은 저에게서 혼자 살아갈 수 있는 힘을 빼앗으려 하기 때문이라고 해요입니다. 공부는 싫어했어요입니다. 하지만 히바리 언니에게 배우는 것은 좋았어요입니다.

어머니가 함께 살고 있는 아저씨와 결혼한 것은(결혼은 집착이라고 계속 말하고 있었으면서), 함께 사는 아저씨가 부자였기 때문이었어요입니다(함께 살고 있는 아저씨가 어머니와 결혼한 것은, 어머니가 미인이었기 때문이었어요입니다. 잊고 있었네요입니다, 우리 어머니는 아주 아름다워요입니다).

하지만 돈이 늘어나도 우리 집에 물건은 전혀 늘어나지 않았고, 어머니는 더더욱 집에 돌아오지 않게 되었어요입니다. 함께 살고 있는 아저씨도, 함께 살고 있다는 느낌은 아니었어요입니다. 가끔씩 자러 오는 아저씨였어요입니다. '가족'이라고 부르는 업무 동료와 함께 돌아와서, 거실에서 술을 마셨던 적이 있었어요입니다. 그동안, 저와 히바리 언니는 집 밖으로 쫓겨나 있었어요입니다.

저의 뒷바라지는 히바리 언니가 해 주었어요입니다. 그래서 저는 어머니와 달리, 스스로를 불쌍하다고 생각한 적은 없었어요입니다. 그러기는커녕, 저는 스스로가 아주 행복하다고 생각하고 있었어요입니다. 히바리 언니와 함께, 서바이벌 생활을 하고 있는 것 같아서, 아주 즐거웠어요입니다.

하지만.

저는 그것을 당연하다고는 생각할 수 없었어요입니다. 이런 나날은 언젠가 끝날 거라는 걸 알고 있었어요입니다.

032

히바리 언니가 열여덟 살이 되고, 고등학교를 졸업하고, 집에서 나갔어요입니다. 히바리 언니는 대학생이 되었어요입니다.

생각했던 대로 되었어요입니다.

집착하면 안 돼. 포기해야만 해. 왜냐하면 소중히 하면 소중히 할수록, 이별이 괴로워지는 법이란다, 쿠자쿠짱. 어떻게 되든 상관없다고 생각해야만 해. 어른이 되렴.

결국 어머니가 했던 말이 옳았던 걸까요입니까. 히바리 언니와 헤어지는 것은 몸이 찢어지는 것처럼 괴로웠어요입니다. 피가 나지 않는 것이 이상할 정도였어요입니다.

미안해. 언니는, 배신자네.

너를 홀로 남겨 두고 떠나게 되다니… 이럴 생각이 아니었는데. 나는 저런 아버지로부터 벗어나고 싶어서, 그저 그 마음뿐이었는데. 그 마음 하나만으로 참아 왔는데… 이렇게 되다니.

사실은 같이 가고 싶지만, 정말로 함께 가고 싶지만, 그렇게하면 범죄가 되어 버린대. 유괴가 된대. 언니는, 의붓언니니까.

우리 언니는 진짜 언니라고 생각해요입니다.

너도 얼른 어른이 되어서, 이 집에서 나갈 수 있으면 좋겠네.

난처해졌을 때는 언제라도 연락하렴. 예비 열쇠를 줄 테니까. 자매만의 비밀이야, 베니쇼가.

베니쇼가라고 불리는 것은 좋아하지 않았어요입니다(초등학교에서 불린 별명을 언니에게 들킨 것은 일생의 실수였어요입니다. 자기도 지금은 베니구치이면서). 그렇지만 히바리 언니와의 비밀이 생긴 건 정말 좋았어요입니다. 저는 그 열쇠에 언니의 주소를 테이프로 붙이고, 항상 가지고 다녔어요입니다. 아주 아주 집착했어요입니다. 욕실에 들어갈 때도 가지고 들어갈 정도로 집착했어요입니다.

저는 스스로를 불쌍하다고는 생각하지 않았어요입니다. 하지만 히바리 언니는 불쌍하다고 생각했어요입니다.

저라는 여동생이 생겨 버린 탓에, 히바리 언니는 '열여덟 살이 되면 집을 떠난다'라는 목표를, 그렇게 열심히 노력해서 달성했는데도 기뻐할 수 없게 되고 말았으니까요입니다.

제가 히바리 언니에게 집착한 것 때문에 이별이 괴로워진 것처럼, 히바리 언니는 저에게 집착한 것 때문에 즐거웠을 자취생활이 전혀 즐겁지 않게 되어 버렸으니까요입니다.

집착은 해로운 것일까요입니까?

어머니는 정의일까요입니까?

그리고 저의 생활은 당연히 예전의 모습으로 돌아갔어요입니다.

집은 텅 비게 되었어요입니다.

돌봐 주던 히바리 언니가 없어져서, 저를 돌보는 것은 스스로 해야만 하게 되었어요입니다.

목숨 같은 건 소중히 하지 않아도 돼, 쿠자쿠짱. 그런 것에 집착하니까 사람이 옹졸해지는 거란다. 자기 자신을 소중히 하지 않아도 돼. 어머니는 네가 너답게 살기를 원해, 그리고 너답게 죽기를 원해. 죽고 싶어지면 언제라도 죽으면 된단다.

그런 말을 가끔씩 집에 돌아오는 어머니에게, 그리고 함께 살고 있는(하지만 살지 않는) 아저씨에게도 듣는 매일로 돌아왔어요입니다.

죽고 싶어지면, 언제라도 죽어도 되는구나.

그렇게 생각하니 아주 편해진 기분이 들었어요입니다. 하지만 완전히 끝장이라는 기분도 들었어요입니다.

그런 당연한 일상에, 마음이 익숙해지기 시작할 무렵이었어요입니다. 어쩌면 마음이 시들어 가던 무렵이었는지도 모르겠지만요입니다만.

어느 날의 하굣길.

제가 달팽이와 조우했던 것은.

그날은 비가 내렸어요입니다. 언니가 사 준 저의 우산은 어머니가 버려 버려서, 저는 비에 푹 젖으면서도 되도록 비를 덜 맞도록 처마 밑을 골라 가며 집으로 돌아오려고 하고 있었어요입니다.

신발이 젖으면 기분이 찝찝하므로, 비 오는 날은 신발을 비닐봉지로 싸서 가방에 넣고, 맨발로 돌아가기로 정해 두었어요입니다.

빗속에서는 뛰는 편이 젖지 않을까, 걷는 편이 젖지 않을까, 라는 퀴즈가 있다고 합니다만, 저는 뛰지 않았어요입니다. 평소처럼 천천히 돌아왔어요입니다.

학교에서 집까지.

세 시간에 걸쳐, 걸어서 돌아와요입니다.

그냥 걸으면 15분 정도면 돌아올 수 있는 거리이지만, 히바리 언니와 헤어진 이래로 저는 1초라도, 0.1초라도 집에 돌아오는 시간을 늦추고 싶어서, 천천히, 천천히 걸어요입니다. 등교할 때는 오히려 뛰는 걸음이 되지만요입니다.

이런 느릿느릿 걷는 '기술'을 발명한 것은 분명 제가 처음일 거라고, 가슴이 두근거렸어요입니다. 천천히, 천천히, 걸어요입니다.

네, 그것은.

달팽이처럼… 저는.

천천히, 천천히, 한 걸음씩, 집으로 돌아가려고… 집에 돌아가고 싶지 않아서, 아스팔트 길의 옴폭 파인 곳에 고인 작은 물웅덩이를, 어차피 이미 푹 젖었으니 피할 것도 없다며 맨발로 밟았을 때, 으직, 하는 물소리가 아닌 소리와 함께 수면이 아닌 감촉이 느껴졌어요입니다.

그리고 뭔가에 찔렸다고 느껴지는 아픔도 있었어요입니다. 물웅덩이 속에 유리조각이라도 떨어져 있었나, 하고 초조해졌어요입니다. 다쳐도, 병에 걸려도, 이제는 병원에 데려다줄 히바리 언니는 없으니까요입니다.

유리조각은 아니었어요입니다.

찔린 것은, 조개껍데기 같은 것이었어요입니다.

조개껍데기. 껍데기.

아뇨, 껍데기는 껍데기여도 텅 비어 있지는 않았어요입니다.
왜냐하면 그 조개껍데기처럼 생긴 것은 속이 차 있는, 달팽이였
으니까요입니다.

천천히 걷던 저는, 물웅덩이 속의 달팽이를 밟아 으깨 버렸던
거예요입니다.

033

처음에 앞니가 빠졌어요입니다. 툭, 하고. 위쪽 앞니의 오른
쪽에서 두 번째 이였다고 생각해요입니다. 제가 봐서 오른쪽인
데요입니다만, 하지만 바로 위쪽의 왼쪽에서 두 번째 이도 빠졌
으니, 똑같은 일인지도 몰라요입니다.

처음에는 기뻤어요입니다. 어머니는 유치는 빠져도 새로 나
니까 충치가 생겨도 치료하지 않아도 된다고 말씀하셨지만입니
다만, 저의 이는 그때까지 하나도 빠진 적이 없었어요입니다. 5
학년이 되어서도 이가 빠지고 새로 난 적이 한 번도 없는 사람
은 저뿐이었어요입니다. 보건 선생님은 '희귀하게' 유치가 빠지
지 않는 사람도 있지만, 괜찮을 거라고 말해 주셨어요입니다.

하지만 히바리 언니는 걱정스러워 보였어요입니다. 분명히 영

양이 부족한 거라고 말했었어요입니다. 그런 히바리 언니를 보며 저는, 이대로는 어른이 될 수 없는 게 아닐까 하고 불안해졌으니까요입니다.

그랬기 때문에 이가 빠져서 기뻤어요입니다. 달팽이를 밟아 버린 것의 쇼크 때문에 빠진 것일까 하고 생각했어요입니다. 불쌍하다는 마음과, 기분 나쁘다는 마음이 반반이었어요입니다.

하지만 금방 그 두 가지 마음이 전부 날아갔어요입니다. 남아 있는 다른 앞니뿐만 아니라 다른 이도 툭툭 빠져서, 물웅덩이로 풍당풍당 떨어졌기 때문이에요입니다. 저는 몹시 당황해서, 곧바로 떨어진 이를 긁어모아 원래대로 집어넣으려고 했어요입니다. 하지만 원래대로 돌아가지는 않았고, 곧 어느 이가 어디에 있던 이였는지 알 수 없게 되어버렸어요입니다.

무서워져 버렸어요입니다.

달팽이를 밟아 버려서 천벌이 떨어진 것이라고 생각했어요입니다. 잇몸은 아프지 않았지만입니다만, 온몸이 지끈지끈 아프기 시작했어요입니다.

지금 생각하면 그것은 같은 반 아이들이 말하던 '성장통'이었다고 생각해요입니다. 하지만 그때의 저는 천벌이라고 생각했어요입니다.

온몸을 계속 얻어맞는 것 같은, 가만히 있을 수 없는 아픔에, 저는 뛰기 시작했어요입니다. 조금 전까지는 얼마나 천천히 걸을 수 있을까에 도전하고 있었는데, 빗속을, 어찌할 바도 모른 채로, 뛰기 시작해 버렸어요입니다.

하지만, 뛰어도 편해지지는 않았어요입니다. 너무 아파서, 참을 수 없었어요입니다.

죽는 편이 낫다고 생각했어요입니다.

죽고 싶다, 라고 생각했어요입니다.

그래서 저는 높은 장소를 찾았어요입니다. 높은 곳에서 뛰어내리면 죽을 수 있다고 해요입니다. 어머니가 그렇게 알려 주었어요입니다.

죽고 싶어지면, 죽으면 된단다.

곧바로 학교 건물이 떠올랐지만, 학교하고 반대 방향으로 뛰어와 버렸어요입니다. 왔던 길을 지금부터 다시 돌아가다니, 말도 안 된다고 생각했어요입니다. 뚜둑뚜둑 하는 소리가 들려왔어요입니다.

나중에 생각해 보면, 그것은 옷이 찢어지는 소리였던 것 같아요입니다. 가방의 어깨끈이, 살을 파고들고 있던 소리였는지도 몰라요입니다.

주차장이 보였어요입니다. 2층으로 된 입체 주차장이에요입니다. 뛰어내려서 죽을 수 있을지 어떨지는 미묘한 높이였지만입니다만, 과감하게 도전해 보기로 결심했어요입니다.

견딜 수 없는 아픔에, 도저히 엘리베이터를 기다릴 수 없었던 저는, 비상계단을 빠른 속도로 뛰어 올라갔어요입니다.

옥상에서 뛰어내리면 편해질 수 있다. 안쪽과 바깥쪽에서, 동시에 죄어드는 듯한 이 아픔으로부터 자유로워질 수 있다.

해방될 수 있다. 목숨을 버리면.

하지만 힘이 바닥나고 말았어요입니다. 저는 옥상까지 얼마 남지 않은 곳에서 쓰러지고 말았어요입니다. 살을 파고 들어오는 가방을, 몸을 뒤틀어… 온몸을 마구 비틀면서 어떻게든 내려놓는 것이 고작이었어요입니다. 주워 모았던 이도, 이때 전부 바닥에 떨어뜨리고 말았어요입니다.

눈앞이 새까맣게 되었어요입니다.

기절한 줄로만 알았는데요입니다만, 그것은 정신이 들고 보니 1미터 정도로 길어진 앞머리가, 쓰러졌을 때에 저의 얼굴을 덮고 있기 때문이었어요입니다.

034

어느샌가, 저는 어른이 되어 있었어요입니다. 빨리 어른이 되라는 말을 계속 들어 왔던 제가, 빨리 어른이 되고 싶다고 생각하던 제가, 정말로 어른이 되어 있었어요입니다.

처음에는 타임슬립한 것이 아닐까 하고 생각했어요입니다. 저는 10년 정도, 이 계단에서 계속 자고 있었던 것이 아닐까 하고 생각했어요입니다. 하지만 점점, 어젯밤의 일이 기억나기 시작했어요입니다.

온몸의 아픔은 이미 사라져 있었어요입니다.

입안에는 이가 다시 나 있었어요입니다. 원래는 나지 않았던 안쪽 구석에도 오른쪽 위, 오른쪽 아래, 왼쪽 위, 왼쪽 아래에,

이가 하나씩 나 있었어요입니다.

　이것이 소문으로 듣던, 사랑니라는 걸까요입니까.

　거울을 가지고 있지 않아서, 가방의 잠금쇠에 반사시켜서 제 얼굴을 확인했어요입니다. 어른이었어요입니다. 딱 히바리 언니와 같은 나이 정도의.

　머리가 무거워서 머리카락이 엄청 길어진 것을 뒤늦게 깨닫거나, 그것 말고는 가슴 쪽이 무거워서 이게 뭔가 하고… 그 밖에도 몸이 여러 가지로 변해 있었어요입니다.

　학교에서, 여자애들만 받는 수업에 대해 떠올렸어요입니다. 유치조차 빠지지 않았던 저와는 관계없는 일이라고 생각하고 있었는데입니다만, 그러기는커녕, 저는 반의 모든 아이를, 단숨에 앞질러 버렸던 것이었어요입니다.

　히바리 언니와 같은, 열여덟 살의 어른.

　집을 나갈 수 있는 저였어요입니다.

　이건 분명 하느님이 소원을 들어주신 거라고 생각했어요입니다. 제가 짓밟았다고 생각했던 그 달팽이는, 하느님이었는지도 몰라요입니다.

　짓밟아서, 천벌을 받았다고 생각했는데입니다만… 하지만, 어째서인지 상을 주신 모양인 듯해요입니다.

　신이 생각하는 것은 알 수 없어요입니다.

　이것으로 집을 나갈 수 있다.

　히바리 언니가 있는 곳에 갈 수 있다.

　다시 히바리 언니와 함께 살 수 있다.

아픈 나머지 난폭하게 뿌리쳤을 때, 가방 속에 든 것이 이쪽 저쪽으로 흩어져 버렸는데입니다만, 열쇠는 금방 찾았어요입니다.

테이프로 붙인 메모가 있어서, 맨션이 있는 곳은 알 수 있었어요입니다. '어레인지먼트 플라워 마나세', 307호예요입니다.

바로 가려고 생각했는데입니다만, 하지만 조금 생각하고 밤까지 기다리기로 했어요입니다.

확실히는 모르지만, 열여덟 살이 된 지금의 제가 알몸으로 히바리 언니의 집으로 출발하는 것은 어쩐지 위험하다는 생각이 들었어요입니다.

이제 저는 어른이 되었어요입니다.

절도 있게 행동해야 해요입니다.

히바리 언니도 학교에 다녀와야 할 테니, 최소한 밤까지 기다리기로 했어요입니다. 이대로 이곳에 있으면, 사람도 오지 않을 것 같으니까요입니다.

뭐, 바닥이 딱딱하고, 소리도 울리고, 쾌적한 은신처라고는 말할 수 없었어요입니다. 그렇지만, 그래도 집 안보다는 쾌적해요입니다.

첫 외박이었어요입니다.

어머니의 마음을 알 것 같다는 기분이 들었어요입니다.

집 밖이라면, 곤히 잘 수 있어요입니다.

035

앞니를 집의 우편함에 넣은 뒤에 히바리 언니의 집으로 향한 것은, 순수한 장난이었어요입니다, 라고는 말할 수 없어요입니다.

장난이 아니라 그것은 어머니, 그리고 함께 살고 있는 아저씨(함께 살고 있던, 살고 있지 않았던)에 대한 복수였어요입니다.

인정해요입니다.

저는 더 이상 천진난만한 아이가 아니었어요입니다.

어른이 되면 집에서 나가겠다고 결심했던 것과 같을 정도로, 어른이 되면 그 사람들에게 복수하고 싶다고 저는 오랫동안 생각하고 있었던 거예요입니다.

저는 히바리 언니와는 달라요입니다. 히바리 언니는, 그래도 마음속 어딘가에서 자기 아버지를 믿고 있었던 것이 아닐까 하고 생각해요입니다.

우편함 안에 들어 있는 사람의 이를 보면, 분명히 무서울 테니까요입니다. 편지를 꺼내려고 하다가, 갑자기 손을 깨물린 것 같은 상황일 테니까요입니다.

처음에는 빠진 이를 전부 우편함에 넣어 버릴까 하는 생각도 했지만입니다만, 그러면 너무 무서울지도 모른다며 생각을 고쳐서 절반으로 줄였어요입니다.

절반도 너무 무서울 거라는 생각이 들었어요입니다.

결국 스무 개의 이를 절반인 열 개, 절반인 다섯 개, 다시 세 개로 줄여 가다가 최종적으로는 한 개가 되었어요입니다.

맨 처음에 빠졌던 앞니예요입니다.

그 이를 선택한 것은, 처음으로 충치가 생겼던 이였기 때문이에요입니다. 가만히 보면 뒤편에 충치의 흔적이 있거든요입니다. 히바리 언니가 데려가 주었던 치과. 아마도 그 흔적으로 저의 이라는 것을 들켰으리라고 생각하는데요입니다만, 이때는 거기까지 생각이 미치지 못했어요입니다.

다만 스스로도 무서워져 버릴 정도로 무시무시한, 털끝이 곤두설 것만 같은 저의 복수는, 겸사겸사 했던 일일 뿐이었어요입니다. 하루 종일 숨어 있던 주차장에서 히바리 언니의 집까지 걸어갈 때에(돈이 없으므로 걸을 수밖에 없었어요입니다), 어쩔 수 없이 집 앞을 지나야만 했기 때문에, 지나가는 이유, 지나갈 용기가 필요했던 것이었어요입니다.

복수는 결행되었어요입니다.

정말로 쓸데없는 짓을 했어요입니다. 반성하고 있어요입니다. 저의 부끄러운 복수심 때문에 히바리 언니가 유괴범으로 의심받게 되다니, 생각도 하지 못한 일이었어요입니다.

저는 나쁜 아이라고 생각해요입니다.

저는 나쁜 어른이라고 생각해요입니다.

그런 저에게, 하느님은 역시 벌을 내리신 듯해요입니다. 한밤중에 알몸으로 길을 걷고, 도중에 미아가 되면서도(미아가 아니라, 미성인?) 어떻게든 히바리 언니의 맨션에 도착했는데입니다만(아무에게도 들키지 않았으리라는 자신은 없어요입니다), 히바리 언니는 집을 비우고 있었어요입니다.

집을 비우고 있는데 멋대로 집에 들어가는 것은 좋지 않다고도 생각했어요입니다. 하지만 벌써 꼬박 이틀 정도를 아무것도 먹지 못했고(먹지 않는 것에는 익숙합니다만), 밤새도록 걸어서 지쳐 있었어요입니다. 그래서 집 안에서 쉬기로 했어요입니다. 계속 알몸인 채로 복도에 있는 것도 좋지 않다는 기분이 들었어요입니다.

분명히 금방 돌아올 거라고 생각했어요입니다. 히바리 언니가 어른이 된 저를 보고 뭐라고 말할지, 아주 기대되었어요입니다.

부엌에 어린이용 식기가 갖추어져 있는 것을 보고, 히바리 언니가 제가 찾아왔을 때의 준비를 해 준 거라고 생각했어요입니다.

감동했어요입니다.

하지만 이제 이 식기는 사용할 수 없어요입니다. 저는 언니와 같은 나이니까요입니다. 그렇게 생각하니 조금 유쾌했어요입니다.

냉장고 안에 있는 것을 멋대로 먹거나, 멋대로 욕실에 들어가거나 했어요입니다. 마냥 알몸으로 있는 것은 추워서, 옷도 멋대로 빌려 입었어요입니다. 방에는 냉난방기가 설치되어 있었지만, 사용법을 몰랐어요입니다.

그래도 히바리 언니의 집에는 물건이 '많이 있어서', 천국 같다고 생각했어요입니다.

우리 집과 달리, 아주 편안했어요입니다(쾌적하다고 생각했던 비상계단은, 역시 비상계단이었어요입니다). 여기라면, 언제까지라도 있을 수 있다고 생각했어요입니다.

하지만 히바리 언니는, 아무리 기다려도 돌아오지 않았어요입니다.

며칠이 지나도.

다시 무서워지기 시작했어요입니다.

혹시 히바리 언니에게, 무슨 일이 생긴 것이 아닌지입니다. 바보 같은 망상이란 말을 들을지도 모릅니다만, 제가 어른이 된 대신에 히바리 언니가 어딘가에서 어린아이가 되어 버린 것이 아닐까 하는 생각을 했어요입니다.

그렇다면 제가 구해야만 해요입니다.

이번에는 내가 히바리 언니를 지켜야만 한다. 그런 엉뚱한 생각을 하고, 저는 방 안에서, 단서를 찾기 시작했어요입니다.

도서실에서 읽었던 추리소설을 따라한 것이었어요입니다.

컴퓨터를 조사한 것은 맨 마지막이었어요입니다. 잘 모르는 물건이었기 때문이에요입니다. 같이 살고 있던 아저씨가 집에 있을 때, 업무를 할 때 사용하던 것을 몇 번인가 본 정도였어요입니다. 하지만 이미 다른 장소는 전부 조사를 마쳐서, 단서를 찾을 수 있을 만한 것은 그 컴퓨터 정도밖에 없었어요입니다.

패스워드는 베니쇼가였어요입니다.

아, 진짜, 히바리 언니!

구해야 한다는, 지켜야 한다는 마음이 조금 줄어들었어요입니다. 그렇지만, 그러나 깜빡이고 있던 전자 메일 코너? 를 보고, 저의 사명감은 부활을 이루었어요입니다.

구조는 잘 몰랐지만입니다만, 같이 살고 있던 아저씨와 히바리 언니가 다투고 있다는 것을 글씨들을 보고 알 수 있었어요입니다.

읽을 수 없는 한자도 많이 섞여 있어서, 자세한 사정은 알 수 없었지만입니다만, 다들 제가 유괴된 것으로 알고 있는 모양이었어요입니다.

히바리 언니의 동급생이, 저의 옷과 이와 가방을 발견한 모양이었어요입니다. 그 사람은 대체 무슨 볼일이 있어서 그런 곳에?

세상에는 영문을 알 수 없는 짓을 하는 사람도 있나 봐요입니다.

게다가, 히바리 언니가 의심받고 있었어요입니다. 같이 살고 있던 아저씨, 히바리 언니에게는 '진짜 아버지'가 몹시 화를 내고 있었어요입니다.

범죄자의 아버지가 되어 버리지 않느냐며, 따끔한 말로 화를 내고 있고… 히바리 언니는 그런 '진짜 아버지'에게 화를 내는 것 같았어요입니다.

눈뜨고 볼 수 없는 상황이었어요입니다.

지금 당장 히바리 언니에게 제가 무사하다고 알려 주고 싶었지만입니다만, 전자 메일을 보내는 법을 몰랐어요입니다. 잘못 건드렸다가는 이 기계가 폭발할지도 모르고, 게다가 뭐라고 말해야 좋을까요입니까? 저 때문에 유괴범으로 오해받고 있는 히바리 언니에게.

유괴범은 사형인가요입니까?

그래도 어떻게든 폭발시키지 않고 전자 메일을 보낼 수 없을까 하고, 이것저것 '검색'하고 있는데, 히바리 언니와 다른 사람의 대화를 읽을 수 있게 되었어요입니다.

쇼노 미토노, 라는 사람이었어요입니다.

그 사람이 누구인지는 모릅니다만, 대화 속에서 그 비상계단을 발견한 사람의 이름을 알 수 있었어요입니다.

히바리 언니의 동급생.

아라라기 코요미라는 사람이었어요입니다.

만나러 갈 수 밖에 없었어요입니다. 메일이나 대화를 엿보는 것만으로는 해결할 수 없는 자세한 부분을, 이 사람에게 물어보기로 했어요입니다. 아무래도 만난 적은 없는 모양이니, 히바리 언니인 척하면, 분명히 전부 알려 줄 거라고 생각했어요입니다.

히바리 언니인 척. 히바리 언니가 되는 거예요입니다.

그 발상에, 그럴 상황이 아닌데도 저는 조금 가슴이 뛰었어요입니다.

저는 어른이 되고 싶었던 것이 아니라, 히바리 언니가 되고 싶었던 것일지도 모른다고, 이때 생각했어요입니다.

어쨌든 아라라기 코요미 씨에게 제가 사실은 여동생이라는, 그리고 어린애라는 걸 들키지 않도록 최대한 어른처럼, 그리고 히바리 언니 같은 옷차림을 할 필요가 있었어요입니다.

옷장에 있는 옷을 입으면 히바리 언니처럼 보이겠죠입니까?

어른스러운 옷에 대해서는… 아마도 이 컴퓨터로 조사할 수 있을 것이 틀림없어요입니다. 전자 메일을 보내는 법은 몰라도, 인터넷 검색 정도는 저도 할 수 있어요입니다. 여유만만이었어요입니다.

컴퓨터는 뭐든 알려 주는 마법의 상자라고 해요입니다. 이 컴퓨터는 종이처럼 얇지만입니다만. 마법의 종이?

그다음 문제에 대해서도, 조사할 수 있을까요입니까?

그다음 문제. 도망갈 곳.

히바리 언니에게 폐를 끼칠지도 모르는 이상, 이곳에 언제까지나 머물러 있을 수는 없고… 어디론가 도망쳐야만 해요입니다.

하지만 저는 어디로 가야 좋을까요입니까? 저는 어디로 돌아가면 좋은 건가요입니까?

저에게는 이제, 갈 곳도, 돌아갈 집도, 없었어요입니다.

어른이 되어 버린 저는, 이제는 될 수 있는 것이 없었어요입니다.

어른이 되어 버렸으니.

저는 이제, 끝장이었어요입니다.

036

"네, 확실히 끝이고말고요, 당신의 인생에서 괴로운 부분은 말이죠!"

신사 전체에 쩌렁쩌렁하게 울려 퍼질 듯한 큰 목소리로 힘차게 그렇게 외치고, 동이 틀 무렵 참배하러 찾아온 리쿠르트 슈트 씨, 베니히바리, 베니구치 히바리, 베니히바리인 척한 녀석, 베니쿠자쿠짱, 트랜지스터 슬렌더, 베니구치 쿠자쿠짱을, 새로운 신이자 미아의 신 하치쿠지 마요이는 목소리만큼이나 강하게, 끌어안았다.

겉모습은 열 살의 신이, 겉모습은 열여덟 살의 여아를 끌어안는 모습이므로, 상당히 언밸런스한 구도가 된다. 아슬아슬하게, 등 뒤에 손이 닿을지 어떨지 알 수 없는 허그다.

"자아, 이제부터 즐거운 일이 줄을 섰다고요! 하고 싶은 일들을 하나씩 남김없이 하죠! 뭐든지 가능하다고요, 왜냐하면 베니쿠자쿠 씨, 당신은 아직 살아 있으니까요!"

죽지 않아서 정말 다행이네요!

잘 와 주셨습니다, 저의 집에!

하치쿠지는 이야기의 중간부터 경내에 주저앉아 있던 베니쿠자쿠짱의 얼굴에, 자기 얼굴을 꾹꾹 밀어붙였다. 줄곧 그렇게 하고 싶었지만, 이야기가 끝나는 지금까지 기다리고 있었다는 듯이.

"친구를 만들죠, 연인을 만들죠, 가족을 만들죠! 이제부터 좋아하는 사람이 많이 생길 거예요! 그 모두에게 집착하죠! 원하는 것을 많이 끌어안죠, 지금, 제가 하고 있는 것처럼! 당신은 무엇 하나 포기하지 않아도 괜찮아요! 최고네요, 부러워라~! 어디라도 갈 수 있고, 어떤 요리라도 먹을 수 있어요! 단것도 남김없이 먹어치우고, 충치도 신나게 치료할 수 있어요. 얼마든지 행복해질 수 있어요. 당신의 인생에는, 지금부터 당연하지 않은 일만 일어날 거예요! 기상천외한 생애를 보낼 각오가 되셨으면 출발 진행이에요! 다른 누군가인 척하지 않아도, 당신은 그 누구라도 될 수 있어요! 가수도, 만화가도, 배우도, 운동선수도, 정치가도, 우주비행사도, 분명히 프리큐어도 가면라이더도 될 수 있어요! 자아, 고르기 힘들겠네요! 당신은 어떤 길을 나아가실 건가요?"

"저… 저는."

숨 쉴 틈도 주지 않고 늘어놓는 하치쿠지의 말에, 간신히 베니쿠자쿠짱은 대답한다. 울 수 있다면 울고 있었겠지만, 눈물은 오래전에 말라붙어 있었다.

그래서 우는 듯 웃는 듯한 표정이었다.

어른으로는 보이지 않는다.

"히바리 언니하고, 만나고 싶어요."

"만나죠."

"그 집을 나오고 싶어요."

"나오죠. 자, 이미 나왔습니다. 그곳은 당신의 집이 아닙니다."

"어머니를… 싫어하고 싶어요."

"싫어해도 괜찮아요."

"같이 살고 있는 아저씨…."

"에 대해서 생각하지 않아도 괜찮아요."

"옷이 있었으면 좋겠어요…."

그렇게 말하는 베니쿠자쿠짱은, 알몸이었다.

신입생 정장을 벗고 뭔가 다른 옷으로 갈아입었으리라고 생각했지만, 언니에게 그 이상의 피해를 주고 싶지 않았던 그녀는 더 이상 언니의 옷을 입을 수 없었다. 맨몸에, 맨발로.

베니쿠자쿠짱은 이 산을 오른 것이다.

"즉시 준비를 하고말고요. 정말 욕심이 없으시네요. 어떤 옷을 입고 싶으신가요?"

"귀여운, 어린이 같은 옷."

저는, 이라고.

베니쿠자쿠짱은 기도했다. 신에게 기도했다.

"저는, 어린아이로 돌아가고싶어요입니다."

"돌아가죠."

하치쿠지는 보다 강하게, 자신의 얼굴을 베니쿠자쿠짱에게 찰싹 붙였다.

"그리고 느긋하게 천천히, 차분하게 한가롭게, 시간을 들여서 정성껏, 되고 싶은 어른이 되도록 하죠."

서두를 건 없어요.

당신은 아직, 살아 있으니까요.

마지막으로 다시 한번, 그렇게 반복했다.

몇 번이고 반복했다. 소용돌이처럼.

037

후일담이라고 할까, 이번의 결말.

물론 베니쿠자쿠짱은 완전한 자력으로, 키타시라헤비 신사에 도착한 것은 아니다. 그 신사의 주인인 하치쿠지가 불러들인 것이다.

그럴 수 있다면 처음부터 그렇게 하라는, 매정한 말은 부디 하지 말아 주었으면 한다. 그런 '괴기 현상'을 일으킬 수 있다는 것을 적어도 나는 생각하지 못했고, 또한 베니쿠자쿠짱의 이야기를 듣기로는 언니가 혼자 사는 곳이라는 명확한 목적지를 가지고 있던 그녀가 정말로 '길을 잃었다'고 말할 수 있는 상황은, 어젯밤에 알몸으로 언니의 맨션을 뛰쳐나온 이후부터였으니까.

길을 헤매고.

길을 잃은 것은.

막다른 골목에 다다른 것은.

스트리킹이라는 표현을 쓴다면 과격하면서도 마일드한 이미지가 되어 버리는데, 열여덟 살의 여자가 알몸으로 동네 안을 배회한다니, 무슨 일이 일어난 것인지 영문을 알 수 없다. 그런 의미에서도 우리는 아슬아슬하게 늦지 않았던 것이다.

다만, 결국 내가 이 일을 제대로 물고 늘어지고 있었다고 말하기는 어렵다. 결과적으로 누가 끝까지 물고 늘어졌는가를 따지자면, 계속 빈집을 지키고 있었을 하치쿠지였다.

"실례, 혀를 깨물었어요."

라는 이야기다. 달팽이에게도 치아는 있다. 듣기로는 줄칼 같은 이빨이라고 하던가.

그렇다, 하치쿠지 마요이다.

그녀에게 망설임은 없었다.

그런 전긍정全肯定은, 나에게는 불가능하다.

세계가 그런 식으로 자상하지 않다는 것을 알아 버린 나에게는… 하네카와에게도, 오시노에게도, 가엔 씨에게도 불가능하다.

죽는 편이 낫다는 베니쿠자쿠짱의 말을 우리는 부정할 수 없다. 죽는 편이 낫다고 생각해 버릴 만한 국면을, 20년 가까이 살다 보면 누구나 한 번쯤은 경험하게 된다.

열 살에 죽어 버린 하치쿠지이기에.

지옥에 떨어지기까지 했던 하치쿠기이기에.

그 아이가 살아 있는 것을 그렇게나 솔직하게, 그렇게나 한결같이 기뻐할 수 있었던 것이다. 이 며칠간을, 그리고 그 10년간을.

잘 살아남아 주었어.

태어나 줘서 고마워.

살아 있어 줘서 고마워.

그것이야말로, 나 같은 녀석이 비디오 메시지로 그런 소리를 하려고 했다면 실소를 뒤집어쓰는 것으로 끝날 것이고, 받아들이기에 따라서는 거만한 시선과 거드름피우는 말로 들리게 될지도 모르지만⋯ 뭐 어떤가, 신의 말씀이라고 생각하고 그 부분은 흘려듣자.

솔직히 내가 지옥에서 억지로 끌려나온 것에 의해 거의 선택의 여지없이 키타시라헤비 신사의 주인을 맡지 않을 수 없게 된 하치쿠지가, 맡은 일을 제대로 해낼 수 있을지 어떨지 걱정되지 않았던 것은 아니었는데⋯ 이 정도로 쓸데없는 기우도 없었다.

적임자다.

네가 이 신사에 처음부터 있어 주었더라면, 나는 흡혈귀가 되는 일도 없었겠지. 뭐, 그렇게 되면 너와 만날 수 없게 되어 버리니 난처한 일이지만 말이야.

그건 그렇고 사무적인 보고를 먼저 끝마쳐 두자면, 시노부의 에너지드레인은 성공해서 베니쿠자쿠짱은 열 살 아이의 모습으로, 본래의 모습으로 돌아갔다. 그렇다고는 해도 이것은 상당히 억지스런 요법이므로 아픔은 있었을 거라 생각한다. 성장통과는 반대의 아픔이. 그렇지만 베니쿠자쿠짱은 그것을 감수했다.

편하려고는 하지 않았다.

오노노키는 가엔 씨에게 콘택트를 취해서 뒤처리를 준비해 주었다. 유괴사건으로 움직이기 시작했던 지역 경찰의 움직임에 스톱을 걸고, 사건 자체를 없었던 것으로 한다는 말도 안 되는 일은, 가엔 씨 외에는 불가능하다.

확실히 말해서 이 빚은 크다. 4년 뒤에 내가 그 누님에게 어떤

보은을 해야 하게 될지, 상상도 가지 않는다. 다만 조금 기대되기도 한다는 것이 본심이지만… 만날 수 없으니까 말하는 건데, 그 사람과 4년씩이나 만날 수 없는 것은 역시 아쉽다. 약속, 깨주지 않으려나?

그러나 원래부터 사건이 발생했을 때에 오스트레일리아에 있었던, 즉 완벽한 알리바이를 지닌 베니구치 히바리를 진짜로 유괴범이라고 생각했던 인간은 그녀의 아버지도 포함해서 한 명도 없었지만.

누명 같은 것을 벗길 필요도 없이, 그 부분은 메일을 어중간하게 읽다 말았던 베니쿠자쿠짱의 넘겨짚기였다. 뭐, 나의 추리도 신나게 헛다리를 짚었으니, 그것을 보고 뭐라고 할 생각은 없다.

입체 주차장을 은신처로 삼은 것은 옥상에서 뛰어내리기 위해서였다든가, 우편함에 앞니를 넣은 것은 깜짝상자 느낌으로 겁을 주기 위해서였다든가… 예상할 수 있을 리가 없다

역시 어린아이의 발상력은 무한하다.

물론 여아로 돌아간 베니쿠자쿠짱이, 그렇다고 해서 베니구치가로 돌아가는 일은 없었다. 신은 약속을 깨지 않는다.

그녀의 형식뿐인 부모가 하고 있었던 것은… 하지 않았던 것은, 단순한 아동방치 정도가 아니다.

민사로 끝나지 않는다, 충분히 형사사건이다.

가엔 씨가 움직일 것도 없이 그 부분은 (이미 아들의 신원을 인수한 사람이라는 불명예스러운 형태로 사건에 관여하게 되어

버린) 우리 부모님이 가만히 있지 않을 것이다. 나도 묵묵히 있을 생각은 없다.

1년 전의 골든위크에는 할 수 없었던 일을 하자.

내가 할 수 없었던 일을, 내가 한다.

성장했으니까 하는 것이 아니다.

성장하기 위해서 하는 것이다.

무엇보다, 세계를 보다 좋게 만들기 위해서.

"그래서? 무슨 일이 있었어, 코요미? 나라도 괜찮다면 이야기를 들어 주려는데?"

"사라져."

"사라지라는 말까지 들을 줄은 몰랐어…. 흑흑흑."

고전 전통 연극의 무대 배우처럼 우는 흉내를 내며 히타기는 자리에 앉았다. 장소는 저번과 같은, 마나세 대학 구내의 카페테리아다.

오늘의 날씨는 공교롭게도 비가 내려서, 지난번과 달리 오픈 테라스가 아니라 실내에서의 런치타임이다.

런치 미팅이라고 해야 할까.

함구령이 완전히 해제되었다고는 말하기 어렵고 델리케이트한 화제이기는 하지만, 그러나 괴이에 얽힌 경험은 전부 공유한다는 것이 이 성가신 여자 대학생과 사귀기 시작한 이래의 약속이다. 당초에는 그렇게 생각되지 않았지만, 그 중심에 '우츠로이네지리'라는 괴이의 관여가 있었던 이상, 그 약속을 제대로 지켜야만 한다.

나는 최대한 프라이버시에 배려를 하는 형태로, 히타기에게 자초지종을 이야기했다. 어서 어른이 되고 싶었던, 어린아이의 이야기를.

　"흐응. 그렇구나. 헤에~ 그렇구나. 다행이네, 어쨌든 해피엔 드라서. 이야~ 바쁜 와중에, 들으러 온 보람이 있었습니다. 모 두 좋은 경험을 했던 거 아냐?"

　"정말로 사라져, 너."

　흥미가 없다면 들으러 오지 마.

　전혀 해피엔드가 아니라고.

　"해피엔드로 만들기 위해, 노력하자는 이야기잖아? 그러면 해 피엔드 같은 거잖아."

　"듣지도 않았으면서 들은 것처럼 늘어놓긴…."

　"아니면 코요미의 새로운 소아애의 형태로서, 외모는 열여덟 살 이상이지만 속에 든 건 어린아이라는 패턴을 개발했다는 이 야기인가? 내 남자친구는 규제의 그물망을 벗어나려는 데에 여 념이 없구나."

　"주문한 아삼 티인지 뭔지가 나오면, 얼른 돌아가. 본가로 돌 아가. 부모님에게 설교를 듣고 와."

　"어라어라."

　3세기 전 정도에 폭소를 불렀을 개그를 끼워 넣은 뒤에, 히타 기는,

　"'우츠로이네지리'라는 건, 요컨대 시간을 가속시키는 괴이라 는 얘기야?"

라고 질문해 왔다. 일단, 고유명사를 기억할 정도로는 이야기를 듣고 있었던 모양이다.

"가속시키는 게 아니라 비튼다고 표현하는 게 좋을까. 말그대로… 공간을 비틀고, 시간을 비틀고. 차라리 쇼트커트라고 말하는 편이 좋을 정도일지도… 나선구조의 소용돌이를, 빙글빙글 도는 게 아니라, 중심을 향해서 직진해 버리는 느낌."

어디까지나 달팽이는 달팽이.

고속으로 걷거나 하지는 않는다. 지름길을 간다.

"급할수록 돌아가라는 얘기의 반대구나. 급하기 때문에 돌아가지 않는다. 어린아이로 돌아가고 싶다… 인가. 나는 '그 무렵의 나로 돌아가고 싶다'라는 마음은 시답잖은 노스탤지어라고 생각하고 있었는데, 그런 식으로 들으면 생각하게 되는 게 있네."

"정말로 생각하는 거 맞아?"

"의심하지 마, 여자친구의 발언을. 나의 발언이 거짓말인가 어떤가가 아니라, 의심을 품게 될 만한 관계라는 시점에서 미래의 파국이 보이고 있어."

그야말로 독설 캐릭터는 과거의 것이 되었지만 달변인 측면은 변함없는 것 같다. 그 무렵의 나로 돌아가고 싶다, 란 말이지.

뭐, 여자 농구부에 바친 비디오 메시지와는 상반되는 마음일지도 모르지만, 내 안에 고등학생 시절로 돌아가고 싶다는 마음이 없는 것도 아니다.

그 무렵은 좋았다.

그 무렵 쪽이 좋았다.

그렇지는 않다. 괴로운 일이 많이 있었다는 걸 알고 있으면서도 그렇게 생각해 버리는 것은, 사람은 미래에 희망을 가지는 것처럼 과거에도 희망을 가지고 싶으니까.

옛날은 좋았다고, 그렇게 생각하고 싶다.

그렇게 믿고 싶다.

다만 그러기 위해서는 그 '옛날'을, 역시 제대로 쌓아야만 한다. 지름길로 가지 않고, 멀리 돌아가지 않고.

급할수록 돌아가라.

그 불쾌한 사기꾼 스타일로 말하면, 그것이 이번 일에서 내가 얻어야 할 교훈이겠지. 졸업하고, 진학하고, 새로운 길을 걷기 시작한 지금도 10년 뒤에 보면 '그 무렵은 좋았다'라고 느낄, 애수를 부르는 과거일 테니까.

"집에 돌아가고 싶지 않다는 마음을 포착하는 괴이였던 하치쿠지 씨의, 즐겁다고는 말할 수 없는 시대의 경험이 한 가출소녀를 구원했다는 거구나. 나의 컨설팅대로."

"컨설턴트 받지 않았는데."

"말해 줬잖아? 너는 아라라기 코요미라고. 그 이상으로 어떤 안내판이 코요미에게 필요했다는 거야?"

그렇군.

그것은 그리 간단하지 않은, 할 수 있을 듯하면서도 할 수 없는 컨설팅이다.

"나는 장래에 억만금을 움직이는 금융 컨설턴트가 될 예정이거든. 훗, 10년 뒤를 못 기다리겠어. '우츠로이네지리'에게 시간을 비틀어 달라고 할까 봐."

"내 이야기의 어디를 어떻게 들어야 그런 결론이 나오는 거냐고."

역시 제대로 안 들은 거잖아.

정말이지, 센조가하라 히타기는 센조가하라 히타기다웠다.

"애초에 전승에서 전해지는 '우츠로이네지리'라는 건, 산에 일하러 갔던 자신의 아이가 갑자기 어른이 되어서 집으로 돌아왔다는 형식의 괴담이야. 지금 떠올랐는데 이건 괴이가 얽힌 행방불명, 카미카쿠시神隠し에 가까운 건가? 행방불명된 아이가, 열 살 정도 나이를 먹고 어느 날 갑자기 돌아왔다는 느낌의 설화 아니었던가?"

"그건 10년 지났는데도 어린아이의 모습인 채로 돌아온다는 이야기 아니었어? …하지만 카미카쿠시, 신이 감추었다는 건 절묘한 표현이네. 하치쿠지 씨가 그 아이를 부모로부터 감춰 줄 수 있었다면."

절로 도망쳐 들어간 것 같은 상황이네, 라고 말하는 히타기.

절이 아니라 신사이지만. 하지만 하치쿠지八九寺의 이름에는 절 사寺자가 들어가 있던가…. 둘 다 달팽이였다는 점도 있으니 그 부분의 부합에는 고찰할 여지가 있을 듯하다.

뭐, 그 부분은 가엔 씨의 일이다.

주제 파악을 해야지.

"고등학생일 때에는 할 수 없었던 일을, 할 수 있게 되었어. 반대로 고등학생일 때에는 할 수 있었지만 할 수 없게 되어 버린 일도 많이 있겠지. 유녀를 목말 태운다든가."

"어? 그건 아직 신나게 하고 있는데…."

"로리 노예 조크에 웃을 수 있게 된 걸 보니, 정말로 해결한 모양이네. 그러면 다음 강의가 있어서 저는 이만. 내 남자에 어울리는 모습으로 있을 수 있도록, 앞으로도 정진하시길."

"어떻게 된 마무리 대사가 그래."

"앞으로도 종종 체크하러 올 거야. 방심하지 마."

그렇게 미소 짓더니, 히타기 씨는 자신의 영수증을 집어 들고 자리에서 일어서서 상쾌하게 떠나갔다. 바쁘다고 말했는데, 오늘도 다음 강의가 있는 교실이 먼 것일까.

시간에 쫓기고 있구나.

저 녀석도 조금 더 느긋하게 지내면 좋을 거라고 생각하는데… 뭐, 그런 와중에도 이렇게 이야기를 들으러 와 주는 것은, 역시 고맙다고 생각해야 한다.

자, 나도 이제 슬슬 수업에 가야겠지.

느긋하게 걷는 것은 좋지만 정체되는 것은 좋지 않을 것이다. 오늘이야말로 슬슬 메니코와 만나서 놀아야 한다. 그렇게 생각하며 나도 자리에서 일어서려고 했을 때,

"여기, 비어 있나요입니까?"

그렇게.

옆에서, 히타기가 자리를 뜨기를 노리고 있었던 것 같은 타이밍에 맞은편 자리를 요구하는 목소리가 들려왔다. 비어 있기는 커녕 지금 그야말로 자리를 뜨려고 했던 참이지만, 그러나 그

데자뷔에 엉거주춤하게 들었던 엉덩이를 도로 내려놓았다.

그곳에 있던 것은 리쿠르트 슈트 차림의 여자 대학생…이 아니라.

건강한 느낌의 하얀 블라우스에 서스펜더가 붙은 스커트를 입은, 튤립 모자를 쓰고 가방을 멘, 트랜지스터 슬렌더인 여자 초등학생이었다.

발에는 펌프스가 아닌, 그렇다고 해서 맨발도 아닌, 우산과 색을 맞춘 비 오는 날에 어울리는 장화였다.

"비어 있지만… 학교는 어쨌어? 전학 간 지 얼마 안 되었을 텐데."

"오늘은 오전수업만 있는 날이에요입니다."

버릇이 되어 버린 것인지, 아니면 나의 흡혈귀 체질과 마찬가지로 괴이 현상의 후유증이라고 해야 할지, 말투만은 원래대로 돌아가지 않았던 그녀, 베니쿠자쿠짱은 그렇게 말하고 자리에 앉았다.

오전수업이라.

"그래서 히바리 언니의 집에… 저희들의 집에 돌아가기 전에, 아라라기 코요미 씨에게 다시 감사 인사를 하려는 생각에 하교 중에 잠깐 들렀어요입니다."

잠깐 들렀다고.

뭐, 아마도 그런 구실로, 저녁까지 기다리지 못하고 대학까지 히바리 언니를 만나러 와 버린 것이겠지만, 말을 걸어 준 것은 순수하게 기쁘다.

결국 그 뒤에 수단과 방법을 가리지 않고 긴급 귀국한 베니히바리와는 얼굴을 마주하지 못했지만… 미토농과의 연줄로 언젠가 만나는 일이 있을지도 모르겠다.

합연기연合緣奇緣, 파이브 서클.

그때 내가 동녀와 함께 불법침입했던 것을 들키지 않으면 좋겠는데. 그렇다고는 해도, 다시 한번 감사 인사라고 해도 말이지.

"말했잖아? 감사받을 정도의 일은 아니야. 당연한 일을 했을 뿐이야. 다시 말해, 당연하지 않은 일을, 했을 뿐이야."

"그런 세계는, 멋지다고 생각해요입니다."

베니쿠자쿠짱이 그렇게 대답했을 때, 직원이 주문을 받으러 왔다. 더 이상 어른인 척할 필요가 없는 그녀가 주문하는 것은, 오렌지 주스일까, 아니면 밀크셰이크일까.

어쨌든 그녀의 새로운 출발을 축하하기 위해서 이번에도 내가 사야겠다며 여아의 동향을 지켜보고 있으려니, 베니쿠자쿠짱은 긴장한 얼굴로,

"커피를, 블랙으로 부탁드려요입니다."

라고 말했던 것이었다.

…뭐, 그 정도의 무리를 하지 않으면, 어린아이가 아니겠지?

제3화 마요이 스네이크

001

하치쿠지 마요이, 새로운 신이 군림하기 이전에 키타시라헤비 신사에 살고 있던 것은 센고쿠 나데코였습니다. 즉 저였습니다.

저였습니다. 저요!

그렇게 가슴을 펴고 말할 수 있을 정도로, 그러나 저는 신다운 일을 하지는 않았습니다. 뭐, 숫자상으로는 중학교 3학년이 되었고(등교거부 중입니다), 최근에는 키도 자랐고 갑자기 바스트 사이즈도 업 되기 시작한 저입니다만, 그래도 가슴은 펼 수 없습니다. 그리 떳떳하지 않습니다.

당시의 일을 떠올리면, 지금도 몸을 움츠리게 됩니다.

뱀이 고개를 쳐드는 것처럼.

몸을 뒤틀게 되어 버립니다.

그러나 이렇게 말하고 있지만, 이미 그 신사에 대해서 하물며 후임자에 대해서 아무런 생각도 하지 않을 정도로 무책임해질 수도 없습니다. 저의 뒤를 잇게 된, 즉 제가 엉망진창으로 헤집어 놓은 뒤를 인계하게 되어 버린, 요컨대 불량채권을 떠안게 된 새로운 신에 대해서는, 왠지 모를 죄책감과 함께 신경이 쓰이고 있었습니다.

뭐가 되었든 전전긍긍한다는 거죠.

스네이크와 스네일, 뱀과 달팽이는 어떻게 보더라도, 뱀 사蛇

와 달팽이 와蝸를 놓고 보더라도 결국 플라멩코와 플라밍고 정도로 다르다고 생각합니다만, 그 부분은 아무래도 삼자대치 이론으로 정리된 듯합니다.

개구리는 뱀에게 약하고, 뱀은 민달팽이에게 약하며, 민달팽이는 개구리에게 약하다. 즉, 민달팽이와 친척인 달팽이는 뱀의 위협을 삼키는 힘이 있다든가, 하는 그런 이야기.

과연 그렇구나 하고 납득하게 될 것 같기도 합니다만, 그러나 작년의 한 시기, 십만 가닥의 머리카락이 하나도 남김없이 뱀으로 변해 있는 몸이었던 입장에서 이야기하자면, 솔직히 그 삼자대치 이론은 성립하지 않는다고 생각합니다.

왜냐하면 개구리는 먹을 수 있다고요.

민달팽이… 요컨대 달팽이도.

우적우적 먹을 수 있습니다, 삼킬 수 있습니다.

그중에는(산속에는) 이와사키세다카 뱀* 같은, 달팽이를 주식으로 하는 뱀도 있을 정도입니다. 뱀 앞에서는 개구리도 민달팽이도 달팽이도, 일련의 코스 요리 같은 것입니다.

그렇기 때문이라는 이야기는 아닙니다만, 조금 걱정했었고 조금 불안했습니다. 제가 방치해 버린 책임을 홀로 짊어지게 된 그 애, 하치쿠지 마요이짱이 제대로 해 나갈 수 있을지 어떨지.

자기 일만으로도 벅차서 얌전하게, 계속해서 기회를 놓치며,

※이와사키세다카 뱀(岩崎背高蛇) : 오키나와 남부의 야에야마 열도에서만 서식하는 일본 고유종.

나중의 나중으로 미뤄 왔습니다만, 저의 이루어지지 않았던 첫 사랑에도 일단락이 나고, 슬슬 때가 된 모양입니다.

코요미 씨에 대해서는 졸업했습니다.

다음은, 신을 졸업하죠.

그러지 않으면, 저는 중학교를 졸업할 수 없습니다.

002

"…그런 이유로, 마요이 언니는 트랜지스터 슬렌더한 초등학교 5학년을 멋지게 구해 냈던 거야. 너하고는 완전히 딴판이네, 나데 공."

센고쿠 가의 2층, 제 방 한가운데 의자에 앉아서 레오나르도 다 빈치의 '모나리자' 포즈를 무너뜨리지 않은 채로, 인형 동녀 오노노키 요츠기짱은 그렇게 알려 주었습니다. 시체이자 인형 동녀인 오노노키 요츠기짱이라고 하면, 사회적으로는 무표정하며 무뚝뚝한 교과서 읽기 어조의 캐릭터로 통합니다만, 지금은 저의 데생 모티프로서의 역할을 다해 주고 있으므로 그 얼굴에는 흐릿한 미소를 짓고 있습니다.

근육을 그런 형태로 경직(사후경직)시키고 있을 뿐이고 결코 미소 짓고 있는 것은 아닙니다만, 어쩐지 엄청나게 귀중한 표정을 저만이 보고 있는 것입니다. 어째서 이 아이는 '너하고는 완전히 딴판이네'라는 가시 돋친 말을 하면서도, 저 같은 것을 위해서 그렇게까지 해 주는 것일까요….

신기해서 못 견디겠습니다.

"아니, 베니구치 쿠자쿠나 귀신 오빠의 의견은 물론 다르겠지만, 나로서는 네 쪽이 훨씬 신답다고 생각하고 있거든. 한 명의 인간을 위해, 그것도 이웃마을의 인간을 위해 그렇게까지 하는 건, 조금 지나쳐. 영역을 무시한 월권행위라고 말해도 좋아. 너처럼 자기 자신에 대해서만 생각하고 군림하는 편이, 훨씬 신 같다는 사고방식도 있다는 거야. 신이란 존재는, 있는 것만으로 족해."

"흐음…. 그런 거구나."

"좀 더 말을 보태자면 다양한 신이 있어도 괜찮다는 이야기지만. '완전히 딴판'이어도 괜찮다는 이야기야. 어쨌든 너의 후임자는 일단, 임무를 완수해 냈어. 이것으로 연수기간은 끝이라고 해도 되겠지."

"연 수 기 간."

"연수기간 정도는 바로바로 알아들으라고."

어째서 무슨 뜻인지 모른다는 걸 들킨 걸까요.

저는 지금 오노노키짱을 그리고 있습니다만… 말하는 게 늦었습니다만, 신을 그만둔 저는 현재 집의 자기 방에 틀어박혀서 만화를 그리고 있습니다.

오노노키짱은 일주일에 세 번 놀러 와서, 저의 그림 실력 향상에 협력해 주고 있습니다. 아뇨, 물론 알고 있다고요.

오노노키짱은 그저 단순히 호의와 후의로 저의 장래의 꿈을

서포트해 주고 있는 것이 아니라, 명색이나마 전직 신이었던 제가 쓸데없는 짓을 하지 않도록 감시하고 있다는 것 정도는.

"전에도 말했다고 생각하고, 귀신 오빠도 그 부분을 반 정도 착각하고 있는 모양인데, 내가 감시하고 있는 건 기본적으로는 아라라기 츠키히 한 명이야. 너하고 귀신 오빠는 덤 같은 거지. 카무플라주라고 말해도 좋아. 다행히 이번 일은 그 아라라기 츠키히가 얽히지 않아서 나도 제 실력을 발휘할 수 있었어."

"흐흠… 츠키히짱."

"아라라기 츠키히가 죽었더라면 좀 더 다행이었겠지만 말이야…. 그 녀석, 어떻게 해야 죽는 걸까…."

"저기, 룸메이트에 대한 불만은 얼마든지 들어 주겠는데, 오노노키짱. 일단 츠키히짱은 내 친구라는 점을 잊지 말아 줘?"

"친구는 이미 내가 있으니까 됐잖아?"

"왜 위험해 보이는 애만 내 친구가 되어 주는 걸까."

하지만, 그런가요.

연수기간이 끝났습니까.

안도했다, 라고 말해 버려도 괜찮을까요?

결코 짧지 않은 시간, 그 키타시라헤비 신사를 거점으로 저는 신 놀이를 하고 있었습니다만, 그런 시대는 이것으로 이제 완전히 과거가 된 것이니까요. 아뇨, 물론 언젠가 복귀하겠다는 당치도 않은 짓을 생각했던 것은 아닙니다만.

오노노키짱이 어떻게 말해 주더라도, 저는 신다운 일은 아무것도 하지 않았으니까요.

저는 마을에 평온은 고사하고, 혼돈을 가져왔습니다. 누구 한 사람도 구원하지 못했습니다. 저를 포함해서 누구 한 사람도.

"하지만 나데 공. 가까운 시일 내에 그 '신다운 일'을, 해야 하게 될 거라고 생각해."

"어? 무슨 소리야?"

"네가 지향하고 있는 만화가풍으로 말하자면, 이것은 '담당교체'라는 것이니까. 카이키 오빠가 휘저어 놓았던 것 때문에 유야무야되어 어물쩍 넘어가고 있던 인계 의식을, 제대로 해야만 하게 될 거야. 앞으로 네가 겪을 일을 생각하면, 이쯤에서 한 번, 가엔 씨와 만나 둬야 하겠지."

담당교체라니, 절묘한 표현이네요.

과연, 드디어 가엔 씨와 만날 때가 와 버렸습니까. 카이키 씨의 선배이며, 전문가들의 관리자.

소문은 익히 들었습니다.

어떤 의미에서는 저를 신으로 만들어 낸 장본인이라고 말할 수도 있겠습니다만… 하지만, 확실히, 앞으로 있을 일을 생각하면 만나지 않을 수도 없는 사람입니다.

각오를 하죠.

어른이 되는 것입니다.

"하지만 오노노키짱. 한 가지 물어봐도 돼? 가엔 씨는 어떤 사람이야?"

"여러 가지 전설이 있는 사람이지. 뭐, 행동은 부드럽고 프렌들리한 성격이니까, 그렇게 겁먹지 않아도 괜찮을 거라고 봐.

신권 인계 의식을 어떤 것으로 하는가는 그 사람이 독단으로 결정하게 되겠지만, 이러쿵저러쿵해도 아이에게는 자상하니까 네가 무서워할 만한 일이 벌어지지는 않을 거야. 그 부분이 무섭지만."

뭐, 무섭다고 말해도.

우리 언니 정도는 아니겠지만, 이라며 오노노키짱은 억지로 지은 미소조차 표정에서 지우고 그렇게 덧붙였습니다, 였던 것입니다.

003

"카게누이 요즈루여. 잘 부탁한다이."

한밤중의 키타시라헤비 신사.

불손하게도 새전함 위에 앉아 있는 사람은 팬츠 룩의 아름다운 언니였습니다. 들었던 것보다 상당히 젊다고 생각했는데, 다른 사람이었습니다.

가엔 씨가 아닙니다.

프렌들리한 성격인 사람이 아닙니다.

가엔 씨는 과연 어디로?

카게누이 씨? 카게누이 요즈루 씨?

카게누이 요즈루 씨는, 확실히, 오노노키짱을 식신으로 부리는 음양사…였던가요? 어쩐지 척 보기에도 엄청 무서운 사람입니다. 나무랄 생각은 없었습니다만 이야기가 다르지 않느냐고, 제가 여기까지 같이 산을 올라왔던 오노노키짱 쪽을 돌아보자, 오노노키짱도 오노노키짱대로 '주인님'의 느닷없는 등장에 놀라고 있는 듯했습니다.

역시나 모티프로서 그만큼 세심한 관찰을 계속하다 보니 그 표정(무표정)을 읽을 수 있게 되기 시작했습니다.

"언니, 어떻게 여기에."

"가엔 선배한테 쪼께 급한 일이 생겨서 말이여. 급작히 핀치 히터라는 거제. 속세의 의리에는 거스를 수 없응께. 전에도 있었잖어? 이런 일."

오노노키짱, 자신의 식신의 질문에 그렇게 대답하고 훌쩍, 아무런 소리도 없이 카게누이 씨는 새전함 위에서 내려왔습니다.

아뇨, 내려왔다고는 말할 수 없습니다.

뛰어서 이동한 것입니다. 새전함에서, 석등롱 위로.

도움닫기도 없이 몇 미터나 되는 거리를 뛴 것에 우선 충격을 받고, 석등롱 위라는, 거의 밸런스를 잡을 수 없어 보이는 장소에, 비틀거리지도 않고 착지한 것에도 놀라움을 금할 수 없습니다.

그 부분은 착지점이 아니라 정점이라고요.

이것이 소문으로 들었던 '지면을 걸을 수 없는 저주'인가요. 전혀 부자유하지 않아 보이는데요.

"니가 센고쿠 나데코냐, 짜식아."

"……."

짜식아, 라는 말을 들었는데요. 만나고 두 마디째에.

엄청 날카롭게 노려보고 있습니다. 저를. 아니면 원래부터 눈매가 사나운 걸까요? 저, 이 사람에게 뭔가 했었던가요…. 자기도 모르는 사이에 상당히 무신경한 행동을 해서 사람의 심기를 거슬러 왔던 저입니다만, 아무리 그래도 처음 만나는 상대를 불쾌하게 만들 짓은….

평소에는 방 안에서 운동복 차림으로 지내는 히키코모리인 저입니다만, 오늘은 다른 사람과, 그것도 의식 때문에 만나는 것이라서 제대로 차려입고 왔다고 생각합니다.

학교 수영복 차림이 아니라고요?

미리 말해 두겠습니다만.

"요츠기가 신세를 지고 있던 모양이던디. 한번 만나 갖고 제대로 인사를 해야제 생각했었시야. 멍청한 놈. 요전에 데스토피아 비르투오소 수어사이드마스터를 포획하는 것만으로 엄청 고생이어서, 그럴 시간을 낼 수 없었지만 말이여."

"그, 그러신가요."

중간에 멍청한 놈이라고 말하지 않았나요?

"자. 가까이 와 봐라이."

공주님처럼, 저를 부르는 카게누이 씨.

"쫄지 말어야. 나도 상처 입을께."

"……."

그러네요.

겉모습이나 분위기만으로 두려워하는 것도 예의를 잃은 행동입니다. 생김새가 아니라 이런 저의 태도가, 상대의 기분을 거스르는 것일지도 모릅니다. 무엇보다 쫄고 있다고 여겨지는 것도 뜻밖입니다. 어떻게 전해지고 있는지는 알 수 없습니다만, 저는 이미 옛날의 센고쿠 나데코가 아닙니다.

앞머리로 시선을 감추고, 자신을 '나데코'라는 1인칭으로 부르고 있던 무렵의 제가 아닌 것입니다. 용기를 내서, 카게누이 씨를 향해 발을 내딛었습니다.

얻어맞았습니다.

석등롱 위에서, 고저차를 이용한 상태로 머리를 얻어맞았습니다. 에?

아파하기보다도 어리둥절하게 되어 버렸습니다… 이 사람, 아무런 맥락도 없이 사람을 때렸다니까요?

여자아이의 얼굴(에 가까운 부분, 정수리?)을?

인사라는 듯이 후려쳤다니까요? 이게 인사?

농담이겠죠.

만나자마자 자기가 얻어맞았다는 사실을 받아들이지 못하고, 자기도 모르게 오노노키짱 쪽을 두 번 보았던 저입니다만,

"나에게 도움을 청하지 마. 너는 친구지만 언니는 주인님이야. 편들어 줄 수 없어. 혼자서 헤쳐 나가."

라고 무표정하게 대답했습니다.

진심인가요.

이 신사에서 구원받은 사람 제1호라는 베니쿠자쿠짱 스타일로 말한다면, 진심인가요입니까.

그 의지할 수 있는 오노노키짱이 여기에 와서 설마 적으로 돌아서다니, 소년만화의 클라이맥스 같은 전개입니다!

두근두근합니다! 거짓말, 안 합니다!

뭐, 오노노키짱에게도 이 사태는 예상 밖의 일인 것 같지만요…. 저는 그 자리에서, 한 바퀴를 돌듯이 스텝을 밟고 다시 카게누이 씨와 마주 보았습니다.

석등롱 위에 쪼그려 앉은 카게누이 씨는 다시 주먹을 쥐고… 반대쪽 손으로, 그 주먹을 누르고 있었습니다.

"미안, 미안시럽네이. 나도 모르게 때려 버렸시야. 손이 닿았으니 말여."

"손이 닿았으니까? 손이 닿아서 때린 건가요?"

"응. 어쩐지 짜증이 나서 말이제."

…'어쩐지 짜증이 나서 말이제'가, 사람을 때리는 이유로 성립되어도 괜찮은 걸까요? 그건 청소년의 마음속에 있는 어둠 같은 것이 아닌지… 어른이죠, 당신?

"맞어, 맞어. 오시노 군이나 카이키 군은 아이들한테는 무르니까 말이여. 만나면 내가 때려 줘야겠다고 생각하고 있었시야. 분명히 센고쿠 나데코는 누군가에게 얻어맞고 싶어 하고 있을 텡게."

맞고 싶어 하고 있지 않습니다.

억지 부리지 말아 주세요, 이유를. '맞어, 맞어'라니.

좀 봐 달라고요, 하나부터 열까지 저와 맞지 않는 사람이 와버렸습니다. 오시노 씨는 둘째 치고, 카이키 씨에게 그렇게까지 아이에게 무르다는 이미지는 없었습니다만(아이에게 사기를 쳐서 먹잇감으로 삼고 있었다고 합니다. 그런 의미에서는 저도 간접적인 피해자입니다), 이 사람에 비하면 그야 누구라도 자상한 편이겠지요.

오지 말았어야 했다는 마음이 제 안을 지배해 가기 시작했습니다만, 그러나 그런 제 안에 있는 신나데코에게 결판을 내 주기 위해서라도, 설령 형식적인 행위라고 해도, 인계는 해야만 합니다.

그건 그렇고 그 당사자(당사신?)는 어디에?

"하치쿠지라면 먼저 시작해 부럿제. 신사 뒤편에서 폭포수를 맞고 있을 것이구만."

폭포수행인가요.

폭포 같은 게 있었던가요, 이 신사?

"개그로 만든 모양인디, 모처럼 만들었으니 유효하게 활용하고 있제. 인계받는 측으로서, 하치쿠지에게는 몸을 정갈히 해 달라고 해야 하니, 다음 대의 신이라는 것은 수동적이며, 수동적일 테니까, 하치쿠지 쪽은 그것으로 족하겠제. 그래서 공격적인 능동태의 센고쿠 쪽인디."

어찌해야 할까나~ 라며 등롱 위에서 카게누이 씨는 팔짱을 낍니다. 지금부터 생각하지 마시라고요. 그렇게, 그 자리에서 궁리하는 느낌으로, 제가 해야 하는 진지한 의식의 내용을 결정하지 말아 주셨으면 하는데요….

공격적이라니.

수동적의 반대말, 공격적이 아니잖아요.

신권의 수수, 인가요.

그것이야말로 전에, 학교 수영복 차림으로('청정'이라는 단어를, 칸바루 씨가 잘못 이해했었습니다) 여기서 의식을 행했을 때는 그리 성공했다고는 말할 수 없습니다만… 케이스는 달라도 이번에는 그 리벤지가 되는 걸까요.

"키타시라헤비 신사… 하얀 뱀, 잉께 말이여. 그려서 하치쿠지八九寺인가. 흥. 그러면 이렇게 해 불까."

그렇게 말하며 카게누이 씨는 다시 그 자리에서 뛰어올랐습니다. 또 새전함 위로 돌아가나 싶었는데, 이번에는 그렇게까지 큰 점프가 아니라, 단 한 걸음 정도의 작은 점프였습니다.

즉, 카게누이 씨는.

저의 머리 위에 착지했습니다.

조금 전에 때렸던 것은 착지점의 강도를 확인했던 것이라고 생각될 정도로 한 치의 오차도 없는 10점 만점의, 저의 정수리를 향한 착지였습니다.

하지만, 가볍네? 올라가 있지 않은 것처럼?

모자를 쓰고 있는 것보다 실감이 나지 않습니다.

중국권법의 체술인가요?

"**시방부터 동이 틀 때까정 이 산에서, 89마리의 백사를 모아서, 고것을 새로 부임한 신에게 넘겨 분다.** 그것이 너한테서 미아 아가씨에 대한 양위의 증거여."

004

듣기로는 키타시라헤비 신사의 전신은, 浪白공원이라고 합니다. '로하쿠' 공원이라고 읽는지 '나미시로' 공원이라고 읽는지, 오랫동안 논의를 불렀던 그 공원의 정식명칭은, 그 어느 쪽도 아닌 '시로헤비'… '시로헤비沱白' 공원이었다던가요.

뱀 사蛇 자에서 부수가 삼수변으로 변한 물갈래 타沱 자를 보면, 마치 바다뱀으로 변해 버린 것 같습니다. 하지만 물에서 사는 뱀도 적지 않고, 옛날부터 전해져 오는 전승이란 그런 것이라고 들으면 일단 납득은 할 수 있습니다. 전승은 말 전하기 게임이기도 하니까요.

다만 개인적으로는 '나미시로' 공원이어도 좋지 않았을까 하고, 저는 그 이야기를 듣고서 생각했습니다.

이렇게 말하는 것도 일본의 뱀 분류에 '나미헤비 과'가 있기 때문입니다. 일본 고유의 뱀으로서 유명한 일본 쥐뱀, '아오다이쇼'는 이 나미헤비 과에 속해 있습니다.

그리고 이 아오다이쇼의 알비노를, 일반적으로는 백사라고 부른다고 합니다. 키타시라헤비北白蛇 신사, 백사白蛇신사.

그러나 신앙의 대상이 될 만한 수준이므로, 당연히 그렇게 간단히 볼 수 있는 뱀은 아닙니다. 하물며 89마리나 되면.

"미안하게 됐네. 이야기가 달라져서. 게다가 거들어 줄 수 없어서. 네가 혼자서 하지 않으면 의식이 되지 않는 모양이야."

경내에서 밖으로 나와 뱀을 찾으러 덤불 속으로 들어가는 저에게, 오노노키짱은 머리 위가 아닌 나무 위에서 그렇게 말을 걸어왔습니다.

이 위치 관계라면 팬티가 훤히 보이겠네요.

동녀의 팬티를 보고 기뻐하는 취미는 없습니다만, 그렇게 사과의 말을 듣게 되면 뭐라 불평도 할 수 없습니다. 애초에, 불평 따윈 없습니다.

얻어맞거나 밟히거나 한 것은 그럭저럭 굴욕적이었습니다만, 뭐, 이제부터 사회로 나가기 위해서, 하물며 크리에이터를 지향하기 위해서는 받아들여야만 하는 일입니다.

저를 싫어하는 사람은 있습니다.

네.

"짜증 난다고는 말했지만, 싫다고는 말하지 않았어, 언니는. 오히려 근성이 있는 아이는 좋아하지 않을까."

"근성 같은 건 없어… 에잇."

오노노키와 이야기를 하면서도 시야 가장자리에서 스르륵 하고 '뭔가'가 움직이는 것을 보고 저는 손을 쓱 뻗었습니다. 노리던 대로 목을 붙잡기는 했지만, 아쉽게도 백사는 아니었습니다.

평범한 뱀입니다.

아오다이쇼도 아니었습니다.

시로마다라*입니다.

※시로마다라(シロマダラ) : 일본 전역에 분포하는 일본 고유종 뱀 중 하나. 독은 없으며 야행성.

이름에는 흰색을 뜻하는 '시로'가 들어가 있어 아쉽습니다만, 백사라고는 말할 수 없겠네요.

시로마다라는 저의 손에서 도망치려고 이빨을 드러내며 몸통과 꼬리를 버둥버둥 날뛰고 있습니다만, 괜찮다니까요, 조각칼로 찢거나 하지는 않습니다.

릴리즈하겠습니다.

가까이 내려놓으면 위험하니 조금 멀찍이 내던집니다. 조금 난폭하지만 참아 주세요, 저도 물리고 싶지는 않으니.

"…너, 지금 아무렇지도 않게 뱀을 붙잡지 않았어? 한 손으로, 대충?"

"어? 응. 손이 닿았으니까."

"언니랑 완전히 똑같은 소릴 하고 있잖아. 글자 하나도 다르지 않잖아."

더욱 깊은 산속으로 걸어가는 나의 이동에 맞춰, 오노노키짱이 나무 위를 이동합니다. 카게누이 씨처럼 점프로 이동하는 것이 아니라, 자연스럽게 나뭇가지 위를 척척 걷는 느낌입니다.

"나무 위에 뱀이 있는 경우도 있어. 오노노키짱, 발견하면 알려 줘. 일단, 우선은 감을 되찾기 위해서 색에 상관하지 않고 닥치는 대로 잡아 볼 거니까."

"너, 뱀 잡기 명인이냐."

시골 아이니까요.

뱀이 무섭다는 감각도 이해합니다만, 마음만 단단히 먹으면 의외로 아무렇지도 않습니다. 이빨에만 주의하면 그리 대단할 것도 없으니까요.

"이번에는 죽이지 않아도 괜찮으니까, 전에 실패한 해주 수속보다는 훨씬 마음이 편해."

"아마미오 섬*에 가 봐. 반시뱀을 한 마리 잡으면 3천 엔을 받을 수 있대."

진짜인가요.

매력적이네요.

그렇지만 만화가 지망이며 전문가 견습에, 뱀 잡기 명인까지 목표로 하기 시작하면 저의 장래 설계가 슬슬 갈피를 잡을 수 없게 됩니다. 아, 잡았습니다.

오른손과 왼손에 한 마리씩.

어미와 새끼일까요?

"우왓. 살무사였네."

"'우왓'으로 끝내지 마. 하다못해 느낌표를 붙이라고. 마침표로 끝내지 마."

역시 살무사는 무섭네요.

조금 전보다는 조심스럽게, 멀찍이 던집니다. 진행방향과 반대편입니다, 물론.

"…살무사는 죽여도 괜찮은 거 아냐?"

"이래 봬도, 뱀의 신이었던 몸이니까."

그래서 옛날보다 뱀에 대한 저항감이 약해져 있는 것인지도

※아마미오 섬(奄美大島) : 가고시마 현 남쪽의 아마미 제도에 있는 섬.

모릅니다. 약 1년 전, 마찬가지로 뱀을 잡으려고 이 산을 배회하던 무렵에는, 시골 아이인 저라도 좀 더 움찔움찔했을 거라고 생각합니다.

뭐, 근성은 지금도 없습니다만.

터프해지기는 했는지도 모르겠네요.

"그 왜, 여름 축제의 금붕어 뜨기도 다들 아무렇지도 않게 하지만, 잡은 금붕어를 해부하라는 말을 들으면 떠내기 전부터 주저하게 되겠지? 그것하고 마찬가지야."

"마찬가지일까…."

"다만, 츠키히짱은 초등학생 시절에 금붕어 뜨기 노점에서, 다 함께 몇 마리 떠내는지 경쟁이다~! 가장 많이 떠낸 사람은 솜사탕을 얻어먹을 수 있다~! 라는 상황이 되었을 때, 망설임 없이 뜰채 가장자리 부분으로 금붕어를 퍽퍽 때려서 반쯤 죽여 놓은 뒤에 떠냈었지."

"친구의 그런 어두운 에피소드를, 겸사겸사 이야기한다는 느낌으로 소개하지 마. 반쯤 죽여 놓는다니."

그런 소녀시절을 보내고 있었다면 네가 뱀 잡는 중학생이 된 것에도 납득이 간다고, 오노노키짱은 그렇게 말했습니다.

어두운 에피소드인가요.

하지만 어린아이는 다들 그런 법이라고 생각하지만요…. 깊이 있는 논의를 하자면, 금붕어 잡기란 유희 자체가 좀 아니라는 이야기가 되어 버리고요.

생명의 잔학성.

낚시는 괜찮지만 회를 뜨는 것은 싫다든가, 혹은 물고기는 괜찮지만 낚싯바늘의 살아 있는 미끼를 건드리는 것은 무섭다든가, 생명관도 그리 단순하지만은 않습니다.

저는 명백히 도를 넘었습니다만, 그러나 그것을 너무 후회하는 것도 지나친 행동의 일종이겠고요. 거기서 후회하는 것으로, 자신을 선량하며 연약한 인간으로 보이게 만들고 있다고 할까요… 그 죄책감을 자기합리화해서, 저는 편하게 살려고 하고 있다는 느낌도 부정할 수 없었습니다.

그 상징이 쿠치나와 씨였습니다.

"사실은 Y자 형태의 나뭇가지 같은 것으로, 연탄집게처럼 뱀의 목을 땅바닥에 눌러 두는 것이 좋겠지만, 나는 손으로 잡는 파야."

"그런 파벌은 없어."

"나뭇가지로는 감각을 익힐 수 없어. 서툴거든."

"서투르다면 감각을 익히기 이전에 뱀을 잡을 수 없겠지. … 너, 그 뱀 잡기 명인 캐릭터를 전면에 내세우고 있으면, 중학교에서 왕따당하는 일도 없었을 거야."

뱀은 무섭기 때문일까요.

아니, 왕따당하지는 않았지만요?

"자기 손으로 잡지 않으면, 생명을 붙잡고 있다는 실감이 없지."

"달인의 대사잖아. 그게 아니면, 위험한 녀석의 대사야."

위험한 녀석, 쪽이려나요.

1년 전에는 그 후에 많은 수의 뱀을 토막 냈던 저이니까… 그때, 토막 냈던 뱀은 전부 합쳐서 89마리 정도, 되었던가요?

아뇨, 그때도 많이 봐야 20~30마리 정도였겠지요.

알비노 개체라는 건 어느 정도 비율일까요. 대충 100마리에 한 마리 꼴이라고 생각하면, 이번의 저는 총 합계 8천 9백 마리의 뱀을 모아야만 하는 걸까요… 실제로는 천 마리에 한 마리 정도일지도 모르고요.

만에 하나라든가?

"그렇다면 동틀 무렵까지 백사 89마리라는 건 말도 안 되는 얘기 아냐? 운이 좋으면 몇 마리 찾을 수 있을 정도가 아닐까."

"언니의 무리한 요구는 어제오늘 시작된 일이 아니야…. 참고로 언니가 바로 최근까지 지내고 있던 북극은, 뱀이 서식하지 않는 몇 안 되는 지역 중 하나야."

그래서 뱀에 대해서 잘 모르는 상태로 문제를 냈을 가능성은 있지, 라고 말하는 오노노키짱.

북극에 있었다니.

어떤 인생인가요.

가지 않아도 되는 곳이잖아요, 거기는.

"북극은 대륙이 아니니까, 지면이 아니라는 이유로 평범하게 걸어 다닐 수 있어서 언니에게는 편안한 장소였던 모양이지만. 뭐, 전설의 흡혈귀를 만든 인물이 등장했다고 하게 되니 역시나 귀국하지 않을 수 없었던 거지."

"…지면을 걸을 수 없다는 것도, 이상한 저주네."

제가 1년 전에 걸렸던 저주는 거대한 뱀에게 온몸을 휘감긴다는 것이었습니다만, 어떤 의미에서는 스탠더드하다고 할까, 아주 알기 쉽습니다.

사냥감을 그렇게 졸라 죽이는 뱀도 있으니까요.

하지만 지면을 걸을 수 없다니….

"다섯 명이 달려들어서 나라는 시체를 되살렸다는 것이 일의 발단이니까. 언니와 테오리 오빠는 하반신을 담당했어. 그래서 하반신에 저주가 걸렸어. 그런 느낌이지."

"테오리 오빠라는 것은… 그, 누구였더라…."

"인형사야. 가엔 씨의, 네 명 있는 직계 후배 중 한 명이야. 오시노 오빠와 카이키 오빠하고는 지금 전문가로서의 위치가 조금 다르지만, 대학시절에 두 사람은 비슷한 존재였어."

"흐응. 하반신을 담당했으니까 하반신에 저주가… 그럼 상반신을 담당한 건? 오시노 씨하고, 카이키 씨야?"

"그래. 정확히는 상반신이 아니라 몸통 담당이라고 해야 할까. 그리고 머리를 담당한 사람이 가엔 씨."

"가엔 씨…."

갑자기 올 수 없게 된 사람이지요.

만일 그 사람이라면 저에게 어떤 과제를 부여했을까요…. 뭐가 어찌 되더라도 하룻밤에 백사 89마리를 잡으라는, 특이하기 짝이 없는 과제는 아니었을 거라고 생각합니다만.

"그래. 가엔 씨. 그 사람은 뭐든지 알고 있어… 그런 저주를 받고 있으니까."

"……."

어라?

저, 지금 아무렇지도 않게 중요 기밀을 들은 거 아닌가요?

오노노키짱, 저에게 속을 너무 털어놓고 있잖아요.

츠키히짱에 얽힌 불평을 들어 주고 있는 정도로, 저 같은 자에게 그렇게까지 흉금을 터놓아도….

"전문가의 길을 걸을 생각이라면, 이것은 알아 두었으면 해. 뭐든지는 몰라도 이 정도는 말이야. 물론, 모르는 편이 좋은 것도 있어. 예를 들면 지금, 가엔 씨가 상대하고 있는 아라운도洗人처럼."

"어라운드?"

"급한 용무야. 화급한 용무라고 해야 할까. 조금 전에 언니에게 들었어. 그것도 저주의 결과야. 그런 것까지 모르면 안 되는 가엔 씨의 인생은, 인상적일 정도로 즐겁지도 전능적이지도 않아. 요컨대 벌이지. 세상에는 손을 대서는 안 되는 금기란 것이 있어."

"…하지만 가엔 씨 일행이 그 금기를 깨 주지 않았다면, 오노노키짱은 지금 여기에 없는 거지?"

"그렇게 되겠지. 그런가, 너와 내가 친구가 될 수 있었던 것만으로도, 가엔 씨 쪽 사람들이 저주받은 보람이 있었네."

아냐아냐아냐아냐아냐.

그렇게 말해 주는 것은 기쁩니다만, 대가가 너무 크겠지요.

아, 또 뱀이다.

이번에는 잡다가 놓쳤습니다.

뭐, 어떻게 봐도 하얀 색이 아니었으니, 그냥 넘어가죠. 노캐치 & 릴리즈입니다.

"오시노 씨와 카이키 씨는? 몸통 담당인 두 사람은, 어떤 저주에 걸렸어?"

"그 두 사람의 경우에는 다른 세 사람 정도로 알기 쉽지 않아. 알려 줘도 괜찮지만, 전부 까발리는 것도 재미없겠지. 스스로 생각해 봐."

어라라.

갑자기 입을 다물어 버렸네요.

오노노키짱은 저를 발전시키는 것에 여념이 없습니다. 위험합니다만, 좋은 친구를 둔 것 같습니다.

뭐, 아마도 그 두 사람이 평소에 보이는 아이덴티티 같은 행동과 관계가 있겠지요. 한곳에 오래 머무를 수 없다든가, 작별을 말할 수 없다든가, 사람을 계속 속여야만 한다든가, 수전노가 된다든가?

몸통 만들기와 어떻게 엮이는지는 알 수 없습니다만, 대충 그런 정도이겠지요. 내일, 일들이 정리되고 나면 조금 더 제대로 생각해 볼까요.

…내일, 말이죠?

"오노노키짱. 그러면 질문을 바꾸겠는데… '언니'가 무서워서 순순히 받아들여 버렸는데, 혹시 이 양위 의식, 달성하지 못하면 어떻게 돼? 즉, 내가 이대로 백사 89마리를 산 채로 잡지 못했을 경우의 얘긴데."

가장 먼저 확인해야 했던 사항이었습니다.

한시라도 빨리 카게누이 씨가 머리 위에서 내려왔으면 해서, 두말없이 탐색을 시작해 버렸습니다만… 달성할 수 없게 되면 내일 다시, 라도 괜찮은 걸까요?

뭐라고 할까요, 그때 문득 떠오른 것으로 정해 버렸다는 인상입니다만 그래도 전문가의 견지에 따라 정해진 수순이니까, 이렇게 한 번 착수해 버린 이상 달성하지 못하거나 도중에 그만두거나 하면 별로 좋지 않을 것 같은 기분이….

저주를 풀기 위한 의식이 아니니까 저주가 되돌아오는 일은 없다고 해도, 그런 경험을 했던 사람으로서는 이런 걱정을 품는 것이 조금 늦었다고 말하지 않을 수 없습니다.

"글쎄. 나도 전문 분야가 아니라서 확실하게 말할 수 없지만… 다음 신에 대한 신권을 양도하는 양위 의식에 실패했다는 얘기가 되니까, 이론상으로는…."

오노노키쨩은 조금 생각하는 몸짓을 한 뒤에 다음과 같은 가설을 이야기했습니다.

"…네가, 다시 신으로 돌아가 버리지 않을까?"

005

참고삼아 적어 두자면, 백사는 국가 지정 천연기념물로서 보호되고 있으므로 의식이든 뭐든 간에 89마리나 제멋대로(제 손으로?) 잡으면, 그에 따른 처벌을 받게 될지도 모릅니다. 반시 뱀 구제驅除와는 상황이 다릅니다.

그러나 이런 상황이라면 그 걱정은 하지 않아도 괜찮을 것 같습니다. 그 뒤로 몇 시간이 지나서 뱀 잡는 중학생으로서의 감각은 완전히 되찾았습니다만, 그러나 목적하는 천연기념물은 그림자도 보이지 않았습니다.

결백을 주장할 수 있습니다, 백사인 만큼.

다만, 그렇다고 해서 안심할 수만도 없습니다. 이대로라면 양위할 수 없기는 고사하고 제가 신의 자리에, 제 의도와는 반대로, 복귀하게 되어 버릴지도 모른다는 말을 듣게 되면.

아니, 현실적으로는 그런 일은 일단 없을 것이라 생각합니다만, 하지만 신이라고 말하는 시점에서 현실의 범위를 크게 일탈하고 있는 것도 사실입니다.

신나데코 재림이라니.

그건 큰일이잖아요.

단순히 제가 싫다, 두 번 다시 하고 싶지 않다는 것이 아니라, 마을 입장에서도 좋지 않습니다. 오노노키쨩이 뭐라고 말하더라도, 제가 신에 어울리지 않는다는 점만은 잘 알고 있습니다.

이야기를 들어 봐도 하치쿠지쨩 쪽이 훨씬 적임자라고 할까요. 적어도 저는 그 애에게서 신격을 빼앗고 싶지는 않습니다.

덤으로 붙은 단편 같은 포지션이라고 방심하고 있었습니다만, 갑자기 위기감이 높아지기 시작했습니다… 뱀 잡는 중학생으로서의 제 실력에, 마을의 미래가 걸려 있을 줄이야.

설마 신의 자리에서 내려온 뒤에 신 같은 행위를 하게 되다니, 이거 참, 인생은 참 마음대로 안 되는 법입니다.

그러면… 어쨌든 방식을 바꾸는 편이 좋아 보이네요. '덤불을 헤집어서 뱀을 나오게 한다' 작전은 가망이 없다는 느낌입니다. 효율이 너무 나쁩니다.

둥지든 콜로니든 뭔가 찾아서 일망타진하는 것이 나을 것 같습니다. 그것도 모 아니면 도라는 점에서는 다를 바 없습니다만….

저도 교과서를 보고 뱀 잡는 법을 배운 것은 아니므로(책으로 배운 것은 뱀에 관한 오컬트 방면의 지식뿐입니다) 확실치 않은 이야기를 하게 되겠습니다만, 뱀도 물가를 거점으로 삼을 것 같지요?

두 시간 정도 계속 걷느라 지쳤으니, 물가에서 일단 쉬기로 하죠…. 그렇게 생각하고 저는 물소리가 들리는 쪽으로 나아갔습니다.

그러나 도착한 곳은 강이 아니었습니다. 폭포였습니다.

"어라, 오노노키 씨 아니세요. 그렇다는 이야기는, 당신이 센고쿠 씨이신가요? 직접 만나는 것은 이게 처음이 되나요?"

그곳에서 폭포수를 뒤집어쓰고 있던 것은… 아뇨.

뒤집어쓰고 있지는 않았습니다, 하얀 옷을 입고 푹 젖어 있기는 했습니다만, 지금은 휴식중인지 아니면 마침 폭포수행을 멈춘 것인지, 물가에서 첨벙첨벙하며 발만 물에 담그고 앉아 있는 것은 열 살 정도의 여자아이였습니다.

그렇다는 것은… 이 아이가 하치쿠지 마요이짱인가요.

아무래도 백사를 찾아 산속을 정처 없이 헤매던 중에 신사 중심으로 한 바퀴 빙 돌다가 산 정상으로 돌아와 버린 모양입니다.

개그 같은 상황입니다만, 조난 일보 직전이었네요. 똑바로 나아가고 있다고 생각하지만 그 자리에서 나선을 그리며 빙글빙글 돌아 버린다는….

"소용돌이치는 나선이라고 하면 달팽이 껍데기를 떠올리게 되지만, 생각해 보면 뱀도 그렇지. 뱀도 역시 똬리를 튼 나선궤도… 우로보로스의 뱀을 예로 꺼낼 것도 없이, 그 자리에서 회전하고 있는 것 같은 존재야."

그런 함축이 있는 말을 하면서, 오노노키짱이 나무 위에서 간신히 내려왔습니다. 저의 머리 위에 착지합니다.

그 음양사라서 이 식신인가요.

"호이."

그대로 목말을 타는 자세로 이행합니다.

그렇게까지 친근하게 따르지 말아 달라고요, 라고 말할 뻔했습니다만, 그런 척수반사를 꾹 참습니다.

왜냐하면 친근하게 따라 주는 것이 기뻤기 때문입니다. 인간의 심리란 참으로 기기괴괴.

친근하게 따랐던 적은 있어도, 누군가가 친근하게 따라 주는 것은 저의 인생에 지금까지 없었던 사건이니까요.

"…안녕. 센고쿠 나데코야."

목말 상태로는 밸런스 때문에 고개를 숙이기 어려웠습니다만

(오노노키짱은 체중을 없애 주지 않습니다), 저는 우선 하치쿠지짱에게 그렇게 인사를 했습니다.

확실히, 어쩐지 자주 이름을 들어 왔던 터라 이미 오랫동안 알고 지낸 듯한 기분도 듭니다만, 사실은 처음 만나는 것도 이만한 게 없지요.

그렇다기보다, 만나도 괜찮은가요?

저는 백사를 아직, 한 마리도 준비하지 못했는데.

"괜찮지 않을까요? 의식 같은 건 그냥 형식적인 거잖아요. 저도 보시는 대로 싫증난 지 오래되었다고요."

싫증난 지 오래되었다니.

폭포수를 잠깐 뒤집어쓰다가 금세 그만둔 모양입니다.

들었던 대로 플렉시블한 성격 같네요. 진지하게 뱀을 찾고 있던 제가, 이렇게 되면 바보 같습니다만.

하지만 듣던 것과 다른 구석도 있네요. 하치쿠지 마요이짱의 알기 쉬운 아이콘은, 달팽이의 촉각을 연상시키는 트윈 테일이라고 들었는데요?

지금은 스트레이트하게 내리고 있습니다.

물에 젖은 머리가 어린 소녀에게는 있을 수 없는 요염함을 빚어 내고 있습니다만… 폭포수행을 하기 위해 풀어 헤친 걸까요?

"아뇨, 그게 말이죠. 저는 공부가 부족해서 오늘 이때까지 몰랐는데요, 달팽이의 촉각이란, 정확히는 네 개 있는 모양이더라고요. 두 개가 아니라, 네 개란 말이죠. 그렇다면 저의 트윈 테일에는 의미가 없지 않나 하는, 아이덴티티 붕괴의 위기와 싸우고 있어요."

대촉각과 소촉각이네요.

그렇다고 해서 트윈 테일을 포 테일로 할 수도 없겠고, 솔직히 제삼자의 입장에서는 별 상관없다고 생각합니다만… 뭐, 아이덴티티에 관련된 고민이란 그런 것일지도 모릅니다.

저도 머리 모양에 대해서는 상당히 고민했었으니까요?

하지만 저의 앞머리는, 모두 귀찮다고밖에 생각하지 않았습니다.

"저도 차라리, 센고쿠 씨처럼 베리 쇼트로 해 버릴까요. 편해 보여서 좋지요, 그거. 이렇게 푹 젖어도 금방 마를 것 같고요."

"별로 권할 수는 없으려나…."

안 그래도 하치쿠지짱에게 저의 뒤처리를 떠넘기고 있는 상황인데, 헤어스타일까지 밀어붙인 것이 되어 버리는 것은 좀….

확실히 편하기는 합니다만.

저는 터벅터벅 하치쿠지짱에게 다가가 옆자리에 앉았습니다. 오노노키짱을 어깨 위에 올린 채로.

"하지만 센고쿠 씨도, 반성의 뜻을 담아 스님이 된 것도 아니잖아요?"

"응…. 반성, 은 아닐까."

완전히 까까머리를 한 것도 아니고 말이죠.

부끄럽습니다만,

"굳이 말하자면, 결의일까."

입니다.

"반성은 반성대로 하고 있지만. 여기서 신이었을 무렵에 있었던 일…이 아니라 그 이전에 있었던 일."

"괜찮다고 생각하지만요, 저는. 솔직히, 그 일은 아라라기 씨가 잘못했다고 생각하고요."

어라.

소식은 이미 전해 들었던 걸까요.

하지만 새로운 의견이 나왔네요.

하치쿠지짱이 저의 편을 들어 주다니, 정말 의외입니다. 목말 상태인 오노노키짱도 '얌전 나데코'에 대해서는 엄한 의견을 가지고 있었으니.

"저는 아라라기 씨의 친구라서 아라라기 씨에게는 엄해요."

좋은 친구네요.

저로 말하면, 츠키히짱 같은 위치인 걸까요.

"당신이 보내는 호의에, 둔감한 척을 하며 제대로 마주하지 않았던 것은 신사로서 있을 수 없는 행위였다고 생각해요~ 당신을 상대해 주지 않았던 아라라기 씨의 책임은 커요. 그런 짓은 너무하다고 생각하지 않으시나요?"

그런 불성실한 자세에 비하면, 같은 반 남학생을 제대로 찼던 센고쿠 씨는 아주 장하죠, 라고 말하는 하치쿠지짱.

과연 어떨까요.

뭐, 저의 마음에 대해서는 최근에야 간신히 승화시킬 수 있었던 부분도 있습니다만, 그러나… 주체하기 어려웠던 그 마음이 그 사람에게 전혀 전해지지 않았다는 것은, 역시 허무해지는 구석이 있지요.

저의 우스꽝스러운 어프로치가 전혀 꽂히지 않았다니.

"꽂힌다, 인가요. 이른바 연시戀矢네요."

"연시? 사랑의 화살? 큐피드?"

그게 아닙니다.

대촉각이나 소촉각과 마찬가지로, 달팽이의 기관 중 하나입니다.

로맨틱한 이름이 붙어 있습니다만, 그것에 찔리면 찔린 상대는 수명이 줄어든다고도 이야기되는, 상당히 무서운 기관이기도 합니다.

"저는 초등학교 5학년일 때, 첫사랑도 경험해 보지 않은 채로 죽어 버렸으니까요. 별로 적절한 어드바이스는 할 수 없겠지만, 굳이 훈수로서 말을 보태 보자면 재회의 타이밍이 나빴던 거죠. 이 산에서, 몇 년 만에 만나셨잖아요?"

타이밍인가요.

확실히, 저에게 걸린 저주를 풀려고 기를 쓰고 있던, 뱀을 잡아서 죽이고 있던 그 시기에 재회해 버린 것은, 지금 생각하면 최악의 타이밍이었다고 말할 수 있습니다.

그러지 않았다면 재회의 계기 따윈 없었으리라는 점 또한 확실합니다만.

"하지만 만약 하네카와 씨나 센조가하라 씨, 그리고 시노부짱보다 빨리 재회했다고 해도 결과는 달라지지 않았을 거라고 생각해. 백보 양보해서, 혹시 나의 소망이 성취되었다고 해도…."

"그러네. 100퍼센트, 그 맛이 간 여자에게 빼앗겼겠지."

맛이 간 여자라니.

오노노키짱도 그 커플에는 엄한 구석이 있네요.

지금은 둥글어졌다고 들었습니다만… 이렇게 말하기는 뭣하지만, 그런 전개가 되지 않았던 것이 저의 생명을 구했다고 말할 수 있을 것 같습니다.

생각해 보면, 센조가하라 씨가 코요미 씨와 만난 것은 시노부짱이나 하네카와 씨보다 나중이었으니까요.

그런 적극성이야말로 사랑이라고 말한다면… 연시라고 말한다면, 저도 하치쿠지짱과 마찬가지로 아직 첫사랑조차 모른다는 말을 듣더라도 어쩔 수 없을지도 모릅니다.

하지만 무엇이 사랑인가 하는 것도, 한창 사랑에 빠져 있는 동안에는 알 수 없는 법이지요.

…아, 그렇다기보다.

저, 지금, 하치쿠지짱과 사랑 이야기 같은 걸 하고 있는 건가요?

무심코 이런 이야기를 한 적은 없었지요.

오노노키짱이나 츠키히짱을 상대로 하고 있던 것은 사랑 이야기란 느낌이 아니었고(고민 상담 같은 것이었습니다)… 의외로 하치쿠지짱은 연애의 신에도 적합한 게 아닐까요?

"그러네요. 제가 생전에 할 수 없었던 첫사랑을, 살아 있는 여러분은 꼭 경험해 주셨으면 해요. 꼭, 무슨 일이 있더라도."

"…하치쿠지짱, 은."

물어봐도 소용없는 일이라고 생각하고 있어서, 만약 오늘 얼굴을 마주하더라도 물어보지 말자고 생각했던 질문을, 여기서 저는 물어보고 말았습니다.

저의 이런 부분이겠지요.

"신이 된 것을, 후회하지 않아?"

제가 떠넘겨 버린 것.

단순하게 그렇다고는 말할 수 없을지도 모릅니다.

자세히 아는 것은 아닙니다만, 그래도 하치쿠지짱에게는 선택의 여지가 없었다고도 들었습니다.

신이 되는가, 지옥에 떨어지는가, '어둠'에 삼켜지는가의 삼지선다였다고… 그런 건, 실질적으로는 하나밖에 선택할 수 없지요.

수백 년 전 시노부짱이 신으로 모셔졌을 때에도, 결코 그것을 바라지는 않았다고 합니다.

그때의 시노부짱의 자세는 굳이 말하자면 저의 스탠스에 가까운, '그냥 군림하고 있을 뿐' 같은 느낌이었다고 합니다만… 하치쿠지짱은 그것만으로 끝낼 생각은 없는 듯합니다.

이상해져 버린 저와 달리 지금도 자아를 유지하고 있는 것 같고…. 그렇기에 질문하고 싶은 것입니다.

질문해 버린 것입니다.

"후회는 하지 않네요. 아마, 다른 선택지가 있었어도 저는 이 길을 걸었을 거라고 생각해요."

"…그래?"

"속죄이기도 하고요. 지옥에서 돌을 쌓아 올리다 보면 그야 이런저런 생각도 하게 되기 마련이라고요. 11년간 제가 길을 헤매게 만들었던 사람들에게 완전히 피해가 없었느냐면, 그렇지도 않겠고요. 누군가에게 도움이 될 수 있는 것은, 기쁜 일이라니까요?"

길을 잃게 만들어 왔던 제가.

길을 보여 줄 수 있는 것은, 기뻐요.

하치쿠지짱은 그렇게 말했습니다.

"누군가가 하겠다고 말해도, 이제는 양보하지 않을 거예요. 이것은 저의 일이에요."

죄책감은, 뭔가를 하지 않는 이유가 될 뿐만 아니라, 뭔가를 하기 위한 이유도 되는 법이군요.

그것을 깨닫지 못했던 저는, 상당한 시간을 허비하고 말았습니다만… 저의 후계자는 훌륭하네요.

"…신이 된 것은, 꼭 귀신 오빠를 위해서만은 아니란 얘기구나. 뭐, 마요이 언니도 슬슬 귀신 오빠를 졸업하지 않으면 영원한 유급생, 오시노 시노부처럼 되어 버릴지도 몰라."

영원한 유급생이라니.

시노부짱은 조금 예외겠지요.

후우…. 하지만 그 말을 듣고, 사실은 조금 약해져 가던 모티베이션이 부활했습니다.

어떻게 해서라도, 넘겨야만 합니다.

이 아이에게 넘겨야만 합니다.

신권을, 그리고 길을.

도저히 포장도로라고 말할 수 없는 험로입니다만, 그래도 미아 소녀라면 틀림없이, 씩씩하게 계속 걸어가 줄 것입니다.

설령 형식적인 행위일 뿐이더라도, 제대로 양위해야만 합니다.

그것이 제가 이 신사에 모셔진 신으로서 능동적으로… 공격적으로 집행하는 최초이자 최후의 역할이 되게 하죠.

결의와 함께, 저는 일어섭니다. 우선 결의를 입 밖에 냅니다.

"좋았어! 하치쿠지짱에게, 89마리의 백사를 바치겠어!"

"에, 잠깐만요. 뭔가요, 그거. 못 들은 얘긴데요…. 그런 무서운 것을 바치지 마세요. 그런 것을 받을 바에야, 저는 신을 그만두고 지옥에 떨어지겠어요."

"하지만 현실적인 문제는 어떡할 거야, 나데 공작? 제한시간은 시시각각 다가오고 있어."

지금 그런 이야기를 꺼내면 기획의 취지가 흔들리므로 하치쿠지짱의 발언은 들리지 않았던 것으로 했는지, 저의 어깨 위에서 오노노키짱이 질문해 왔습니다.

저의 편은 들 수 없다고 말하면서도 동향은 신경 써 주는 모양입니다. 저의 계위도, 공작으로 랭크 업 되었고요.

"괜찮아. 나, 무리한 과제에 대해 너무 정면으로 도전했었어. 좀 더 창의적으로 대응할걸 그랬지. 하치쿠지짱처럼, 하고 싶은 대로 해야 했어. 반성해야 할 점은 반성하더라도, 나에게는 진지함 같은 것이 요구되지는 않았어. 자아를 잃어서는 안 되었어. 시키는 대로가 아니라 내 마음대로 하는 것이 필요했어."

"흠. 그렇다면?"

"실례했네요. 혀가 꼬여 버렸어요… 란 얘기야."

어이쿠.

긴장했는지, 정말로 혀가 꼬여 말이 잘못 나왔습니다.

원래 저는 만화가를 지망하는 중학교 3학년으로서, 이렇게 말하려고 생각했던 것입니다. 실례했네요, 제가 그려 늘렸어요, 라고.

006

"그래서, 요즈루. 어떻게 된 거야? 신위양도 의식의 전말…이라기보다는 이번의 결말은."

"그게 허벌나게 잘 풀려 버렸지라이, 가엔 선배. 제가 생각했던 것하고는 많이 다른 느낌의 결말이 됐지만, 큰일 없이 끝나부렀당께요. 큰일 있게 끝났다고 해야 할지도 모르겠지만요."

"흠. 뭐, 그렇겠지. 구체적으로는?"

"센고쿠에게서 하치쿠지에게, 89마리의 백사를 바치라는 과제를 냈지라이. 뭐, 수는 솔찬히 정해 부렀소. 쪼까 많다 싶을 정도의 기준으로."

"그렇군. 나는 떠올릴 수 없는 수법이야. 너다워, 요즈루. 그렇지만, 100마리 가까운 백사를 생포한다는 것은 난이도가 너무 높지 않았어? 자칫하다가는 신권이 센고쿠짱에게 돌아갔을지도 몰라."

"저는 뭐, 그래도 괜찮다고 생각해 부렀당께요. 하지만, 쪼까 무리한 요구는 했어도 무리난제는 아니었어라. 그 애가 옛날에 저질렀던 무익한 뱀 죽이기의 속죄를 시키자고 생각했응께."

"식재? 아, 속죄. 흐응, 메메나 데이슈에게 이런 저런소릴 하지만, 너도 상당히 어린아이에게 무르구나. 의외의 일면이야."

"요츠기가 가장 무르다고 생각하는 사람은, 가엔 선배인 모양이지라."

"그 인형 녀석. 요컨대 속죄라는 건… 너는 센고쿠짱에게, 백사의 **번식**을 촉구했다는 거야? 그것이 네가 생각하는 모범해답이었어?"

"워메, 날카롭소이, 역시. 가엔 선배에게는 못 당해 불겠구만요. 참말로 머리가 절로 숙여지네이."

"그렇다면 조금 전부터 몇 번이나 내 머리 위에 착지하려고 챌린지하는 걸 멈춰. 피하는 것도 즐겁지 않아."

"백사를 89마리라고 해도, 단 두 마리만 잡아 불면 거기서부터 자손번식을 기대할 수 있다… 그렇다기보다 **언젠가 죽여 분 수만큼**, 생명을 키울 수 있다. 하나의 생명을 죽여 분다는 것은, 그다음을 잇는 99의 생명을 죽이는 것이며, 하나의 생명을 구하는 것은 그다음으로 이어지는 99의 생명을 구하는 것. 윤회전생의 기본이지라."

"두 마리를 잡는 것만으로도 충분히 난제라고 생각하는데 말이야. 암수도 구별해야 하고… 윤회전생의 기본인가. 그 기본적인 룰을 흐트러뜨리니까, 너는 불사의 괴이를 싫어하는 건가?"

"저에 대한 건 상관없구면요. 문제는, 센고쿠는 제가 모처럼 준비한 그 모범답안을 호쾌하게 무시했다는 거구면요."

"호쾌하게 무시. 뭐, 뱀은 사냥할 때에 시력에 의존하지 않으니까. 센고쿠짱은 그다지 배짱을 부리는 편은 아닌 것 같고…. 하지만, 그러면 그 애는 대체 어떤 비기를 사용해서 너의 의식을 극복한 거야?"

"그 왜, 그 신사의 신체神體는, 부적이었잖여라?"

"응? 그랬지. 말하자면 평면의 뱀이었어. 그게 왜?"

"고것의 응용이지라이. **89마리의 백사의 모습을 그림으로 그려서**, 고것을 후계자에게 줘 분 것 아니겠소잉."

"그림으로 그렸다? 그림의…."

"그림의 떡이 아니라, 뱀이었다는 얘기지라. 거시기, 새해에 만드는 카가미모치*의 유래는 백사가 똬리를 튼 모습이라는 설도 있드만요."

"…그래서 너는 납득한 거야? 아니, 네가 납득했다면 대리를 맡긴 내가 지적할 권리는 없지만, 하지만 그것은 아무리 그래도…."

"어쩔 수 없지라이. 요츠기에게, 그 애가 만화가를 지망한다는 얘기는 들었지만, 그 그림 실력에는 압도되고 말았당께요. 아니, 압도되었다기보다는… 그렇죠. 진짜라고 착각해 버렸지

※카가미모치(鏡餠) : 새해에 만드는 일본의 떡. 크고 작은 둥근 떡을 겹쳐서 방안의 토코노마에 장식하는 풍습이 있다.

라이."

"진짜."

"시방이라도 움직이기 시작할 것 같은, 살아 있는 백사… 고 것은 그림 실력이라기보다는 마력의 범주였지라. 요츠기의 가르 침을 받고 식신을 네 마리 만들어 보였다고 했는데, 고것도 그 럴 만하네요이."

"…어떤 의미에서는, 번식시킬 것도 없이 살아 있는 뱀 89마 리를 이 세상에 태어나게 만들었다는 건가. 그림으로 그려서 불 렸다… 그려서 늘렸다. 무시무시하네."

"쪼까 아쉬운 것은, 전문가 앞에서 무슨 짓을 해 부렸는지 정 작 본인은 잘 모르는 것 같더랑께요. 하치쿠지에게 양위하고 그 애가 신위에서 내려온 것은 저는 다른 의미에서 정답이었다고 생각하요. 지나침은 아니함만 못 하다. 신위 따위, 센고쿠 나데 코는 절대 가지지 않는 편이 좋겠지라이."

"흠. 그러면 하치쿠지짱 쪽은 이것으로 당분간은 걱정할 필 요 없다고 치고…. 이렇게 되면 센고쿠짱이네. 신조차도 통과점 이라는 그 애에 대한 평가를, 나는 한 단계 더 높이는 편이 좋아 보여. 유망한 신인이니까 차분히 키우고 싶은 참인데… 그 애에 게는 지금이야말로 탈피할 타이밍일지도 몰라. 과거가 청산된 참에, 이쯤에서 한번 그 애에게 일을 줘 보자."

"일이여라… 수행을 건너뛰고. 뭐시냐, 저도 그런 느낌이었구 만요. 탈피하는 게 아니라 탈락하더라도, 언능 하는 편이 좋다 고 생각해 부러요."

"남의 일처럼 말할 상황인가? 이것도 인연이니 그 일에는 너도 일역을 담당하게 할 셈이야. 물론 요츠기에게도."

"? 그건 상관없는디요, 근데 저와 요츠기가 나선다는 것은 이번에야말로 상대는 불사신의 괴물…."

"그래. 실은 이번에 들어온 급한 용무에 관련된 일이야…. 약속상 코요밍에게는 부탁할 수 없어서, 머릿수가 좀 부족했었어."

"아라라기 군의 뒤처리는, 센고쿠가 뒤집어쓰게 되는 모양새인가 보요이. 참 절묘하게 돌아가 부네요, 윤회는."

"그러네. 마치 소용돌이 같고 마치 똬리 같아. 그런 의미에서도 딱 좋지. 상대도 포함해서, 너희들에게 맞아."

센고쿠 나데코 첫 사건은 불사신의 괴물.

다섯 머리의 뱀, 아라운도 우로코 洗人迂路子가 상대야, 라고.

전문가들의 관리자, 뭐든지 알고 있는 가엔 이즈코 씨는 제가 모르는 곳에서 그렇게 결정했다고 합니다.

뱀의 길은, 헤비 로테이션!

방황 이야기 끝

작가 후기

　인생에 실패는 늘 있기 마련이며, 게다가 그 실패를 만회할 기회라는 것도 의외로 찾아오지 않기도 합니다. 한 번 실패해 버리면 그 일은 이제 그것으로 끝이며, 비슷한, 거의 똑같다고 해도 좋을 만한 시추에이션이 가령 찾아왔다고 해도 역시 그 일은 다른 것이며, 과거의 일을 만회한 것이 되지는 않는다는 이야기일까요. 옛날의 실패가 있으니 지금의 내가 있다는 말은 무책임하면서도 확실한 사실이며, 그렇기에 만회가 가능하게 되어 버리면 일종의 타임 패러독스가 생겨나 버릴지도 모릅니다. 만회한 것으로, 만회할 수 없게 되어 버린다면 본말전도이니까요. 하지만 만회할 수 없다고 해서 회복할 수 없는 것도 아니고, 그 회복 역시 없었던 일은 되지 않는 것이 아닐까 하는 생각이 들지 않는 것도 아닙니다. 인간의 뇌는 어떻게든 합리성을 우선하는 법이라, 과거의 실패를 극복하는 것이 아니라, 오히려 '그때 잘되지 않았던 일이 지금 잘되어 가는 것은 앞뒤가 맞지 않는다'라고 일관성을 존중하고 싶어지기도 하는, 말하자면 성공보다도 정합성을 요구하는 경향도 강해서, 같은 실패를 몇 번이나 반복하면 마음속 어딘가에서 납득하게 되는 경우도 있습니다. 만화로 말하면 1권과 50권에서 주인공이 하는 말이 다르면 이상하다고 생각하는 듯한 느낌이며, 오히려 그 부분이 잘 이어져 있으면 멋진 복선 회수라며 기분이 좋아지기도 합니다만, 가만히 생각해 보면 합리적이지 않든 모순되어 있든, 이론을 초월한, 과거와 단절된 현재라는 것이 있어도 괜찮다는 기분도 듭니다. 그래야 미래로 대점프를 할 수 있는 것이 아닐까요. 미래가 현재와 이어져 있지 않더라도, 그렇게 곤란하지 않을지도… 뭐, 곤란하면 곤란한 대로 그것도 미래가 되겠지요.

아라라기 코요미 군이 고등학교 시절 실패에 실패를 거듭해 왔던 것은 이제 와서 강조할 것도 없습니다만, 몬스터 시즌이라 이름 붙인 전작과 이번 작에서 그는 '고등학교 시절에는 할 수 없었던 일'을 하려고 시도하는 구석이 있는데, 대체 소극적인 건지 적극적인 건지 알 수 없다는 기분도 듭니다만, 어떤 의미에서는 아라라기 군도 회복하는 중일지도 모릅니다. 의외로 이미 센고쿠 나데코 쪽이 회복을 마치고 새로운 도전으로 향하고 있는 예감도…? 그런 느낌으로 이야기 시리즈 제24탄 『방황 이야기』 「제2화 마요이 스네일」 「제3화 마요이 스네이크」였습니다. 제24탄이라고요…? 정말로…?

하치쿠지 마요이가 표지를 장식하는 것은 이것이 두 번째가 되네요. VOFAN 씨, 감사합니다. 다음 번 『아마리모노가타리(가제)』에서는 드디어 오노노키 요츠기의 비밀이 밝혀…질지 어떨지는 알 수 없습니다만, 부디 잘 부탁드립니다.

니시오 이신

방황 이야기

2021년 8월 10일 초판 발행

저자	니시오 이신
일러스트	VOFAN
옮긴이	현정수

발행인	정동훈
편집인	여영아
편집 팀장	황정아
편집	노혜림

발행처	(주)학산문화사
등록	1995년 7월 1일
등록번호	제3-632호
주소	서울특별시 동작구 상도로 282 학산빌딩
편집부	02-828-8838
영업부	02-828-8986

ISBN 978-11-256-9075-9 03830

값 12,000원

※이 책에는 수량 한정 부록이 들어 있지 않습니다.